WOLF HAAS

# BRENNEROVA

ROMAN

WILHELM HEYNE VERLAG
MÜNCHEN

Verlagsgruppe Random House FSC® N001967

Vollständige Taschenbuchausgabe 03/2016

Printed in Germany
Umschlaggestaltung: Nele Schütz Design, München,
nach der Originalgestaltung von Perndl+Co
Umschlagfoto: Klaus Fritsch
Illustration: Renate Stoica
Druck und Bindung: GGP Media GmbH, Pößneck
ISBN: 978-3-453-43839-2

www.heyne.de

# BRENNEROVA

# 1

Früher hat man gesagt, die Russinnen. Die sind groß und muskulös wie Hammerwerfer, die arbeiten beim Straßenbau, und unter den Achseln haben sie so viele Haare, dass sich noch ein Toupet für ihren Mann ausgehen würde und ein zweites für den ersten Parteisekretär. Da hat man gesagt, Russinnen sind Mannweiber, und wenn sie ihren Diskus werfen, musst du in Deckung gehen, weil Kraft wie ein Traktor aus Minsk oder einer aus Krasnodar oder sogar ein Kirovets aus Leningrad. Dann hat es auf einmal geheißen, die Russinnen, das sind die dünnsten Fotomodelle, die teuersten Nutten, da musst du als Mann schon ein Hochhaus haben, damit sich so eine überhaupt von dir scheiden lässt, am besten mit einem Privatzoo, weil Beine wie eine Giraffe, Taille wie eine Wespe, Augen wie die Biene Maja.

Darüber hat der Nikolaus nachgedacht, während er im Computer die Damen durchgeschaut hat, die einen österreichischen Mann zum Heiraten gesucht haben. Wo liegt da die Wahrheit punkto Russinnen, und gibt es überhaupt eine Wahrheit, quasi Philosophie. Aber interessant. Da war keine einzige Traktorfahrerin dabei, sondern der Nikolaus hätte fast jede genommen, so gut waren die in Schuss.

Geschrieben hat er natürlich nie einer. Er war ja nicht blöd. Obwohl sicher auch Anständige darunter waren, aber man weiß es ja nicht im Vorhinein. Und bevor du zweimal schaust, bist du irgendwo hineingeraten, Verwicklungen und alles. Liest man immer wieder, dass die zuerst recht nett sind, brieflich und alles, da verliebst du dich schon rein brieflich, und dann soll es zum ersten Treffen kommen, und im letzten Moment tauchen sie nicht auf, weil kein Geld für die Reise. Jetzt ich schick dir das Geld für die Reise. Dann freust du dich, dass sie endlich kommt, du bist schon seit Wochen verliebt in sie, womöglich länger, als du je in eine echte Frau verliebt warst, du zählst die Tage, bis deine Olga endlich ankommt, deine Natascha, deine Ivana, du fährst zum Flughafen, und wer ist nicht da? Die Olga. Die Natascha. Die Ivana, vollkommen egal, wenn eine nicht da ist, kann sie heißen, wie sie will, eine Nichtdafrau braucht überhaupt keinen Namen.

Hört man immer wieder, dass so ein armer Depp umsonst auf die Dame gewartet hat, der er das Fahrgeld geschickt hat und womöglich noch Proviantgeld für unterwegs, und drück dir am Flughafen nach der Sicherheitskontrolle noch ein Wasser aus dem Automaten. Dann enttäuscht heim, und dort eine Nachricht. Leider die Tante krank geworden. Kein Geld fürs Krankenhaus. Und siehst du, weil der Nikolaus nicht blöd war, hat er nicht geschrieben, das war komplett ausgeschlossen.

Geschaut natürlich schon. Immer wieder! Und das ist eben das Verhexte am Menschen. Da ist er nicht gescheiter als die Maus, die glaubt, dass sie gescheiter als die Falle ist. Wenn die Maus schon ihre Kolleginnen in der Falle enden gesehen hat, dann denkt sie mit ihrem Maushirn, den Käse möchte ich trotzdem, ich muss es nur geschickter anstellen. Ich muss mehr so seitlich hin, und dann schnappe ich mir den Käse, ohne dass die Falle mich erwischt. Und der Nikolaus hat sich gesagt, ein persönliches Profil ausfüllen kann ich eigentlich schon, nur zur Unterhaltung, was soll da passieren mit dem falschen Namen. Ist sogar absolut korrekt, dass man einen falschen Namen angibt, weil Nickname, und da ist er eben auf die Idee mit dem Nikolaus gekommen, wegen dem Nicknamen. Er hat sich gewundert, dass ihm das nicht früher klar gewesen ist, wie harmlos es dadurch ist. Wahrscheinlich schreibt mir sowieso keine. Und wenn, bin ich immer noch unter dem falschen Namen.

Jetzt was schreibt man da am besten? Da stellen sich ja grundlegende Fragen, soll ich mich jünger machen, soll ich mich reicher machen, soll ich mich interessanter machen, soll ich gleich falsche Versprechungen machen oder erst später, falls es ernst wird. Ernst werden im rein spielerischen Sinn natürlich. Weil ernst nehmen muss man es, auch wenn man weiß, dass man sich nie mit einer treffen wird.

Seine Überlegungen haben ihn noch misstrauischer gemacht, als er sowieso schon war. Weil er hat sich gesagt, wenn schon ich, als von Grund auf ehrlicher Charakter, solche Gedanken habe, dann womöglich die Russinnen auch solche Einfälle. Die machen sich vielleicht auch jünger, interessanter und und und. Bei den Fotos kann man sowieso nie ganz sicher sein. Und hinter den Fotomodellfotos womöglich Wahrheit: Kugelstoßerin! Hammerwerferin! Straßenwalzenfahrerin! Jetzt hat er das Profilausfüllen aufgegeben, bevor er richtig angefangen hat, weil Verstand eingeschaltet. In letzter Sekunde.

Ein paar Tage ist er mit seinem Verstand gut ausgekommen, aber dann ist ihm doch wieder langweilig geworden. Und wieder die Fotos. Wieder die Träume. Wie wäre es mit der, und wie wäre es mit der. Viel zu jung sollte sie auch nicht sein, weil es soll auch irgendwie zusammenpassen. Zu alt auch nicht, weil. Falls das Alter überhaupt stimmt. Im Grunde darfst du da keiner einzigen Angabe trauen. Er hat sich aber gesagt, man kann es schon ein bisschen am Inseratentext erkennen, ob es eine ehrlich meint oder nicht. Weil wozu bin ich neunzehn Jahre bei der Polizei gewesen? Wozu habe ich bei der Kripo Verhörtechnik studiert? Da hat der Nikolaus sich gesagt, wenn es einer einschätzen kann, ob eine lügt oder nicht, dann ich.

Jetzt ist er die Fotos noch einmal durchgegangen, aber nicht mehr mit dem privaten Blick, sondern mit dem polizeilichen, quasi Fahndungscomputer. Schuldig oder nicht schuldig, da hast du ja als Kripomann gleich so ein Gefühl bei der Liebe. Dann gibt es welche, die wirken ehrlich, aber das sind oft die Gefährlichsten, und ein Schuldiger wirkt vielleicht sympathischer als ein Unschuldiger, das ist eine Wissenschaft, da musst du jedes kleinste Zeichen in die Rechnung mit aufnehmen. Und letzten Endes kannst du es nicht lernen. Letzten Endes Gespür, das sagt dir jeder, der eine Ahnung hat.

Natürlich musst du wahnsinnig aufpassen, dass dir nicht die Sympathie in die Quere kommt. Pass auf, was ich dir sage. Lass dir von keinem Kripomann erzählen, dass ihm die Sympathie noch nie in die Quere gekommen ist. Alles gelogen! Weil mit dem einen sympathisierst du, mit dem anderen sympathisierst du nicht. Da musst du dich bei der Polizeiarbeit immer wieder zurückpfeifen. Hauptgefahr Sympathie! Das ist genau wie bei der Partnerwahl. Jetzt hat der Nikolaus sich bei der Fotosichtung zu einer extremen Objektivität gezwungen. Verbrecheralbum nichts dagegen. Am Schluss hat er zehn in der engeren Auswahl gehabt. Die ehrlich geklungen haben. Gut aussehend auch natürlich. Bis zu einem gewissen

Grad. Du musst es aufnehmen in die Rechnung, aber du darfst dich nicht blenden lassen.

Für das Ausfüllen hat der Nikolaus wahnsinnig lange gebraucht, weil natürlich noch ohne Computer aufgewachsen. Eine Zeit lang hat es so ausgeschaut, als würde er es überhaupt nicht mehr lernen. Und ehrlich gesagt, alles, was über das Ein- und Ausschalten hinausgegangen ist, immer noch mit viel Überlegung verbunden. Aber am längsten nachgedacht hat er beim Passwort. Soll ich jetzt Puntigam nehmen, weil Heimat immer gutes Passwort, oder soll ich Kriminalpolizei nehmen? Über solche Sachen, die vollkommen egal waren, hat der oft lange nachdenken können, wo jeder andere sagt, Nikolaus, da nehme ich Krampus als Passwort, das vergesse ich nicht. Aber er war nicht so ein Typ, der so gedacht hat, weil mehr der unberechenbare Typ, jetzt hat er *Brennerova* als Passwort genommen, weil er hat sich vorgestellt, dass so eine hübsche Russin Brennerova heißen würde, wenn sie ihn heiratet.

Vielleicht hat die Sache mit dem falschen Namen bei ihm ein Heimweh nach seinem richtigen Namen ausgelöst, weil auffällig ist es schon, dass der ihn schon beim Passwort wieder eingeholt hat. Das menschliche Ich ist ja etwas Hartnäckiges, das lässt sich nicht gern ausradieren. Ich sage zwar immer, aus einer gewissen Entfernung sind alle gleich, da ist einer wie der andere und muss sich keiner so viel auf sein bisschen Ich einbilden. Aber das gilt nur aus einer gewissen Entfernung, und zu sich selber hat niemand die gewisse Entfernung. Schau dir nur einmal den Brenner beim Ausfüllen seines Profils an. Gegen die Frage nach seinem Beruf war das Passwortfinden ein Kinderspiel. Wenn die Leute bei ihrer echten Berufswahl so viel überlegen würden wie der Brenner bei der Frage, welchen Beruf er auf der Russinnenseite angeben soll, hätten wir alle miteinander ein viel besseres Leben, frage nicht. Soll ich jetzt Kriminalpolizist schreiben oder Detektiv oder Frührentner? Oder soll ich schreiben, Kriminalpolizist in Ruhe? Oder: Detektiv in Ruhe? Darüber hat er ewig nachgedacht. Oder soll ich überhaupt schreiben, Bundesbeamter in Ruhe? Das gibt der Russin am meisten Sicherheit, hat er überlegt. Aber auch ein falsches Bild von mir. Und eine, die den Beamten in Ruhe sucht, ist vielleicht nicht so vital wie eine, die einen Kriminalpolizisten sucht. Jetzt ist er so ins Überlegen hineingekommen, dass er einen wichtigen Punkt ganz übersehen hat. Der Akku ist ausgegangen, und ohne Vorwarnung alles gelöscht.

Das hat ihn so geärgert, dass er spazieren gegangen ist. Und dann natürlich Realitätsschock doppelt und dreifach. Das ist ihm schon ein bisschen wie die Strafe vorgekommen für seine Russinnen. Weil manchmal geht es wirklich verflucht blöd her. Pass auf. Ausgerechnet bei diesem Spaziergang ist ihm die Herta begegnet. Zum ersten Mal seit einem halben Jahr! Aber da möchte man schon auch fast an das Unbewusste glauben. Sonst ist der Brenner immer extra einen Umweg gegangen, nur weil er gewusst hat, hier geht die Herta einmal pro Tag zu ihrer Vollkornbäckerei, und lieber nicht das geringste Risiko eingehen. Und heute ein einziges Mal unvorsichtig, und schon kommt die Herta daher.

Sie ist aber genauso erschrocken wie er. Das hat man daran erkannt, dass sie in dem Moment, wo sie den Brenner gesehen hat, von einer gewaltigen Sturmböe abgebremst und an die äußerste Gehsteigkante versetzt worden ist. Gleichzeitig hat der Brenner sich an die Hausmauer gedrückt, damit er in größtmöglichem Abstand an ihr vorbeikommt. Und ob du es glaubst oder nicht. Genau an der Stelle, wo sich ihre Wege gekreuzt hätten, wo sie gerade grußlos aneinander vorbei-

gegangen wären, wenn sie nicht vor Schreck abg
die Richtung geändert hätten, ist jetzt zwischen
vom Hausdach heruntergefallen.

Von den Häusern fällt ja andauernd etwas
Grunde ist es ein Wunder, dass nicht viel öfter w
wird. Dem einen fällt ein Glas vom Balkon oder eine Bierflasche, dem anderen fällt das Telefon aus der einen Hand und das Grillbesteck aus der anderen, dem nächsten weht es den Sonnenschirm übers Geländer, und den Dachdeckern kommt eben auch manchmal das Werkzeug aus, wenn sie sich zu sehr auf das Vorführen ihrer nackten Oberkörper konzentrieren.

Durch die Detonation der Blechschere vor seinen Füßen war der Brenner wieder nicht mehr hundertprozentig sicher, ob die Person auf der anderen Seite des Blechscherenkraters wirklich die Herta war. Womöglich hat sie gar nicht wegen ihm abgebremst, sondern eben weil sie die Blechschere schon heruntersausen gesehen hat, oder nicht einmal gesehen, nur gespürt. Und du darfst eines nicht vergessen. Die Herta hat sich in dem halben Jahr wahnsinnig verändert. Keine Brille, Fahrradhelm nicht mehr am Kopf festgeschraubt, Haare nicht mehr gefärbt, und trotzdem viel jünger ausgesehen als vorher. Aber das kann nicht nur am Äußeren gelegen sein, sondern von der ganzen ding her eine andere Person. Die griesgrämige Lehrerin ist förmlich aus der Herta entwichen, Dämon nichts dagegen. Und an ihrer Stelle ist da eine gestanden, wo man sagen muss, Russinnen schön und gut, aber die einheimischen Weiber auch nicht zu verachten.

Diese Gedanken sind dem Brenner durch das Hirn geschossen, nachdem die Blechschere vor seinen Füßen in den Gehsteig eingeschlagen ist, als müsste sie der Erde persönlich den Blinddarm herausschneiden. Das war so knapp, dass er

..ter immer zur Herta gesagt hat, sie hat ihm das Leben gerettet. Aber die Herta hat das nicht gelten lassen, sondern genau umgekehrt, der Brenner ihr das Leben gerettet.

So weit, dass sie miteinander geredet haben, waren sie aber noch lange nicht. Sie haben sich ja immer noch angestarrt, als hätte ihnen wer den Stecker herausgezogen. Weil das Wissen, dass du nur einen Schritt von deiner letzten Sekunde entfernt warst, macht dich irgendwie ratlos. In dem Moment, wo der Brenner die Herta trotz ihrer gewaltigen Veränderung mit letzter Sicherheit identifiziert hat, ist der prächtig tätowierte Dachdecker halb nackt aus der Tür gestürmt und hat die Teile, in die sein Mordwerkzeug zerbrochen ist, im Laufschritt eingesammelt.

»Schau uns einmal genau an!«, hat der Brenner das Muskelbilderbuch angeschrien.

Er hat sich selber gefragt, warum er gerade das sagt, er hätte auch ganz was anderes sagen können, aber nein, gesagt hat er: Schau uns einmal genau an.

»Tut leid«, war die schwachsinnige Antwort vom Dachdecker, aber ehrlich gesagt, was will man schon Sinnvolles sagen zu einem, den man aus Versehen fast umgelegt hat.

»*Tut leid!*«, hat die Herta angefressen wiederholt, und den Brenner hätte es nicht gewundert, wenn sie dem Spengler einen Arschtritt gegeben hätte, wie er sich nach seiner Blechschere gebückt hat. Rein vom Blick her! Sie hat eine wahnsinnige Wut im Blick gehabt. Da ist der Blechscherenattentäter jetzt seinerseits in die Brenner-Herta-Schere geraten, ja was glaubst du, so schnell ist noch nie ein Dachdecker in der Haustür verschwunden.

Der Brenner hat es immer noch nicht glauben können, wie positiv die Herta sich verändert hat, seit sie ihn hinausgeworfen hat. So richtig fertig war er aber erst, wie sie zu ihm gesagt hat: »Wenn mich das Ding erschlagen hätte, wären Sie der letzte Mensch gewesen, der mich lebend gesehen hat.«

Er war fassungslos, dass die Herta ihn siezt. In so einer Situation, wo man derartig knapp entkommen ist, muss man doch einmal versöhnlicher sein.

»Tut leid«, hat der Brenner ihr geantwortet.

Die Herta hat sich bemüht, über seinen Kommentar nicht zu lächeln.

Und wenn es ihr gelungen wäre, wenn sie noch die alte Herta gewesen wäre, die so einer Antwort nur ihr griesgrämiges Lehrerinnengesicht entgegenhält, wären ein paar Leute heute noch am Leben, die der Herta in ihrem ganzen Leben gar nie begegnet sind. Aber ich sage immer, da ist die Herta natürlich die Allerletzte, der man das zum Vorwurf machen darf.

# 2

Zwei Monate später hat die Herta den Brenner immer noch nicht hinausgeschmissen gehabt. Weil seit ihrer Zwangspensionierung die Herta die Ausgeglichenheit in Person. Du musst wissen, sie hat einem Schüler eine geschmiert, und da hat der Stadtschulrat in einem sehr persönlichen Gespräch zu ihr gesagt, volles Verständnis, der Fratz hat bestimmt darum gebettelt, aber die Zeitungen sitzen mir im Genick. Das war jetzt ein halbes Jahr her, und die Herta hat sich nur noch mit Staunen an ihren damaligen Auszucker erinnert. Aber das macht die Schule mit einem! Weil die Wechseljahre auf der einen Seite, die Pubertät auf der anderen, das ist ein hochexplosives Gemisch, hat die Herta dem Brenner lachend erklärt.

Sie war dem Stadtschulrat wahnsinnig dankbar dafür, dass er sie hinausgeworfen und zu einem neuen Leben gezwungen hat. Weil in diesem neuen Leben hat die Herta das Wandern entdeckt, Schulschlusspanik Hilfsausdruck. Die halbe Erde hat sie seit ihrer Kündigung schon umwandert, einmal Spanien, einmal Frankreich und einmal Südamerika. Der Brenner ist schon nervös geworden, wenn sie wieder einmal die Angebote von Weltweitwandern studiert hat, weil es war so wahnsinnig gemütlich mit der Herta, dass er sie nicht gern fortgelassen hat. Einmal hat er sogar einen Albtraum gehabt, dass die Herta aus heiterem Himmel wieder zu ihm sagt: »Irgendwie bist du nicht das, was ich suche.« Das hat ihn so erschreckt, dass er ihr den Traum nicht einmal erzählt hat.

Getroffen haben sie sich immer in ihrer Wohnung, weil seine Unterkunft war mehr eine Adresse als eine Wohnung, quasi Übergangslösung. Vorher ist es ihm gar nicht so aufgefallen, und er hätte seine Wohnung auch gegen jede weibliche Kritik verteidigt, aber gegen so einen Palast der Gemütlichkeit, wie die Herta ihn bewohnt hat, ist natürlich die schönste Wohnung vom Brenner nicht angekommen, daran hat nicht einmal der neue Rasierspiegel mit Chromrahmen etwas geändert, den er im Ausverkauf um die Hälfte bekommen hat, und der große Fernseher auch nicht. Die Herta hat es nicht gestört, dass er bei ihr mehr oder weniger stillschweigend eingezogen ist, weil, wie gesagt, seit einem halben Jahr die Herta die Gelassenheit in Person und ihre frühere Gereiztheit auf Dauerwanderschaft.

Natürlich, die große Liebe war es nicht, weil nach mehreren Wochen immer noch kein böses Wort, kein Schreiduell, kein Würgemal, aber der Brenner trotzdem sehr zufrieden, sprich Altersweisheit. Und darum hat er auch nicht mehr bei den Russinnen vorbeigeschaut, ganz klare Sache. Die ersten paar Wochen hat er nicht einmal an die Russinnen gedacht, das hat gar nicht mehr existiert für ihn. Nur einmal, wo die Herta ihm gesagt hat, er soll zur Abwechslung auch manchmal in seiner eigenen Wohnung übernachten, damit man nicht zu sehr in einen Trott hineinkommt, hat er aus Langeweile ein bisschen geschaut. Rein zur Unterhaltung! Ohne jede Absicht!

Und gerade weil er durch die Herta vollkommen in Sicherheit war, hat er zum Spaß sein Profil ausgefüllt, und dieses Mal ist es ihm sogar gelungen. Ich könnte mir vorstellen, dass er es mehr aus Trotz gegen die Herta getan hat als aus echtem Russinneninteresse. Was soll das heißen, damit man nicht in einen Trott hineinkommt, hat eine Stimme im Brenner gefragt, und als Antwort ist ihm sofort die perfekte Berufsbezeichnung eingefallen, hör zu. Beruf: Kriminalpolizist i. R.

Das war die Wahrheit, aber doch mit der Hoffnung verbunden, dass die Russin die Abkürzung nicht versteht oder vielleicht sogar glaubt, es ist ein besonders hoher Rang. In Regierungsfunktion! Beim Alter hat er auch nicht gelogen, sondern nur fünf Jahre jünger. Weil er hat sich gesagt, wenn ich die Wahrheit schreibe, dann glaubt sie womöglich, ich habe mich fünf Jahre jünger gemacht, und dann rechnet sie mir fünf Jahre hinauf.

Er hat es dann auch noch auf Englisch ausgefüllt, da hat er eingetragen: policeman i. r.

Geschrieben hat er aber keiner, weil er hat sich gesagt, ich schreibe bestimmt nicht, es ist nur ein Spiel, nicht Realität, und wir werden schon sehen. Vielleicht schreibt mir ja eine, dann ist es Schicksal, quasi Russisches Roulette.

Ob du es glaubst oder nicht, am nächsten Tag siebenundzwanzig Heiratsanträge im Computer. Eine schöner als die andere, da wäre man kein Mann, wenn man das nicht doch mit einem gewissen Interesse durchlesen würde. Bei den meisten ist ihm die Entscheidung nicht schwergefallen, weil da hat man gleich den Eindruck gehabt, es wäre nicht das Richtige, sie hat falsche Vorstellungen, sie hält den Brenner für einen Millionär, oder sie ist irgendwie in einer vollkommen anderen Welt, weil tanzen oder reisen. Aber bei einer, da hat er zugeben müssen, der täte ich vielleicht zurückschreiben, wenn ich total verzweifelt wäre. Nadeshda, der Name hat ihm auch gefallen. Und sie hat ihm als Einzige nicht auf Englisch geschrieben, sondern auf Deutsch. Weil ihr Vater war ein paar Jahre in Ostdeutschland stationiert, wie sie klein war. Zu der ist er immer wieder zurückgekommen. Also natürlich nicht antworten, auf keinen Fall. Aber die Nadeshda, die ist herausgestochen.

Gottseidank hat ihn dann die Herta angerufen und ihn zum Abendessen eingeladen. Seine beleidigte Frage, ob das dann nicht schon fast zu viel Trott ist, wenn er heute wieder auftaucht, hat sie mit ihrem entwaffnenden Lachen und einem »Du Depp« weggefegt. Da war es endgültig klar, dass er der Nadeshda nicht schreibt. Oder sagen wir einmal so, geschrieben hat er ihr schon, aber nur anstandshalber ein paar Zeilen als freundliche Absage. Oder im Nachhinein muss man schon fast sagen, es war weniger eine freundliche Absage, fast schon mehr eine absagerische Freundlichkeit, sprich halbe Liebeserklärung.

Du wirst sagen, warum soll die Nadeshda so etwas Besonderes gewesen sein? Was soll jetzt gerade die Nadeshda haben, das eine Olga, das eine Marta, das eine Valentina nicht hat, wo eine Jelena nicht mithalten kann und wo sich eine Galina oder eine Kira überhaupt verstecken kann? Pass auf, was ich dir sage. Im Nachhinein würde es mich nicht wundern, wenn es zum Großteil am Geständnis gelegen wäre. Weil sie hat gleich zugegeben, dass sie das Foto von ihrer jüngeren Schwester hineingetan hat. Von der Serafima. Und dass die nicht nur jünger, sondern auch viel schöner ist. Sie selber alt und hässlich, hat die Nadeshda geschrieben.

Das hat ihn natürlich neugierig gemacht, ja was glaubst du. Aber er hat ihr trotzdem abgesagt, weil die Herta das Beste, was er seit langem erlebt hat. Das hätte er nur durch seine eigene Blödheit ruinieren können. Man muss auch einmal das Hirn einschalten, hat er sich gesagt, die Vernunft, und schließlich und endlich bin ich kein dummer Polizeischüler mehr.

Bis zu dem Tag, wo die Herta ihm verraten hat, dass sie im Mai an der Wanderung *Rausch der Düfte und der Farben* in Marrakesch teilnehmen wird, ist er auch standhaft geblieben. Es hat ihn nicht gestört, Alleinsein noch nie ein Problem gewesen für einen Brenner, aber aus irgendeinem Grund hat er an dem Abend, wo sie ihm das angekündigt hat, noch einmal unverbindlich bei den Russinnen vorbeigeschaut. Da hat er erst entdeckt, dass die Nadeshda ihm damals doch noch einmal zurückgeschrieben hat.

Die Nadeshda hat nur geschrieben, dass sie seine Absage sehr bedauert, aber natürlich akzeptiert. Er hat der Nadeshda geschrieben, dass er ihr Akzeptieren natürlich akzeptiert, weil Gebot der Höflichkeit. Unglaublich, dass so eine Geschichte so harmlos anfangen kann! Weil natürlich hat die Nadeshda ihm auch wieder geantwortet. Dann wieder er ihr. Tagelang ist das dahingegangen, an manchen Tagen drei, vier Mal. Und wenn du es einmal übersehen hast, werden aus Tagen schnell Wochen. Er hat sich selber dabei zugeschaut, wie er immer weiter hineingeschlittert ist. Eine Freundin in der Wirklichkeit, eine im Computer. Doppelleben Hilfsausdruck.

Es wäre kein Problem gewesen, wenn die Nadeshda nicht angefangen hätte, auf ein Treffen zu drängen. Sie wollte ihn endlich persönlich kennenlernen. Und der Mai ist immer näher gekommen, sprich *Rausch der Düfte und der Farben* in Marrakesch. Jetzt natürlich, was machst du in so einer Situation?

# 3

Ob du es glaubst oder nicht. Vier Tage vor dem 3. Mai, auf den er sich mit der Nadeshda geeinigt hat, schreibt sie auf einmal, dass sie kein Geld für den Flug hat. Jetzt der Brenner natürlich aufgewacht, frage nicht. Wie blöd kann man nur sein! Er hat alle Mails von der Nadeshda gelöscht und der Herta angeboten, dass er sie zum Flughafen bringt und abholt und dass er während ihrer Abwesenheit sogar ihre Blumen gießt, quasi Totalbuße.

An dem Tag, wo die Herta abgereist ist, hat es natürlich einen Moment der Schwäche gegeben, sprich Computer. Und wie es der Teufel haben will, drei neue Nachrichten und zwei neue Fotos von der Nadeshda. Sie wollte gar nicht, dass er ihr Geld schickt, aber ob nicht er sie besuchen könnte. Sie würde ihm ihre Heimatstadt Nischni Nowgorod zeigen, und die Wolga, und das Sacharowmuseum und und und. Der Brenner ist aber eisern geblieben. Es hat keinen Sinn. Auf einmal hat er es ganz klar gesehen. Am 4. Mai immer noch eisern. Am 5. Mai hat er sich gesagt, Moskau würde ich mir noch einreden lassen, aber Nischni Nowgorod, das ist bestimmt am Ende der Welt. Am 6. Mai hat er es sich einmal auf der Karte angeschaut, Flug- und Zugverbindungen herausgesucht, aber nur zum Spaß, zum Träumen, damit er nicht andauernd daran denken muss, wie die Herta sich ohne ihn in Marrakesch vergnügt.

Jetzt was soll ich sagen, am 7. Mai kurz vor zehn ist der Brenner in das Flugzeug nach Moskau gestiegen, weil es hat gerade eine Aktion gegeben, und Flug von Wien nach Moskau nur ein Euro, mit den Zuschlägen 81 Euro, da kann man doch sagen, vielleicht fahre ich gar nicht weiter nach Nischni Nowgorod, ich vergesse die Nadeshda und schau mir nur Moskau ein paar Tage an, rein bildungsmäßig interessant, wo man früher gesagt hat, sie hauen uns die Bombe herüber, und heute kann man einfach hinfliegen um einen einzigen Euro. Wenn die Herta dann heimkommt, lässt man sie erzählen, Marrakesch, Wüste, Gewürze, Gerüche, und wenn sie dann ihr Pulver verschossen hat, dann sagt man: Und ich, Moskau.

So hat er es sich zurechtgelegt, und dann natürlich kein Halten mehr. Der Flug gar kein Problem, absolut ruhig, die Fahrt vom Moskauer Flughafen zum Bahnhof doppelt so lang wie der Flug, aber auch kein Problem. Dann ist er hinüber zu dem Bahnsteig, wo man Richtung Nischni Nowgorod abfährt, weil die Nadeshda hat ihm den Weg ganz genau beschrieben, sogar mit einer Zeichnung, damit er sich nicht verirrt, weil wenn du die Unterführung verpasst, dann kannst du lange suchen. Unglaublich, jetzt fahre ich eine Nacht mit dem Schlafwagen, und dann sehe ich wirklich die Nadeshda, das hat ihn in eine Aufregung versetzt, die er zuletzt als Zwölfjähriger erlebt hat, aber die Manuela ist damals nicht zu der Stelle im Wald gekommen, wo sie verabredet waren, weil unterwegs ist ihr der Markovic begegnet.

Mein Gott, wenn du jung bist, erlebst du bei Verabredungen die eine oder andere Enttäuschung, ich sage, das gehört zum Leben dazu. Aber das hätte sich der Brenner auch nicht träumen lassen, dass er diesbezüglich seinen Tiefpunkt noch vor sich gehabt hat. Pass auf. Wie er sechzehn Stunden nach Beginn seiner Reise aufgewacht ist, hat er ein paar Sekunden gebraucht, bis er begriffen hat, wo er war. Nicht in Nischni Nowgorod. Aber auch nicht in Moskau. Sondern so dazwischen. Nicht totgeprügelt. Aber auch nicht mehr richtig am Leben. Sondern gerade lebendig genug, dass er die Schmerzen noch gut gespürt hat, wie der Schlafwagenschaffner ihn wach gerüttelt hat.

Mit dem einen Aug, das er noch aufgekriegt hat, hat er den Schaffner angeblinzelt, quasi guten Morgen. Von Sitzen natürlich noch keine Rede, weil da hat er vorher noch mindestens fünfzig Kilometer seine Knochen zusammensuchen müssen. Aber interessant. Der Körper noch gelähmt, aber sein Kopf hat ihm schon wieder etwas vorgeturnt. Möchte man meinen, so etwas vergisst ein Hirn lieber, aber nein, alles hat der Brenner noch gewusst. Das Kind, das ihn in dem unterirdischen Gang zu seinem Bahnsteig angebettelt hat, ist ihm sofort wieder eingefallen. Der Brenner natürlich nicht auf den Bettler reagiert, die Nadeshda hat ihn davor noch ausdrücklich gewarnt, weil oft Falle, oft Banden und Überfälle. Darum hat sie ihm ja so einen genauen Plan geschickt, wie er gehen soll, nicht links und nicht rechts schauen, auf keinen Fall ansprechen lassen, sondern gehen gehen gehen. Und der Brenner hat sich auch daran gehalten. Aber nicht konsequent genug. Weil dann kommt dieser vielleicht achtjährige Rotzbub auf ihn zu, stellt sich ihm frech in den Weg und hält die Hand auf.

Ein Kind unterschätzt du natürlich gern einmal in seiner Bösartigkeit. Da kannst du in der Polizeischule noch so viel gelernt haben über die kriminelle Energie des Kindes, wenn dir dann so ein abgezwickter Gauner gegenübersteht, willst du es zuerst doch nicht glauben. Aber wie der Brenner ihm keine Antwort gibt und einfach weitergehen will, glaubst du, der Rotzlöffel geht auf die Seite und macht den Weg frei? Nichts da! Der Knilch packt ihn einfach am Handgelenk! Jetzt während der Brenner sich noch denkt, das gibt es ja nicht, und versucht, die Hand von dem Frechdachs abzuschütteln, schießt noch so ein kleiner Dreck um die Ecke und nimmt seine andere Hand. Du wirst sagen, gegen zwei kleine Kinder wird ein Brenner wohl ankommen, ein achtzig Kilo schwerer Exbulle, Muskeln, Tricks und alles. Und den Ersten, der an seiner linken Hand geklebt ist, hat er auch abgeschüttelt, den hat er weggeschleudert wie beim Zwergewerfen. Aber in Sekundenbruchteilen sind schon die nächsten dahergekommen, als wäre irgendwo ein Nest gewesen, keiner älter als vielleicht sieben, acht Jahre, Mädchen auch, wie die Ameisen sind sie an ihm gehängt, und eine Sekunde später waren sie weg. Seine Geldtasche auch weg. Pass weg, Handy weg, alles weg.

Aber das wäre noch nicht so schlimm gewesen, weil körperlich der Brenner wenigstens noch intakt. Aber dann eben erst der Fehler. Weil er ist ihnen nachgerannt, und einen hat er sogar erwischt. Krüppel sagt man ja heute nicht mehr, aber der hat sein Bein in so einem Geschirr gehabt, das war vielleicht bettlerisch dem sein Vorteil, jetzt haben sie so einen auch dabeigehabt. Den hat der Brenner sich geschnappt, aber das hat ihm gleich leidgetan, weil im nächsten Moment selber Krüppel, sprich, irgendeine Flasche oder Eisenstange muss ihn getroffen haben, und sofort komplett Licht aus.

Das unmenschlich grelle Licht, das der Schlafwagenschaffner aufgedreht hat, ist dem Brenner jetzt zugutegekommen und hat ihm geholfen, bei Bewusstsein zu bleiben. Er hat sich dann sogar auf der Liege aufgesetzt und einmal geschaut, was ihm am meisten weh tut. Die gute Nachricht zuerst, das rechte Bein komplett in Ordnung. Das linke ein bisschen blutig, ein bisschen verstaucht, aber nicht gebrochen. Die ausgekegelte Schulter natürlich, die hat schon sehr weh getan. Aber gottseidank! Das haben sie in der Polizeischule gelernt, wie man sich eine ausgekegelte Schulter selber wieder einkegelt. Das tut wahnsinnig weh, da vernarbt dir das halbe Hirn vor Schmerzen, aber wenn du Glück hast, fällst du dabei kurz in Ohnmacht.

Der Brenner aber jetzt keine Ohnmacht mehr. Im Gegenteil, er hat sogar eine ganz leise Erinnerung daran gehabt, wie er in den Zug gekommen ist, nachdem ihn die Kinder ausgeraubt und bewusstlos geschlagen haben. Pass auf, ein barmherziger Bahnhofssamariter hat ihn in den Zug geworfen, so wie man früher die Besoffenen aus Mitleid in den Zug geschmissen hat, damit sie nach Hause kommen. Da darf man dem unbekannten Samariter nicht böse sein, er hat ja nicht wissen können, um wie viel lieber der Brenner in Moskau aufgewacht wäre. Statt noch eine ganze Nachtreise weiter von der Heimat entfernt. Ohne Geld, ohne Handy, ohne Pass. Nur die Fahrkarte haben sie ihm gelassen, weil die war in der billigen Reisetasche mit den Sachen, die für die Gangster keinen Wert gehabt haben.

Im Spiegel vom Zugklo hat er mehr blaue Flecken als Gesicht gesehen. Aber nach längerem Suchen hat er wenigstens sein zweites Aug unter der Schwellung wiedergefunden. Im Wasserhahn natürlich kein Wasser, jetzt war er wahnsinnig dankbar, dass ihm der Mitreisende von der gegenüberliegenden Pritsche eine halbvolle Mineralwasserflasche und eine Schnapsflasche zum Auswaschen der Wunden angeboten hat. Und obwohl der Brenner in so einem schlechten Zustand war, hat er noch irgendwo einen Winkel in seiner Seele gehabt, wo es ihn noch zusätzlich geschmerzt hat, dass er sich bei diesem freundlichen Russen nicht einmal ordentlich bedanken kann, weil die Sprache.

Aber interessant. Obwohl er immer noch den Verdacht nicht losgeworden ist, dass die Nadeshda ihn in die Falle gelockt und extra durch die Unterführung geschickt hat, und obwohl er sich fast sicher war, dass sie nicht wie ausgemacht am Bahnsteig auf ihn warten wird, dass sie womöglich nicht einmal existiert und der Moskauer Bahnhofskrüppel hinter ihrer Mailadresse steckt, hat er sich beim Waschen und Fingerkämmen doch die ganze Zeit auf die Begegnung mit ihr vorbereitet. Eine halbe Stunde hat er noch gehabt, um sich halbwegs für seinen großen Auftritt bei der Nadeshda in Schuss zu bringen, und er war wahnsinnig froh, dass ihm die Kinderbande seine alte Polizeisonnenbrille gelassen hat.

Und da sieht man wieder einmal, wie im Leben oft ein kleines Unglück ein großes verhindert. Da ist man viel zu oft undankbar dem kleinen Unglück gegenüber! Weil wenn sein Gesicht nicht so zugerichtet gewesen wäre, hätte der Brenner die Sonnenbrille nicht aufgesetzt. Und wenn er ohne Sonnenbrille aus dem Schlafwagen gestiegen wäre, hätten seine Augen gleich das nächste Problem gehabt. Weil ob du es glaubst oder nicht. Auf dem Bahnsteig hat die Nadeshda mit der Morgensonne um die Wette gestrahlt, und ohne Polizeisonnenbrille Netzhautablösung Minimum.

# 4

Aber nicht dass du glaubst, die Nadeshda den Brenner angestrahlt. Sie hat den Brenner ja gar nicht erkannt, obwohl sie sein Foto in der Hand gehalten hat. Aber die erbarmungswürdige Gestalt, die da aus dem Zug gestolpert ist, hat mit dem Brenner nicht mehr viel zu tun gehabt. Sobald er die Nadeshda erblickt hat, ist natürlich ein Ruck durch ihn gegangen, Brust heraus, Bauch hinein, aber das hat nur dazu geführt, dass ihm die Rippe einen wahnsinnigen Stich gegeben hat. Die Nadeshda zu Tode erschrocken, ja was glaubst du. Erstens schockiert vom Zustand ihres Besuchers, zweitens schockiert vom Zustand ihres Landes, wo solche Dinge passieren. Sie hat sich wahnsinnig geschämt für ihre Heimat, wo man einen Brenner so begrüßt. Und sie hat sofort selber den Verdacht ausgesprochen, den der Brenner jetzt haben muss, nämlich, dass sie ihn in eine Falle gelockt hat.

Aber dann hat es sich schon wieder gezeigt. Nichts im Leben nur Nachteile. Weil wenn du dich bei so einer Verabredung im besten Zustand triffst, hast du am Anfang eine Verlegenheit, von der du dich möglicherweise nie erholst. Da bist du oft besser dran, wenn du dich vorher halb totschlagen lässt, weil dann hast du gleich was zu reden. Und was zu tun.

Weil die Nadeshda natürlich sofort das Kommando übernommen, und meine beste Freundin ist Ärztin im Krankenhaus, die wird dich wieder auf die Beine stellen.

Das Krankenhaus natürlich nicht ganz so komfortabel und steril wie zum Beispiel das Zugklo, in dem der Brenner sich die Wunden ausgewaschen hat, aber die Ärztin großartig, und die Tabletten, die sie ihm gegeben hat, frage nicht. Nur dass die beiden Russinnen sich dauernd über ihn unterhalten haben und dass die Ärztin gelacht hat, wenn die Nadeshda etwas gesagt hat, und dass die Nadeshda verschmitzt gelächelt hat, wenn der Ärztin etwas eingefallen ist, hat ihm weniger geschmeckt. Aber in so einer Situation darf man nicht empfindlich sein, und eine Stunde später war er schon wieder so weit hergestellt, dass er fähig war, mit der Nadeshda zur Polizei zu gehen, weil sie hat gesagt, du brauchst eine Bestätigung, dass sie dir den Pass gestohlen haben, sonst kommst du nie mehr heim.

Bei der Polizei hat er die Bestätigung sofort bekommen, sprich nach einem zweistündigen Wortgefecht zwischen der Nadeshda und dem Polizisten, und der Brenner hat danach zur Nadeshda gesagt, sie soll ihm sofort sagen, wie viel Geld in dem Kuvert war, damit er es ihr überweisen kann, sobald er daheim ist.

Nach dem Besuch bei der Polizei hat die Nadeshda ihn in ein Lokal geführt, das Essen nicht berühmt, aber der Brenner war froh, dass es wenigstens schnell gekommen ist, weil er war jetzt auf einmal wahnsinnig hungrig. Nur hätte er es vielleicht nicht so betonen sollen, dass es ihm schon wieder besser geht, dann hätte die Nadeshda ihn nicht so schnell zum Aufbruch gedrängt, weil die Wolga hat gewartet.

Er hat dann aber zugeben müssen, wenn schon Spaziergang, dann Wolgaufer, weil Ausblick gewaltig. Du wirst sagen, seine Beine werden ihn bei jedem Schritt geschmerzt haben, aber das stimmt nicht! Da hat die Ärztin Wunder gewirkt, anders kann man das nicht sagen. Dafür hat ihm auf einmal sein Nacken weh getan, und es ist immer schlimmer geworden. Ein paarmal hat er gemeint, ihm wird schwarz vor Augen. Aber nicht dass du glaubst, die kleinen Verbrecher in der Moskauer Bahnunterführung haben ihm einen Halswirbel angeknackst. Sein Fehler war, dass er zwischen zwei Weltwundern spaziert ist, links die Wolga, rechts die Nadeshda, und beim dauernden Hin-und-her-Schauen mit nur einem funktionierenden Aug hat er zehn Jahre Halswirbelverschleiß pro Minute gehabt, Fitnessstudio nichts dagegen.

Und während er noch auf eine Gelegenheit gewartet hat, wie er die Nadeshda möglichst elegant auf die Wolgaseite schieben kann, damit er nur in eine Richtung schauen muss, ist sie schon mit der Sprache herausgerückt. Warum sie den Brenner kontaktiert hat. Ob du es glaubst oder nicht. Ihre Schwester Serafima ist verschleppt worden. Wahrscheinlich nach Wien, wahrscheinlich von einem Mädchenhändlerring. Und darum hat sie ihn angeschrieben. Weil er doch Kriminalbeamter in Regierungsfunktion ist.

Aber interessant. Vor lauter Enttäuschung hat sein Nackenschmerz aufgehört. Jetzt hat er einmal in Ruhe den Ausblick genießen können. Du musst wissen, der Weg von Nischni Nowgorod hinaus in die Pampa geht zwar direkt an der Wolga entlang, aber du bist trotzdem sehr weit vom Wasser entfernt, sprich Abgrund. Die Wolga hat sich da im Laufe der Zeit ein sehr tiefes Grab geschaufelt, hundert Meter bestimmt, und die beiden traurigen Gestalten sind kilometerweit am Rand dieses Grabes aus der Stadt hinausspaziert.

Aber weil du auch beim gewaltigsten Anblick nicht auf ewig verstummen kannst, hat er ihr doch ein paar Fragen über die verschleppte Schwester gestellt, warum entführt worden, und von wem, und wie stellst du dir das vor, wie ich die finden soll, wenn die Mafia sie gut versteckt hat.

Da muss ich dem Brenner wirklich ein Kompliment machen, dass er nicht gesagt hat, schauen wir einmal, es lässt sich bestimmt etwas machen, da werde ich einmal mit meinem Freund, dem Obermafioso, reden oder mit dem Kripochef persönlich, und dann haben wir die Serafima gleich wieder daheim. Sondern der Brenner klare Ansage, keine Chance. Pass auf, sie nickt tapfer, quasi Einsicht, und gegen ihren Willen, rein aus Machtlosigkeit, steigt ihr das Wasser in die Augen. Aber nicht geweint! Sie hat so tapfer dagegen angekämpft, dass der Brenner am liebsten in die Wolga gesprungen wäre, so weh hat ihm das getan. Aber nicht dass du glaubst, er ist sofort umgefallen und hat bei der ersten Träne gesagt, ein bisschen könnte ich mich ja umhören. So war es auch wieder nicht. Sicher, früher, in seiner Jugend, ist der Brenner schon ein bisschen ein Frauentränenumfaller gewesen, das will ich gar nicht beschönigen, weil die Frauenträne natürlich die Achillesferse des Mannes an und für sich, da gibt es gar nichts. Aber mit der Lebenserfahrung gewöhnst du es dir ab, das macht eben den Unterschied aus zwischen Jugend und Lebenserfahrung. Obwohl ich ganz ehrlich sagen muss, ein bisschen über die Jugend hinaus ist der Brenner schon noch ein Frauentränenumfaller geblieben. In der Polizeischulzeit auf jeden Fall noch. Als aktiver Polizist natürlich, da kannst du nicht wegen jeder Frauenträne umfallen, da würdest du dich zum Gespött machen. Obwohl mir sogar in der aktiven Zeit noch ein paar Beispiele einfallen, wo ich sagen würde, punkto Frauentränen hat der Brenner eine lange Jugend gehabt und spät mit der Lebenserfahrung angefangen. Wenn ich es mir genau überlege, würde ich nicht einmal meine

Hand ins Feuer legen, dass er nach seiner aktiven Zeit, also in seinen besten Detektivjahren, ein absoluter Frauentränen-Nichtumfaller gewesen ist.

Ist ja im Grunde nicht so wichtig, wann genau, irgendwann muss er es gelernt haben, weil wie er einen Tag nach dem Moskauer Überfall am Wolgaufer gesagt hat, deine Schwester suchen, den Gefallen täte ich dir gern, wenn es nicht absolut aussichtslos wäre, und ihre Augen feucht geworden sind, ist er nicht umgefallen. Im Gegenteil, er hat sogar immer mehr Gründe aufgezählt, wie aussichtslos das wäre.

»Die kann ja überall sein«, hat er erklärt. Und damit die Nadeshda die Aussichtslosigkeit richtig begreift, hat er sogar die Länder aufgezählt: »Die kann in Deutschland sein, die kann in Italien sein, die kann in Ungarn sein, die kann in der Schweiz sein, die kann in Schweden sein, die kann in Finnland sein.«

Mit jedem Schritt hat ihn der gewaltige Ausblick auf die Wolgatiefebene mehr überwältigt, nur damit du verstehst, warum er nach Finnland verstummt ist und nicht den gesamten Schulatlas aufgezählt hat.

»Norwegen nicht?«, hat die Nadeshda im Weiterspazieren gefragt, ohne den Brenner anzuschauen.

»Die kann auch in Norwegen sein«, hat der Brenner gesagt.

Einerseits war er wahnsinnig froh, dass er hart geblieben ist. Andererseits hat es ihn schon ein bisschen am falschen Fuß erwischt, wie die Nadeshda »Norwegen nicht?« gesagt hat. Weil Galgenhumor war etwas, da hat der Brenner auch eine kleine Achillesferse gehabt. Andererseits, wenn die Nadeshda statt »Norwegen nicht?« etwas anderes gesagt hätte, dann wäre es vielleicht dieses andere gewesen, mit dem sie ihn erledigt hätte. Weil ehrlich gesagt, der Brenner mehr

Achillesfersen als Füße. Und du darfst eines nicht vergessen. Von einer weinenden Frau geht so eine ganz eigene Wärme aus, ob das körperliche Gründe hat oder seelische, das weiß ich nicht. Egal ob Winter oder Sommer, das ist so eine spezielle Ausstrahlung, halb Wärme, halb Geruch, Betäubungsgewehr nichts dagegen.

Die Tränenflüssigkeit, die nur ein paar Zentimeter von ihm entfernt war, hat ihn nach rechts gezogen, der Wolgastrom, der hundert Meter unter ihm war, hat ihn nach links gezogen. So hat er weiter das Gleichgewicht gehalten, ohne dass er sich sofort in den einen oder in den anderen Abgrund gestürzt hat. Der Ufersteilhang wäre sowieso nicht steil genug zum Hinabstürzen gewesen, sonst hätte sich nicht der ganze Müll halten können, weil der Hang von oben bis unten zugemüllt. Und ob du es glaubst oder nicht. Auf einmal ist da eine Sprungschanze vor ihnen aufgetaucht. Das musst du dir einmal vorstellen, du spazierst um eine leichte Biegung, auf einmal wächst in der Ferne eine Sprungschanze aus dem Boden wie der reinste Eiffelturm. Die Schanze samt Anlauf ist als gigantisches Eisengerüst in den Himmel gewachsen, und das steile Müllufer muss die Landebahn gewesen sein, quasi Sprungschanze auf dem Mars.

»Bei der Sprungschanze kehren wir um, dann erreichst du noch den Nachtzug nach Moskau.«

Sie hat es überhaupt nicht böse gesagt. Eher so wie jemand, der nicht eine noch größere Zumutung für den anderen sein möchte.

»Und wie wirst du jetzt weitermachen?«, hat der Brenner gefragt, während sie immer noch auf die Sprungschanze zugegangen sind.

Die Nadeshda hat gesagt, dass sie weitermachen wird wie bisher, also über das Internet eine Kontaktperson suchen, einen Polizisten, einen Detektiv, einen Soldaten, der ihr hilft, ihre Schwester zu finden.

Und siehst du, da ist der Brenner umgefallen. Nicht bei den Tränen. Sondern bei der Vorstellung, wie gefährlich das ist für die Nadeshda. An welche Typen sie da geraten könnte. Weil nie ist der Mann edler, als wenn er eine Frau vor solchen Typen beschützen möchte wie sich selbst.

Er hat sie wahnsinnig gewarnt, was da alles passieren kann. Dass sie hundertmal eher selber so einem Mädchenhändlerring in die Arme fällt, als dass sie ihre Schwester findet. Und diese Gefahren waren der Grund, warum er ihr dann auf dem Rückweg versprochen hat, dass er der Sache nachgehen wird, sobald er daheim ist. Die Nadeshda war jetzt so blass und verzagt, dass er sogar ein bisschen angegeben hat mit seiner Erfahrung, damit sie sich in guten Händen fühlt und ihm alles über das Verschwinden ihrer Schwester erzählt. Pass auf. Ein Modefotograf hat die Serafima auf dem Heimweg von der Schule angesprochen. Er hat Fotos von ihr gemacht, sehr schöne Fotos, und wahnsinnig gut dafür bezahlt.

»Nicht Nacktfotos«, hat die Nadeshda betont. »Schöne Fotos, Modefotos.«

»Und wie hat der Fotograf geheißen?«

»Mike.«

»Das hilft uns weiter.«

Die Nadeshda hat eine lange Pause gemacht. Aber nicht, weil sie beleidigt war wegen dem Kommentar vom Brenner. Sondern sie hat überhaupt immer lang überlegt, bevor sie etwas gesagt hat.

»Nach ein paar Wochen hat der sie angerufen. Dass er einen Job für sie hat. Er hat für sie einen Flug von Moskau nach Wien gebucht.«

Langsam, mit großen Pausen hat sie dem Brenner noch ein paar Sachen erzählt. Aber wie er geglaubt hat, jetzt fängt sie langsam an, war sie schon fertig. Weil mehr hat sie nicht gewusst. Da hat man im Grunde nur lachen können. Das war wie ein tausendteiliges Puzzle, wo du nur drei Plättchen kriegst, eines mit einem Wassertropfen aus der Wolga, eines mit einem Senfpatzen aus München, und da noch ein Plättchen mit einem Grashalm, bei dem ist nicht sicher, wo er her ist, und jetzt bau mir ein Bild der Welt zusammen. So hat sie ausgesehen, die Informationslage vom Brenner, nachdem die Nadeshda alles erzählt gehabt hat.

»Meine Schwester war ganz aufgeregt, weil Mike ihr so eine hohe Gage versprochen hat für drei Tage Fotoshooting in Austria. Eine Woche später wollte sie wieder hier sein.«

Während der Brenner überlegt hat, ob er ihr Verstummen so bewerten soll, dass sie einen Kommentar von ihm erwartet, oder so, dass er sie in Ruhe über die Fortsetzung der Geschichte nachdenken lassen soll, hat die Nadeshda den Faden schon wiedergefunden: »Auf dem Handy hört man immer noch ihre Stimme von früher, aber sie meldet sich nie, und sie ruft nicht zurück. Am Anfang habe ich es alle zehn Minuten versucht. Heute rufe ich manchmal an, nur um diese Stimme zu hören. Ich habe Angst, dass auch sie verschwindet.«

Sie waren jetzt schon wieder fast beim Bahnhof, der Zug ist in einer Stunde gegangen, und die Nadeshda hat gesagt: »Frag mich noch was.«

»Was?«

»Du kannst alles fragen.«

»Mailst du mir ein gutes Foto von deiner Schwester?«

»Es gibt gute Fotos, die Mike gemacht hat. Aber die hab ich nur auf Papier.«

Sie haben dann doch noch in die Wohnung von der Nadeshda fahren müssen, sehr ärmliche Verhältnisse, da hat der Brenner nicht gewusst, wie er das im Kopf zusammenbringen soll, diese schöne Frau, wo du gedacht hast, die ist sogar für den Schah von Persien eine Nummer zu groß, da traut sich nicht einmal der Fürst von Monaco ein Fleurop-Sträußchen vorbeischicken, aber die lebt in diesem heruntergekommenen Haus. Sie hat ihm einen Tee gemacht und einen Stapel Fotos von ihrer Schwester neben die Tasse gelegt.

»Ihr seht euch sehr ähnlich«, hat der Brenner recht sachlich getan. Aber pass auf, was ich dir sage. Er wollte nur überspielen, wie hingerissen er von der Frau auf den Fotos war.

Zwei Fotos hat er sich ausgesucht, und dann haben sie sich auf den Weg gemacht. Die Nadeshda hat ihn in einem Sammeltaxi zum Bahnhof begleitet, daran hat der Brenner dann noch oft denken müssen, an den ganzen Kitsch, mit dem der Taxifahrer seinen Arbeitsplatz geschmückt gehabt hat. Am Bahnhof hat sie ihm eine Fahrkarte, eine Wasserflasche und ein Salamisandwich gekauft und ihm noch ihr letztes Geld zugesteckt, damit er in Moskau wenigstens bis zum Flughafen kommt.

»Und steck diese Münzen extra in die Tasche«, hat sie ihm geraten. »Dann kannst du dir nach der Sicherheitskontrolle noch ein Wasser am Automaten kaufen.«

Und dann hat er es auf einmal sehr eilig gehabt zu seinem Zug, obwohl noch genug Zeit gewesen wäre.

Wie er nach vierzehn Stunden Tiefschlaf am Moskauer Bahnhof Richtung U-Bahn gegangen ist, hat er natürlich wahnsinnig aufgepasst, dass er nicht ein zweites Mal ausgeraubt wird. Aber interessant. Er hat sich weniger um sein

Geld und die Bestätigung seiner gestohlenen Papiere gesorgt. Er hat sich gesorgt, dass sie ihm die Fotos von der Serafima wegnehmen. Da siehst du schon, was der Brenner wirklich war. Ein Frauentränenumfaller, wie er im Buche steht.

# 5

Drei Tage haben sie ihn in Moskau dunsten lassen, weil die österreichische Botschaft hat gesagt, wir müssen uns vorher noch gegenseitig die Pickel ausdrücken, bevor wir uns auf die Suche nach dem Stempel machen können. Und genau in dem Moment, wo der Brenner beschlossen hat, beim Putin um Asyl anzusuchen, haben sie ihn doch noch in ein Flugzeug gelassen.

Aber interessant, was drei Tage und dreitausend Kilometer Distanz mit einem Menschen machen. Weil daheim hat er die Fotos von der Serafima im hintersten Winkel seiner Wohnung versteckt und gehofft, dass er sie nie wiederfindet. Und dann gleich ab in die Hertawohnung und auf ihre Rückkehr warten.

Drei von ihren vier Pflanzen waren sogar noch halbwegs wiederzuerkennen. Aber die eine am Küchenfenster, wo sie gesagt hat, die musst du unbedingt jeden Tag gießen, die hat nicht mehr gut ausgeschaut. Weil die Sonne hat ihr zugesetzt. Jetzt hat er seine ganze Energie statt in die Serafimasuche in die Wiederbelebung der Hertapflanze gesteckt. Und ob du es glaubst oder nicht. Bei der Rückkehr ihrer Eigentümerin aus der Wüste war die Pflanze schöner als je zuvor!

Der Herta ist es dann zum Glück nicht aufgefallen, dass er eine neue gekauft hat. Irgendwie muss es ihn aber doch belastet haben, dass er ihre Lieblingspflanze ausgetauscht hat. Jeden Tag hat es ein bisschen mehr an ihm genagt. Die Sache mit Russland hat er schnell vergessen, aber der Pflanzentausch ist ihm wie das große Familiengeheimnis vorgekommen, Kuckuckskind nichts dagegen. Jetzt natürlich die alte Geschichte. Wenn der Mensch eine Schuld hat, möchte er unbedingt, dass er sie abwälzen kann. Ein anderer soll Schuld daran sein, dass er es getan hat. Der Brenner hat sich immer öfter gefragt, wie es eigentlich möglich ist, dass es der Herta nicht auffällt. Normalerweise hätte es ihr doch auffallen müssen! Wie unsensibel muss ein Mensch sein, dass man nicht einmal die angebliche Lieblingspflanze von einer neuen Pflanze unterscheiden kann?

Und da hat er eben so lange die Herta beobachtet und in Widersprüche verwickelt, bis sie damit herausgerückt ist, warum sie so unaufmerksam war. Pass auf. Sie hat sich in Marrakesch in den Wüstenführer verliebt. In den Murat. Weil der Murat immer sehr ernst geschaut mit den schönen Augen, dann die Sandalen, die schlanken Fesseln, und wenn sich einer in der Wüste auskennt wie in der eigenen Westentasche, das beeindruckt dich. Jetzt hat sie seit ihrer Rückkehr ununterbrochen an den Murat denken müssen. Und fest e-mailen, weil heute die Wüstenleute auch schon Computer und alles.

Vorgefallen ist nichts zwischen dem Murat und ihr, klare Sache, das wäre viel zu peinlich gewesen da in der Gruppe vom Weltweitwandern, weil ein paar von den Kameradinnen auch verliebt in den Murat, allen voran natürlich ihre beste Freundin, die Krankenschwester, da wäre schon rein von der wechselseitigen Bewachung alles sehr schwierig gewesen.

Die Herta war dann aber sehr erleichtert über die Reaktion vom Brenner. Weil absolut Gentleman und nicht ein einziges vorwurfsvolles Wort, sondern im Gegenteil: auch gebeichtet. Also nicht die Sache mit der Pflanze, aber die Sache mit Moskau. Mit Nischni Nowgorod, sprich Nadeshda.

Und auf einmal haben sie lachen müssen. Eine halbe Stunde nach Mitternacht haben sie mit dem Lachen angefangen, und um zwei Uhr früh waren sie immer noch nicht fertig damit. Weil es ist ihnen von Minute zu Minute klarer geworden, wie lächerlich sie sich aufgeführt haben. Sie haben einen regelrechten Ehrgeiz entwickelt, sich gegenseitig mit Peinlichkeiten zu übertrumpfen, bis das Lachen schon weh getan hat und sie sich langsam beruhigt haben.

»Vielleicht wird man in unserem Alter einfach ein bisschen narrisch«, hat die Herta gesagt.

Weil weltweites Herumverlieben – ihnen ist jetzt vorgekommen, dass man das überhaupt nur von der lächerlichen Seite betrachten kann, und jeder noch am ehesten Verständnis für den anderen, aber sich selbst gegenüber gnadenlos. So gut haben sie sich schon lange nicht mehr verstanden. Bis tief in die Nacht hinein haben sie im Bett geplaudert.

»Früher sind die Leute gestorben, bevor sie verrückt geworden sind«, hat der Brenner gesagt.

»Da hat man den Nachbarn geheiratet und ist zufrieden gewesen.«

»So zufrieden waren die Leute früher auch nicht.«

»Aber sie sind gestorben, bevor sie es bemerkt haben.«

Und der Brenner wieder Oberpessimist: »Woher willst du wissen, dass sie es nicht bemerkt haben? Obwohl sie früh gestorben sind, können sie vorher kurz unzufrieden gewesen sein.«

Die Herta wollte aber unbedingt noch einmal auf sich

selber hinhauen: »Aber sie sind nicht weltweit wandern gegangen.«

»Früher hat weltweit wandern Krieg geheißen.«

»Ja, das stimmt auch wieder.«

Mit der Zeit sind die Antworten immer langsamer gekommen, und im Überlegen, ob die Herta schon schläft, ist der Brenner selber eingeschlafen.

Und wahnsinnig gut geschlafen. Keine Träume, kein Schwitzen, kein Garnichts. Beim Aufwachen hat er sich so gut gefühlt wie schon ewig nicht mehr. Aber lang hat der Frieden nicht gedauert. Er war noch gar nicht richtig wach, da hat die Herta gejammert, dass sie schlecht geschlafen hat, weil ihr die ganze Nacht die verschwundene Russin nicht aus dem Kopf gegangen ist.

»Ich hab immer daran denken müssen, wie es dem entführten Mädchen gerade geht.«

Der Brenner hat sich schlafend gestellt, aber die Herta hat nicht aufgegeben, im Gegenteil, sie ist immer deutlicher geworden. Er könnte doch der Nadeshda wirklich bei der Suche nach ihrer verschwundenen Schwester helfen. Er soll sich einmal in die Lage der armen Serafima versetzen, hat sie gesagt. Jetzt ist sie schon per Serafima mit ihr, hat der Brenner sich gedacht.

»Es tut dir bestimmt gut, wenn du eine Aufgabe hast.«

»Ich schlafe noch«, hat der Brenner geantwortet, weil die Hälfte seiner guten Aufwachstimmung war mit diesem Vorschlag schon wieder Geschichte, im Grunde achtzig Prozent.

»Dann bist du nicht mehr so rastlos.«

Er hat es nicht gemocht, wenn sie sich beim Aufwachen so an ihn gedrückt hat, weil beim Aufwachen will der Mensch Abstand, das ist ein Naturgesetz. »Ich bin rastlos?«

»Außer in der Früh. Da bist du zu grantig zum Rastlossein.«

»Ich bin immer zu grantig zum Rastlossein.«

»Eine Aufgabe würde dir bestimmt nicht schaden.«

Der Brenner hat überlegt, ob sie das aus Bosheit tut. Ob ihr womöglich ein böser Traum doch noch einen Racheplan für seine Russlandreise eingeflüstert hat, und jetzt soll er die Suppe gefälligst auslöffeln.

»Ich brauche keine Aufgabe mehr«, hat er gegähnt. »Ich hab genug Aufgaben gehabt in meinem Leben.«

Und ich muss auch sagen, der Brenner oft genug dem Tod in letzter Sekunde von der Schaufel gesprungen. Da muss er sich nicht auf seine alten Tage noch einmal mit der Russenmafia anlegen. In diese Richtung hat auch der Brenner argumentiert. Aber die Herta wahnsinnig gut mit den Wörtern, die hat dem Brenner jedes Wort im Mund umgedreht, und je mehr er dagegengeredet hat, umso weiter ist er hineingeraten.

Und den größten Fehler hat er dann beim Frühstück gemacht. Das Frühstück selber eins a, da gibt es gar nichts, den Tee hat die Herta aus Marrakesch mitgebracht, das war ein Duft, dass die Herta ganz ding geworden ist. Der Brenner hat zugestimmt, dass der Tee gewaltig duftet, obwohl sein Geruchssinn sich schon 1971 verabschiedet hat, wie er übers Wochenende den Kotflügel vom geliehenen Manta auspolyestert und neu gespritzt hat, aber seinem Kollegen Kendler, der vorher noch gesagt hat, er bringt den Brenner um, falls er einen Kratzer findet, ist dann nie etwas aufgefallen. Nur seine eigene Nase hat es dem Brenner nie verziehen, weil die Gifte. Und ob du es glaubst oder nicht. Erst in diesem Moment, wie er den Tee nicht gerochen hat, ist ihm bewusst geworden, dass er am Wolgaufer den Geruch der weinenden Nadeshda wahrgenommen hat, quasi Wunderheilung.

Und vielleicht war das der Grund, dass er so blöd hineingestolpert ist. Er hat zugegeben, dass er Fotos von der Serafima hat. Da darf man der Herta auch nicht böse sein, dass sie keine Ruhe gegeben hat, bis er die Fotos aus seiner Wohnung geholt hat. Und dann natürlich die Herta hin und weg von der Schönheit des Mädchens und: Der musst du helfen! Der Brenner hat aber immer noch nicht recht gezogen, ich muss schon auch sagen, er ist wirklich ein bisschen träge geworden. Gerade durch das Leben mit der Herta. Was andere Männer schon mit dreißig erleben, dass sie einen Bauch kriegen und träge werden und während dem Sex schon ans Abendessen danach denken, das ist jetzt auf die alten Tage auch dem Brenner passiert. Und ich glaube ja bis heute, dass es der Herta vielleicht mehr darum gegangen ist, den Brenner wieder ein bisschen anzustacheln, und weniger um die Hilfe für das hübsche Mädchen, wo sie vielleicht punkto Erfolgsaussichten auch pessimistischer war, als sie getan hat. Weil getan hat sie, als wäre für den Brenner nichts leichter, als die Serafima in Wien zu finden.

»Und die Rotlichtmafia schreckt dich gar nicht? Hast du überhaupt keine Angst um mich?«

Da muss ich schon sagen, so etwas Weinerliches hätte er früher nicht gesagt. Aber er wollte eben partout nicht mit dem Foto in der Hand durch die Wiener Rotlichtmeilen spazieren. Weil das war es, wozu die Herta ihn zwingen wollte, sprich: Spazier doch einfach herum, besuch ein paar Bordelle, dann hast du auch ein bisschen Bewegung, kommst hinaus an die frische Luft, und wer weiß, vielleicht machst du einen Glückstreffer. Oder eines der Mädchen kennt sie. Oder ein Zuhälter gibt sie für eine gewisse Gebühr wieder her.

Das hat ihm gefallen an der Herta. Keine Ahnung von der Detektivarbeit, aber sie hat es sich genau richtig vorgestellt. Schön Schritt für Schritt, die langweiligste Arbeit, die man sich vorstellen kann, wenn es nicht ein bisschen spannend wäre durch die Nebenfragen.

Jetzt was waren die Nebenfragen? Pass auf. Wie der Brenner dann auf den Strichstraßen und in den Studios und Laufhäusern mit dem Serafimafoto hausieren gegangen ist, hat sich zum Beispiel die Nebenfrage ergeben: Hackt der mir jetzt die Hände ab, oder sagt er das nur so?

Das war aber erst am dritten Tag, weil zuerst ist seine Suche nach der Serafima einmal komplett im Sand verlaufen. Keiner einzigen Prostituierten ist das Gesicht auf dem Foto bekannt vorgekommen, und eine hat ihm sogar erklärt: So ein Einserhase arbeitet garantiert nicht am normalen Strich, da soll er lieber beim Berlusconi suchen. Im Vergleich dazu war der tschetschenische Laufhauswächter, der ihm mit dem Händeabhacken gedroht hat, schon fast eine erfreuliche Ausnahme, weil seine Drohung war wenigstens irgendeine Reaktion. Auch wenn man es nie gern hört, dass dich jemand vor die Wahl stellt: entweder Foto fallen lassen oder sonst eben Foto inklusive Hand. Der Brenner hat sich aber nicht schrecken lassen, obwohl der unfreundliche Muskelberg das *Wu Tan* auf den Hals tätowiert gehabt hat, und der Wu Tan Clan war dafür bekannt, dass seine Angehörigen nicht zimperlich sind. Der Brenner hat den Anfang vom Wu Tan noch in seiner aktiven Zeit erlebt, sprich Mordfall Wustinger Tanja. Der sechzehnjährige Lupescu hat damals immer behauptet, seine Freundin Wustinger Tanja ist freiwillig aus dem Fenster gesprungen, aber im Gefängnis hat er dann angefangen, das gerichtliche Kürzel *Wu Tan* zu seinem Markenzeichen zu machen. Und bald war seine Truppe so berüchtigt, dass die Musikfans vom Wu Tang Clan das Gefühl bekommen haben, ihre Band schreibt den eigenen Namen falsch.

Trotz der unfreundlichen Drohung hat der Brenner die Begegnung schon halb vergessen gehabt, wie die Nebenfrage in derselben Woche noch einmal aktuell geworden ist. Pass auf. Er sitzt um Mitternacht mit der Herta vor dem Fernseher, sie schauen sich die Nachrichten an, und da bringen die eine Meldung über einen Leichenfund in der Donau. Das Besondere an der Wasserleiche war, dass man ihr den Kopf und die Hände und die Füße abgetrennt hat, sprich Torso, weil so macht man das heutzutage, wenn man will, dass die Leiche nicht so einfach zu identifizieren ist. Aber gegen die Tätowierungen haben sie nichts machen können, weil der Torso viele Tätowierungen, und darum haben sie einen Experten ins Studio eingeladen, der die Tätowierungen analysiert hat.

Sehr gut hat man die Bilder und Schriftzeichen nicht mehr gesehen, weil die Leiche schon lange im Wasser gewesen, da hat sich die untätowierte Hautfarbe stark an die tätowierten Partien angenähert, aber der Experte hat trotzdem noch ein paar interessante Dinge herausgelesen. Zumindest die Herta hat es interessant gefunden, der Brenner sofort Aggressionen auf den Experten, ja was glaubst du. Dieser Experte war nicht ganz koscher, das hat er auf den ersten Blick gesehen. Schon allein seine Stimme. Und wie der dreingeschaut hat mit seinem Mund. Vorgestellt haben sie ihn als Journalisten und Unterweltexperten, das hat den Brenner gleich misstrauisch gemacht. Diese Rotlichtphilosophen hat er schon gefressen gehabt. Und der hier war ihm überhaupt vom ganzen ding her unsympathisch, weil Studentenbrille, Hühnerbrust und Ziegenbärtchen hätten ja noch gut zu den Hängeschultern gepasst, aber dann tätowiert wie ein Gangster, das hat den Brenner abgestoßen.

»Hör doch einmal zu«, hat die Herta protestiert, weil er immer dazwischengeschimpft hat.

Und ich muss auch sagen, der Unterweltexperte Gruntner

hat schon was verstanden von den Tätowierungen. Das hier könnte eine Muttergottes gewesen sein, hat er erklärt, weil der Strahlenkranz, und hier vielleicht ein Tiger oder ein Lenin, auf jeden Fall eine russische Tätowierung, das hat der Experte Gruntner mit Sicherheit sagen können, weil erstens die Technik, wie der Tätowierer tätowiert, das Werkzeug, die Tinte, da hat der mit Sicherheit sagen können, russische Herkunft, und dieser Buchstabe, ein P, also auf Russisch ein R, aber darum geht es nicht, sondern wie er geschrieben war, verstehst du, der Russe schreibt es ein bisschen anders, und darum mit Sicherheit kein einheimischer Torso, sondern eben Russe, Tschetschene, Ukrainer, in diese Richtung. Der Experte hat dann einen so langen Vortrag gehalten über die Bedeutung der Tätowierungen in der Unterwelt, dass der Brenner wieder angefangen hat, über den Schwätzer zu schimpfen.

»Aber das ist doch interessant«, hat die Herta gesagt. »Was hast du gegen den?«

Das Fernsehen hat jetzt die Tätowierungen noch einmal in Großaufnahme gezeigt, am besten hat man eine Schlange erahnt, die über die linke Schulter gekrochen ist, aber das Haupt der Schlange ist mitsamt dem Haupt der Leiche abgetrennt worden.

»Die Serafima ist auch tätowiert«, hat der Brenner gesagt.

Die Herta blasser geworden als die Wasserleiche. Sie hat den Brenner mit so weit aufgerissenen Augen angestarrt, als hätte er gesagt, das ist die Tätowierung der Serafima, weil ich erkenne es am Strahlenkranz, so einen macht nur der Tätowierer links vom Sacharowmuseum in Nischni Nowgorod.

»Aber nur ein Schmetterling neben dem Nabel.«

»Furchtbar«, hat die Herta gesagt, und es war nicht sicher, ob sie den Brenner meint, der ihr so unsensibel diesen Schreck eingejagt hat, oder den Schmetterling, mit dem sich ein schönes Mädchen den Bauch verhunzen lässt, oder die Leiche im Fernseher oder einfach alles miteinander.

Der Brenner hat ihr unter die Nase gerieben, dass die Sitten immer brutaler werden in der Unterwelt, und dass es ihn deshalb so aufregt, wenn ein Intellektueller gescheit daherredet über die Bedeutung der Tätowierungen, quasi Philosophie, und in Wirklichkeit heißt die Tätowierung nur, dass einer im Gefängnis von soundso vielen Ranghöheren vergewaltigt worden ist, und die Tätowierung hat er sich auch nicht freiwillig machen lassen.

»Aber vielleicht solltest du einmal reden mit dem?«, hat die Herta genau das Falsche gesagt. »Vielleicht weiß er etwas.«

»Was soll der wissen?«

»Wie du die Serafima finden könntest.«

Dieser Ratschlag einer Ahnungslosen hat ihn so aufgeregt, dass er aufs Klo gegangen ist, Zeitunglesen.

# 6

Damit die Herta endlich eine Ruhe gibt, und weil sie damit gedroht hat, es sonst selber zu tun, hat der Brenner dann doch noch bei der Internetzeitung *Untergrunt* angerufen. Er hat sich nicht gewundert, dass gleich der Rotlichtphilosoph Gruntner persönlich am Telefon war. Er hat sich gewundert, dass er überhaupt wen erreicht hat.

»Wäre es vielleicht möglich, das Foto einer Vermissten auf Ihrer Seite zu veröffentlichen?«

»Wir sind keine Seite, wir sind eine Zeitung.«

»Untergrunt.«

»Richtig.«

»Das heißt, es kostet etwas, wenn Sie eine Zeitung sind?«

»Nein, es kostet nichts. Das gehört zu unserem Service.«

»Soll ich das Foto einfach mailen?«

»Besser in einem Kuvert vorbeibringen. Da lassen sich die zweihundert Euro Bearbeitungsgebühr leichter dazustecken.«

Der Gruntner hat ihm die Redaktionsadresse gesagt, und schön langsam ist es dem Brenner verdächtig geworden, dass schon wieder ein Unglück zu etwas gut war. Weil ob du es glaubst oder nicht. Das war ganz in der Nähe von dem Ohrenarzt, bei dem er einen Termin gehabt hat. Und wenn er nicht in Moskau zusammengeschlagen worden wäre, hätte ihn nicht dieses Ohrensurren geplagt, und ohne das Ohrensurren hätte die Herta nicht den Termin für ihn ausgemacht. Und ohne Ohrenarzttermin hätte der Brenner jetzt vielleicht gesagt, der Gruntner soll ihn am Arsch lecken.

»Wenn es Ihnen recht ist, komm ich am Donnerstag gegen drei vorbei. Da hab ich vorher einen Termin in Ihrer Nähe.«

»Anytime«, hat der Gruntner gesagt und aufgelegt.

Der Brenner hat es dann aber erst auf vier geschafft, weil wenn du in Wien zum Arzt gehst, musst du topfit sein, um die Wartezeit ohne Kollaps zu überleben. Einen schönen Eckeingang hat der Herr Anytime gehabt, das dürfte früher einmal ein kleines Geschäft gewesen sein, aber schlechte Gegend für kleine Geschäfte, hat der Journalist Gruntner sich mit seiner Internetzeitung eingemietet. Und sogar ein richtiges Firmenschild: *Untergrunt. Geschäftszeiten Mo – Fr, 12:00 – 17:00.*

Während dem Brenner gerade folgender Gedanke durch den Kopf gegangen ist »Verkehrte Welt, der Ohrenarzt hat ein buntes Schild gehabt, als würde er nicht Ohren, sondern Ohrringe reparieren, aber der Internetmann hat ein gediegenes Messingschild«, hat ihm schon jemand von innen die Tür aufgesummt. Jetzt erst ist dem Brenner die nagelneue Kamera aufgefallen, durch die er beobachtet worden ist, so hat ihn der Firmenschildvergleich beschäftigt. An seinem Zusammenzucken war aber weder die Kamera schuld noch das überraschende Aufspringen der Tür. Sondern eben die Ohren. Gewisse Geräusche hat er seit dem Überfall lauter gehört, als sie waren. Besteckklappern, Autoblinker, Türöffner höre ich viel zu laut, und menschliche Gespräche höre ich zu leise, hat er dem Ohrenarzt erklärt, und wenn es ganz leise ist, surrt es in meinem Kopf. Es war nicht so schlimm, nur wenn der Brenner gezwungen gewesen wäre, wem eine Kugel in den Kopf zu schießen, hätte der Schuss ihm selber am meisten weh getan. Geärgert hat ihn, dass der Arzt gesagt hat, dieses Surren haben viele Leute, weil Volkskrankheit, und da gibt es zwei Möglichkeiten, entweder Tumor oder psychisch. Das musst du dir einmal vorstellen, der hat nicht einmal gefragt, ob der Brenner vielleicht vor kurzem in Russland zusammengeschlagen worden ist!

Ich erwähne es nur, weil er dem Gruntner ebenfalls sein Ohrenproblem geschildert hat. Der Gruntner hat ja auf dem Bildschirm gesehen, wie sein Besucher zusammengezuckt ist, und noch überheblich gegrinst, wie der schon vor seinem Schreibtisch gestanden ist. Aber der Brenner hat jetzt mit Gewalt versucht, seine Antipathie gegen den tätowierten Ziegenbärtchenprofessor zu überwinden, und ihm erklärt, dass er so zusammengefahren ist, weil er seit einiger Zeit diese Geräusche zu laut hört. Da siehst du schon, was für ein Vollprofi der Brenner war, wenn es um eine wichtige Sache gegangen ist. Daheim hat er die Herta noch ausgelacht, wie sie gepredigt hat, Vertrauen schafft Vertrauen, quasi Guruweisheit, aber jetzt hat er es einmal ausprobiert. Er hat dem Gruntner sogar von seinen Moskauer Verwicklungen erzählt, bevor er ihm das Serafimafoto hingelegt hat. Und ob du es glaubst oder nicht. Es war fast zum Lachen, aber der Rotlichtphilosoph hat sich für die Ohrenbeschwerden vom Brenner mehr interessiert als der Arzt! Der Gruntner hat gesagt, ja wenn sie dich in Moskau zusammengeschlagen haben, dann kommt es vielleicht daher. Der Ohrenarzt nicht, der Arzt sagt, Tumor oder Psyche, der fragt nicht einmal, haben sie dir vielleicht eine über den Schädel gezogen.

Er hat dem Rotlichtphilosophen das Kuvert hingeschoben, und der Gruntner hat das Foto herausgenommen und gesagt, da sind nur zweihundert Euro drinnen. Der Brenner hat ihm gesagt, er soll ihm nicht mit dem ältesten Schmäh der Welt kommen, weil er ist weder erst gestern auf die Welt gekommen noch auf der Nudelsuppe dahergeschwommen. Der Gruntner hat ganz auf ehrlich und verständnisvoll gesagt, dass sich einer, der schlecht hört, doch nicht so sicher sein kann, ob er *zweihundert* oder *dreihundert* gehört hat, wo doch schon Menschen, die nicht schwerhörig sind, *zwei* und *drei* leicht falsch hören.

»Zumal am Telefon«, hat der Gruntner gesagt.

Da war es natürlich vorbei mit dem Versuch, diesen Affen weniger unsympathisch zu finden. Der Brenner hat gesagt, dass er nicht schlecht hört, sondern gewisse Dinge sogar zu gut hört, und dann ist er zusammengezuckt, weil das Telefon vom Gruntner so unglaublich laut geklingelt hat.

»Chefredaktion Untergrunt«, hat er sich gemeldet, obwohl es weit und breit kein Anzeichen für einen Nicht-Chefredakteur oder eine Sekretärin gegeben hat.

Aber interessant. Jetzt war es schlimmer als vorher mit der Antipathie. Man müsste einmal herausfinden, was das Gegenteil von Rosarot ist, weil dann könnte ich dir erklären, durch was für eine Brille er den Gruntner jetzt gesehen hat. Diesen Wicht hat der Brenner schon gefressen gehabt. Fürchterlich! Wie idiotisch er beim Telefonieren immer wieder seinen Schlurf aus dem Gesicht schleudert! Und diese Stimme! Und wie er dreinschaut! Und wie er dasitzt!

Die Herta hätte ihn sicher wieder geschimpft, dass er nicht so nach den Äußerlichkeiten gehen soll. Aber ich muss ganz ehrlich sagen, da bin ich mehr auf der Seite vom Brenner. Weil oft sagt man, jemand ist mir aus dem und dem Grund unsympathisch, weil er vielleicht etwas Bestimmtes gesagt oder getan hat. Aber in Wahrheit sind einem die Leute doch unsympathisch, weil sie so dasitzen. Dasitzen und Dreinschauen, das sind die Hauptgründe, dass einem jemand zuwider ist. Man sucht einen Grund, dabei lautet die Wahrheit einfach: Wenn einer schon so dreinschaut. Da vergeht es mir schon. Oder wenn einer so schnauft. Den hab ich schon gefressen. Oder es tut einer mit den Augen so, du weißt schon, wenn einer so schaut mit den Augen, dann ist es schon aus bei mir. Da kann er sagen, was er will! Oder was ich auch partout nicht verputzen kann. Wenn einer so mit den Fingern knackt.

»Sicher nicht«, hat der Gruntner dem Anrufer nach einer Schweigeminute geantwortet und mit den Fingern geknackt. Weil Vorteil der Freisprechanlage, du kannst mit den Fingern spielen.

Die Stimme, die aus dem Telefon herausgekommen ist, hat nicht zu den Dingen gehört, die der Brenner besonders laut gehört hat. Dass es keine angenehmen Nachrichten waren, hat er aber auch so verstanden. Du musst wissen, der Gruntner ist regelrecht verfallen in seinem Chefsessel. Mit dem wichtigtuerischen Hin-und-her-Gedrehe war es vorbei, weil jetzt hat der Chefsessel unter dem zusammengesunkenen Chefredakteur eher wie ein Rollstuhl gewirkt.

»Sicher nicht«, hat der Gruntner noch einmal gesagt und abwesend das Serafimafoto studiert, während er dem Anrufer noch eine Weile zugehört hat, bis er ihn mit einem angefressenen »Vergiss es« unterbrochen und aufgelegt hat.

»Zweihundertfünfzig«, hat er übergangslos gesagt und so getan, als hätte das Telefonat gar nicht stattgefunden. Er hat dabei das Foto angestarrt, als wäre es die Serafima, mit der er redet.

Der Brenner hat gewusst, dass er auch die zweihundert nehmen würde, aber der Gruntner hat nach dem Telefonat ein bisschen angeschlagen gewirkt, und darum hat er ihm seinen Willen gelassen. Er hat sogar versucht, ihm wieder ein bisschen auf die Füße zu helfen, indem er ihn nach seiner Expertenmeinung gefragt hat: »Finden Sie nicht auch, dass die Serafima zu schön ist für den normalen Strich?«

»Früher wäre das ein Argument gewesen«, hat der Gruntner erklärt und das Foto auf den Scanner gelegt. »Aber heutzutage ist der Markt derart überflutet, dass du alles findest. Auch solche Schönheiten.«

Während das Scannergeräusch in absolut normaler Lautstärke bei den Brennerohren angekommen ist, hat der Rotlichtphilosoph ein bisschen zu leise gesagt: »Die ganze Sache mit der Zwangsprostitution ist im Grunde hochinteressant. Früher hat man die Prostitution an und für sich verdammt. Aus moralischen Gründen oder aus religiösen Gründen. Aber in unserer liberalen Zeit fehlen diese Grundlagen.«

»Verstehe«, hat der Brenner gesagt, sprich: Bitte keine Vorträge. Du musst wissen, das Lieblingsthema vom Rotlichtphilosophen war ihm schon bekannt, der ist in seinem Fernsehauftritt darauf zu sprechen gekommen, bis die Stimme der Moderatorin vor Widerwillen eine halbe Oktave höher geworden ist, jeder zweite Artikel in seiner Zeitung ist darauf hinausgelaufen, und der Brenner hätte bei dem Vortrag, den er ihm jetzt gehalten hat, schon fast mitreden können. Und weil er seit dem Fernsehauftritt vom Gruntner regelmäßiger Untergrunt-Leser war, hat er jetzt auch einen Verdacht gehabt, um welchen Artikel es in dem unangenehmen Telefonat gegangen sein könnte.

»Unsere Gesellschaft möchte sich ihre Prüderie nicht mehr eingestehen, die Prostitution aber trotzdem weiterhin verdammen«, hat der Gruntner sich nicht von seinem Vortrag abbringen lassen. »Darum konzentriert man sich auf das

Thema Menschenhandel und Zwangsprostitution. Damit es doch wieder ein Verbrechen ist.«

»Sie sagen mir jetzt aber nicht, dass es das gar nicht gibt.«

»Nein nein, keine Angst. Ich bin auch dafür, dass diese Arschlöcher eingesperrt werden. Aber wie geht die Gesellschaft mit denen um, die es freiwillig machen? Der beste Schutz für die wären staatliche Häuser.«

»Der Staat als Zuhälter. So weit kommt's noch.«

Aber der Rotlichtphilosoph keine Gnade, und seinen Vortrag in voller Länge gehalten. Jetzt war der Brenner dankbar für das Fingerknacken, das die Stimme in den Hintergrund gedrängt hat. Und ein Schauspiel war es noch dazu. Die eine Hand hat zwei oder drei Finger der anderen umschlossen und dann so seitlich gedrückt, bis es geknackt hat. Dann war die andere Hand dran. Oder er hat eine Faust gemacht und die Knöchel hineingedrückt. Dem Brenner war das widerlich, wie der das gemacht hat. Die ganze Zeit, während er dahinfaselt, schaut er blöd durch seine Brille ins Leere und knackt mit den Fingern. Das hat gepasst zu diesem tätowierten Komplexhaufen. Der muss innerlich wahnsinnig verspannt gewesen sein. Und seine Rotlichtfaszination hat auch gepasst zu diesem Bürschchen. Für den Brenner war der einfach ein Spanner, der sich eingebildet hat, dass er irgendwie dazugehört zu den wilden Hunden.

Und am meisten genervt hat ihn, dass jetzt schon wieder das Telefon geklingelt hat. Aber glaubst du, der Gruntner hebt ab? Oder er haut den Anrufer aus der Leitung? Minutenlang hat er es klingeln lassen. Aber interessant. Ausgerechnet während dem ewigen Klingeln hat der Brenner eine Erleuchtung gehabt. Er hat die Zusammenhänge verstanden, hör zu. Seit seine Ohren gestört waren, hat sein Geruchssinn immer deutlichere Lebenszeichen gesendet. Weil er hat während der unendlich langen Zeit, wo der Gruntner das Telefon nicht abgehoben hat, gerochen, wie der mit jedem Klingeln mehr nach Angst gestunken hat. Und dann hat der Iltis sich doch noch die Freisprechanlage ins Ohr gehängt und zur Begrüßung gesagt: »Interventionen sind bei mir sinnlos.«

knacks

»Ich lösche keinen Artikel.«

knacks knacks knacks

Wenn der Anrufer das gerochen hätte, was der Brenner gerochen hat, hätte er nicht noch eine Drohung obendrauf gelegt.

»Was?«

knacks knacks knacks

»Einmischung heißt das!«

knacks knacks

»Einmischungen sind bei mir sinnlos!«

knacks knacks

»Und Drohungen auch.«

knacks knacks

»Untergrunt hat noch nie einen Artikel gelöscht.«

Er hat derart hingebungsvoll mit seinen Fingern geknackt, dass der Brenner nur noch auf den Moment gewartet hat, wo er einen der malträtierten Finger auf einmal wie einen Froschschenkel in der Hand hält. Die Finger haben aber nach dem Telefonat noch tadellos funktioniert. So flink, wie der Gruntner jetzt auf seine Tastatur eingedroschen hat, ist dem Brenner das ausgiebige Fingerknacken wie eine sinnvolle Aufwärmübung für Artikellöschweltrekordversuche in Todespanik vorgekommen.

Dann hat der Gruntner sich wieder dem Brenner zugewandt und gesagt: »Die fünfzig Euro krieg ich noch, dann stell ich es gleich online. Text: *Kennt jemand diese Frau? Nachrichten an die Redaktion.* Passt?«

»Okay.«

*Passt* ist dem Brenner nicht über die Lippen gekommen, weil er war einer der letzten Überlebenden aus der Vorpasstzeit.

»Geben Sie mir noch Ihre Mailadresse, damit ich es Ihnen weiterleiten kann, falls was reinkommt.«

Der Brenner hat ihm die fünfzig Euro hingeschoben und gesagt: »Ich ruf Sie lieber wieder an, ob sich wer gemeldet hat.«

Die Geldscheine in der Sakkotasche verschwinden lassen und gleichgültig mit den Schultern zucken war beim Gruntner eine einzige überhebliche Gesamtbewegung. »Das ist für eine Woche. Für jede weitere Woche hundert Euro.«

Inzwischen ist er bei den Daumen angekommen und hat sie bearbeitet. Beide Fäuste geballt, mit den Daumen drinnen, und dann ruckartig so fest gedrückt, bis es gekracht hat.

»Und diese hundert Euro sind nächste Woche auch noch hundert Euro?«

knacks knacks

»Bei mir gilt immer, was ich sage.«

knacks

Und auf einmal ist dem Brenner klar geworden, warum er gar so auf die tätowierten Hände vom Gruntner fixiert ist. Auf das Knacken. Pass auf, das Knacken hat zum Brenner gesprochen! Das Knacken hat zu ihm gesagt: Fällt dir nichts ein zu diesen tätowierten Händen?

»Was für eine Sprache ist das eigentlich?«, hat er gefragt und auf die Schriftzeichen auf seinen Händen gedeutet.

»Russisch.«

»Und was heißt das?«

»Das ist ein russisches Sprichwort.«

Er hat seinen Ärmel zurückgestreift und dem Brenner den ganzen Schriftzug gezeigt.

»рука руку« ist auf dem Unterarm gestanden, und auf dem Handrücken »моет«.

»Pika piki moet«, hat der Brenner laut gelesen.

»Ruka ruku mojet«, hat der Tätowierstreber ihn verbessert.

»Verstehe.«

»Und was genau verstehen Sie?«

»Mein Russisch ist in letzter Zeit ein bisschen eingerostet. Die Russen waren nur ein paar Tage in Puntigam.«

»Sind Sie von einem Russen?«

Pass auf, was ich dir sage. Der Brenner ist erst fünf Jahre nach dem Kriegsende auf die Welt gekommen. Aber das hat er dem Rotlichtphilosophen jetzt nicht auf die Nase gebunden, weil irgendwie hat ihm der Gedanke sogar gefallen, seit er mit der Wolga auf Du und Du war. Und dem Gruntner dürfte auch aufgefallen sein, dass seine Frechheit beim Brenner nicht gelandet ist, weil jetzt hat er ihm wieder ganz normal erklärt: »Übersetzt heißt das: *Eine Hand wäscht die andere.* Darum steht auf beiden das Gleiche.«

»Interessant.«

»Und immer, wenn ich mir die Hände wasche, freue ich mich.«

»Das ist gut für die Laune.«

»Absolut.«

Der Brenner hätte sich schon wieder aufregen können über die schnöselige Art, wie der »Absolut« gesagt hat. Aber er ist nicht dazu gekommen, und siehst du, darum sage ich immer, man darf nicht nachdenken über eine Frage, dann fällt einem die Antwort ein. Weil das »Absolut« hat den Brenner für einen Moment so abgelenkt, dass er das Fingerknacken vergessen hat, und im selben Moment kapiert er, worauf ihn das Fingerknacken schon die ganze Zeit mit der Nase stoßen will.

»Die Tätowierung ist schön gemacht.«

»Absolut.«

»Haben Sie sich die in Russland machen lassen?«

knacks

»Rein aus Interesse.«

knacks knacks

»Nein nein. Schon hier.«

»Im Infra?«

knacks knacks knacks knacks knacks knacks

»Sie wissen ja so einiges über mich.«

»Nur weil Sie gestern diesen Artikel in Ihrer Zeitung veröffentlicht haben. Dass der Infra dem Chef vom Wu Tan Clan das Falsche tätowiert hat.«

Totale Fingerstille.

»Ach so.«

knacks

»Das meinen Sie.«

knacks knacks

»Ja, der Infra hat sich leider das Hirn weggekifft. Den kann ich Ihnen nicht empfehlen.«

»Egal«, hat der Brenner gesagt. »Mir würde eine Tätowierung eh nicht stehen. Man muss wissen, was einem passt.«

»Absolut.«

Dann ist er gegangen. Und er hat den Chefredakteur nicht gefragt, womit der Anrufer ihm gedroht hat, dass er den Artikel so schnell gelöscht hat. Wie er schon an der Tür war, hat der Gruntner ihn noch gefragt: »Wissen Sie eigentlich, warum die sich Wu Tan Clan nennen?«

»Ja sicher«, hat der Brenner gesagt. »Mordsache Wustinger Tanja. Damals war ich noch bei der Kripo.«

»So lang ist das schon her?«

Der Brenner hat getan, als hätte er das nicht mehr gehört. Draußen auf der Straße hat er gleich nach seinem neuen Handy gegriffen, das ihm die Herta geschenkt hat, weil das alte ja in den Moskauer Kinderhänden gelandet. Er wollte überprüfen, ob seine Vermutung richtig ist, dass der arme Chefredakteur den Artikel gelöscht hat, wo er genüsslich beschrieben hat, wie der Tätowierer Infra ausgerechnet dem Lupescu vom Wu Tan Clan über den ganzen muskulösen Rücken von der Wespentaille bis zu den Schultern statt dem gewünschten Spruch einen riesengroßen Penis tätowiert hat. Der Brenner hat sich gut an den Lupescu erinnert. Der war erst sechzehn, wie er die Wustinger Tanja aus dem Fenster gestoßen hat, weil sie nicht mehr für ihn auf den Strich gehen wollte. Und natürlich immer behauptet, sie ist freiwillig gesprungen.

Aber dann hat er eine interessante Entdeckung gemacht. Auf einem Handy kannst du heute schon alles nachschauen, frage nicht. Aber nur, wenn du es nicht wieder einmal daheim vergessen hast.

# 7

Der Tätowierer war leicht zu finden, obwohl sein Studio unter der Erde versteckt war, sprich Souterrain. Aber das Haus am Gaudenzdorfer Gürtel war derart heruntergekommen, dass das Schild *Infra* auf der dunkelgrauen Fassade herausgestochen ist wie eine Neonreklame auf einem Grabstein.

Verkehrte Welt, hat der Brenner überlegt. Die Zeitung *Untergrunt* haust nicht im Untergrund, aber der Tätowierer, der ein Licht bräuchte, muss unter der Erde arbeiten. Und da war es für den ersten Eindruck auf jeden Fall gut, dass der sich so ein schönes Schild gemacht hat, weil mit dem leuchtenden *Infra* hat weder das Schild von der Rotlichtzeitung noch das vom Ohrenarzt mithalten können. Aber interessant, was so ein Hirn oft zusammendenkt. Dem Brenner war es eine Überlegung wert, dass es sich hier punkto Schildervergleich um lauter Einmannunternehmen handelt, wo man auch sagen könnte, so viel Schild müsste gar nicht unbedingt sein, weil schließlich der Brenner ebenfalls Einmannunternehmen, aber sein Leben lang nie ein Schild. Vielleicht auch ein bisschen Neid auf den eleganten Schriftzug *Infra*, der den Besucher zu dem dunklen Kellereingang gelockt hat. Obwohl es kein elektrisches Schild war, hat einem die tätowiererblaue

Schrift auf dem infraroten Hintergrund förmlich den Weg geleuchtet, damit man nicht die Stufen zur Eingangstür hinunterstolpert. Du wirst sagen, infrarotes Schild gibt es nicht, aber das war eben die Wirkung, es hat einen richtiggehend unter die Erde gelotst, und der Brenner ist wie hypnotisiert näher getreten. Er hat langsam Angst gekriegt, dass durch den Schlag auf den Kopf seine Sinne generell ein bisschen durcheinandergekommen sind und auch seine Farbempfindung unnatürlich intensiv geworden ist.

Aber er war dann ein bisschen enttäuscht, wie er draufgekommen ist, wofür der Name Infra gestanden ist. Das hat man erst lesen können, wenn man schon auf die erste Stufe hinuntergestiegen ist, weil es ist nur winzig klein im rechten Balken des A gestanden, quasi Signatur des Meisters persönlich: Inreiter Franz.

Ein bisschen hat er noch gezögert, ob er da wirklich hinuntersoll. Zögern ist aber bei einem Detektiv eine gute Eigenschaft. Weil beim Zögern ist ihm aufgefallen, dass über der Tür des Infra dieselbe Kamera angebracht war wie beim Eingang vom *Untergrunt*, sprich frisch aus der Verpackung. Ich glaube sogar, wenn er die Kamera nicht entdeckt hätte, wäre er gar nicht hineingegangen. Du musst wissen, es war seit langem der erste richtig schöne Tag, und da überlegst du es dir dreimal, ob du in so ein schattiges Tätowiererloch hinuntersteigst. Später hat er an diesen Moment oft denken müssen, weil viele Dinge in seinem Leben wären anders gekommen, wenn er sich da gesagt hätte, was geht mich die Unterwelt an, ich bleib lieber in der Sonne.

Drinnen war es dann aber gar nicht so schlimm, wie er es sich von draußen vorgestellt hat. Ich möchte fast sagen, eine gewisse Gemütlichkeit. Beim Eintreten misstrauisch taxiert worden, das schon, das ist klar, da hat das Augenweiß des

Tätowierers aus dem Dämmerlicht herausgeblitzt, Tierfilm nichts dagegen. Aber umgekehrt muss man sagen, der Brenner hat den Inreiter Franz ja auch taxiert, das ist ganz normal bei menschlichen Begegnungen. Noch dazu, wenn der andere über und über tätowiert ist und im ärmellosen Unterhemd dasitzt. Ich persönlich finde sogar, es ist eine Abnormalität unserer Zeit, dass die Menschen sich nicht mehr anglotzen, weil schließlich ist es interessant, wer einem vor die Augen kommt, und früher hat man sich auch angeglotzt. Gemessen am Aussehen des Tätowierers war der Blick vom Brenner sogar recht diskret, mehr so aus den Augenwinkeln heraus. Der Infra hat ihn ganz direkt gemustert, und wenn er geblinzelt hat, hat man sich immer noch angeschaut gefühlt von dem Alpha auf dem linken und dem Omega auf dem rechten Augenlid.

»Der Herr Brenner«, hat der Inreiter Franz zur Begrüßung gesagt, »das ist ja schnell gegangen.«

Die Stimme hat überhaupt nicht zu ihm gepasst, weil sehr männliche Erscheinung, Vollbart, dunkelbraune Locken, sehnige Arme, der kann noch nicht lange in Wien gewesen sein, kein Bauch, keine Weinerlichkeit, keine allgemeine Ungewaschenheit. Auf den Brenner hat er eher wie ein Bergler gewirkt, der vielleicht als Kind viel gerackert hat und erst relativ spät dem Heroin verfallen ist. Und dadurch war der körperlich immer noch ziemlich intakt. Gemerkt hast du es eigentlich nur an der Stimme und am Zittern. Sonst wäre er fast als jüngere Ausgabe vom Reinhold Messner durchgegangen, nur dass er nicht so viel gequasselt hat wie der Bergsteiger, dem die Luft überall zu dünn ist, um das Maul zu halten.

»Hat mich jemand angemeldet?«

»Der Dr. Gruntner ist schon ein Menschenkenner, was?«, hat der Reservechristus mit seiner komischen Junkiestimme gesagt.

»Ich hab ihm gar nicht erzählt, dass ich bei Ihnen vorbeischau.«

»Er hat mir gesagt, dieser Brenner ist alte Detektivschule. Der geht genau dorthin, wo ich etwas nur absolut nebenbei erwähne.«

»Respekt«, hat der Brenner gesagt. »Und wollte er, dass ich vorbeikomme, oder hat er sich das erst im Nachhinein gedacht?«

»Wollen wir Dinge, oder denken wir es uns erst im Nachhinein? Der Brenner ist den großen Fragen des Daseins auf der Spur.«

»Vielleicht hat Ihr Freund, der Herr Rotlichtphilosoph, schon auf mich abgefärbt.«

Der Infra hat gelacht. »Das kann leicht sein. Aber als Freund würde ich den nicht bezeichnen.«

Gezittert hat er wahnsinnig, der bärtige Tätowierer. Das hat natürlich überhaupt nicht zu ihm gepasst. Dürfte auch beruflich nicht unbedingt hilfreich gewesen sein, aber bitte, das sieht man ja oft, dass Leute gerade diese Leiden haben, die sie am wenigsten brauchen können.

»Mich wundert, dass man bei Ihnen einfach so hereinspazieren kann.«

»Wieso?«

»Ihr Menschenkennerfreund scheint die Drohungen Ihrer Kunden ernster zu nehmen. Immerhin hat er den Artikel gleich entfernt.«

»Ach das«, hat der Inreiter gelächelt. »Die können mir nichts tun. Der Lupescu braucht mich ja, damit ich aus dem Bild auf seinem Rücken ein anderes mache. Es ist schon alles besprochen.«

»So viel Humor haben die?«

»Na ja, schreiben hätte er es natürlich nicht dürfen, der

Dr. Gruntner. Das hätte ihm schon klar sein müssen. Der gute Ruf ist das Wichtigste für einen Kriminellen!«

Der Brenner hat sich nicht recht ausgekannt mit dem Inreiter Franz, darum hat er nichts mehr geantwortet und sich die Motive an den Wänden angeschaut, Drachen, Vögel, Schlangen, Tiger, Schwerter, Blumen, Busenwunder, Heilige und und und.

»Ich weiß aber auch nichts von einer Russin, die da gegen ihren Willen festgehalten wird. Ehrlich gesagt werden die wenigsten gegen ihren Willen festgehalten. Oder anders gesagt. Die normalen Berufe. Lehrer. Ärzte. Bankbeamte. Gehen die jeden Morgen gar so freiwillig in die Arbeit?«

»Ein kleiner Unterschied ist da schon.«

»Ein kleiner schon«, hat der Tätowierer gesagt und sich eine Zigarette gedreht. »Stört es Sie?«

»Ist das hier das Tätowiererstudio *Zu den guten Manieren*?«

Der Infra hat über diese Bemerkung ein bisschen gelächelt, wodurch dem Brenner seine guten Implantate aufgefallen sind. Überhaupt muss der seinen Verfall irgendwann halbwegs in den Griff bekommen haben. Er hat weniger wie ein Junkie ausgesehen als wie ein sehniger Mönch, der die Sucht schon vor langer Zeit gegen die Erleuchtung getauscht hat.

»Manieren sind schon wichtig«, hat der Sehnenmann gesagt.

Der Brenner hat ihm das Foto von der Serafima hingehalten, während der Tätowierer sich eine Zigarette auf Vorrat neben seine Arbeitslampe gelegt und die zweite angezündet hat.

»Wohin willst du sie haben?«, hat er den Brenner geduzt, als wären ihm die Manieren auf einmal zu viel geworden. »Oberarm?«

»Ich will sie nicht tätowiert, ich will sie finden. Das ist die Russin.«

»Jaja, das hab ich schon begriffen.« Er hat dem Brenner einen Blick gesandt, als wäre er verwundert, dass er nicht einmal so einen einfachen Witz versteht. »Wie kommst du darauf, dass ich die kennen könnte?«

Der Brenner hat nichts darauf gesagt.

»Intuition?«

»Wie kommst du darauf?«

»Intuition!«, hat der Tätowierer gegrinst. »Oder vielleicht doch nicht. Man braucht eigentlich keine Intuition dafür, man kann es sich denken.«

»Was kann man sich denken?«

»Dass Intuition in deinem Beruf wichtig ist.«

»In deinem nicht?«

»Künstlerisch gesehen schon. Aber geschäftlich ist es eher störend. Die Intuition sagt mir, welches Motiv zu einem passt. Nicht in der ersten Sekunde, aber mit der Zeit, wenn man ein bisschen redet. Die meisten Leute wollen das aber nicht. Die sind beratungsresistent bis zur Selbstzerstörung. Meistens kommen sie schon mit einer fixen Vorstellung herein. Die brave Sekretärin will partout eine Gefängnistätowierung aufs Ohr. Und der Mörder will wieder einen Schmetterling.«

»So ist das Leben.«

»Sellerie!« Der Tätowierer hat das so pseudofranzösisch auf der letzten Silbe betont, dass sein Lachen in einen kleinen Hustenanfall übergegangen ist.

»Und was sagt dir deine Intuition über mich?«

»Dass du das mit dem Fotoherumzeigen lassen sollst. Damit machst du dir keine Freunde.«

»Wegen einer Tätowierung, hab ich gemeint. Was würde da zu mir passen?«

»Es gefällt mir, dass du Tätowierung sagst. Wenn die Leute schon hereinkommen mit ihrem kindischen Jargon. Je behüteter sie aufwachsen, umso mehr geilen sie sich am Kriminellenjargon auf. Ein Tattoo, ein Peckerl, lächerlich. Zu dir passt gar keine, das weißt du genau. Du denkst dir, wenn ich dann einmal bei der Leichenwäscherin bin, möchte ich nicht, dass die sich Gedanken über meine Bildchen macht.«

»Stimmt. Du hast wirklich keine schlechte Intuition.«

»Und die andere solltest du auch beherzigen.«

»Was für eine andere?«

»Dass du das mit dem Foto besser lässt.«

Der Inreiter hat jetzt auf einmal sehr ernst geschaut, als würde er sich wirklich Sorgen um den Brenner machen.

»Das war keine Intuition«, hat der Brenner es jetzt genauso streng genommen mit diesem Wort wie vorher der Tätowierer. »Das war ein Rat.«

»Stimmt. Und zwar ein guter. Die Sitten sind sehr grob geworden in dieser Stadt. Seit der Ostöffnung ist es vorbei mit der Rotlichtgemütlichkeit. Und jetzt, wo sie das Verbot für den Straßenstrich beschlossen haben, ist es ganz aus.«

»So gemütlich war es früher auch nicht.«

»Da hast du recht. Was die Vergangenheit betrifft. Und was die Gegenwart betrifft, hab ich recht.«

Als wäre er schon sehr müde von der Begriffsstutzigkeit seines Besuchers, hat er seine Augen zufallen lassen und ihn kurz mit dem A und dem Ω angeschaut, bevor er sie wieder geöffnet und gesagt hat: »Für dich gibt es nur zwei Möglichkeiten.«

»Immerhin.«

»Entweder sie kennen deine Kleine nicht. Dann ist es umsonst, dass du fragst. Oder sie kennen sie. Dann war es verdammt blöd, dass du gefragt hast.«

»Hast du deine Tätowierungen eigentlich alle selber gemacht?«

»Die auf dem Rücken nicht«, hat der Infra gegrinst. »Und den rechten Arm auch nicht, weil mit links kann ich nicht schreiben.«

»Ist das auch ein russisches Sprichwort?«, hat der Brenner auf die Buchstaben am rechten Arm gedeutet.

»Nein, das ist griechisch. Ein Bibelspruch.«

Der Brenner hat sich darauf gefreut, das der Herta zu erzählen, weil sie war ja vor ihrer Pensionierung nicht nur Lateinlehrerin, sondern immer auch ein paar Griechischstunden gegeben.

»Was heißt das?«

»Was ich geschrieben habe, habe ich geschrieben«, hat der Infra gesagt.

»Passt gut zu einem Tätowierer.«

»Eben.«

»Und ausgerechnet das hast du nicht selber geschrieben.«

»Ja, ein Widerspruch in sich.«

»Aber der Jesus war kein Tätowierer. Warum sagt der das?«

»Der sagt das nicht. Der Pontius Pilatus sagt das. Der war aber auch kein Tätowierer«, hat der Infra gelächelt.

Wie eine Kundin hereingekommen ist, hat der Brenner ihn noch schnell gefragt, ob es ihn stört, wenn er die Kataloge ein bisschen durchblättert. Weil nur ein Teil der Motive an den Wänden, und zusätzlich noch die Mappen.

»Vielleicht findest du dir ja doch noch was«, hat der Tätowierer gesagt und sich an die neuen Kundin gewandt.

Die hat schon genau gewusst, was sie wollte, pass auf: Japanische Vorlage selber mitgebracht.

Der Brenner hat sich in die Ecke gesetzt, wo die Kataloge auf einem kleinen Tischchen gelegen sind, und sich recht interessiert über die einzelnen Bilder gebeugt. Er hat sich gedacht, das Mädchen fühlt sich vielleicht weniger gestört, wenn er nur heimlich hinüberlinst. Ehrlich gesagt, das Mädchen hat sich um den Brenner überhaupt nicht geschert, und weil es in der Grotte vom Inreiter Franz so dunkel war und das meiste Licht von seiner Arbeitsleuchte gekommen ist und von der Tischlampe, die den Katalog vom Brenner beleuchtet hat, ist das Mädchen selber fast in der Dunkelheit verschwunden.

Dafür sind die japanischen Figuren, die der Infra mit seiner Nadel auf den dünnen Mädchenarm gezaubert hat, und die unzähligen phantastischen Bilder, die der Brenner in seinem Fotoalbum durchgeblättert hat, immer mehr zum Leben erwacht. Der Brenner hat die rätselhaften Bilder studiert und mit der Zeit fast vergessen, dass außer ihm noch zwei Menschen im Raum waren. Das Surren der Nadel hat er natürlich die ganze Zeit gehört, aber auch nicht bewusst, mehr so wie das Meeresrauschen, wenn du am Strand eingeschlafen bist. Er hat geblättert und geblättert, und es hätte ihn nicht gestört, wenn der Tätowierer ewig gebraucht hätte für den schmächtigen Mädchenarm. Er ist einfach sitzen geblieben und hat sich über das friedliche Gefühl gewundert, das beim Bilderbetrachten in seine Adern gekrochen ist. Als würden die vom Rauch im Lauf der Jahre imprägnierten Wände das Marihuana in einer unmessbar verdünnten Dosis ausdünsten, quasi Homöopathie. So durch und durch wohl hat der Brenner sich schon lange nicht mehr gefühlt wie an diesem Abend, an dem der Inreiter Franz seine letzte Tätowierung gemacht hat.

# 8

Auf dem Heimweg hat er sich schon gefreut, was er der Herta alles berichten kann. Erstens Ohrenarzt gewesen, zweitens *Untergrunt* gewesen, drittens *Infra* gewesen! Aber wie die Herta ihm dann die Wohnungstür aufgemacht hat, ist er gar nicht dazu gekommen, seine Taten aufzuzählen. Weil sie hat ihn in der Tür schon so komisch angeschaut. Nicht böse und nicht verliebt. Nur irgendwie komisch.

Sie hat ihm gesagt, dass er sein Handy daheim vergessen hat, und er hat gesagt, dass ihm das schon aufgefallen ist, und sie hat gesagt, dass es so oft geklingelt hat, und er hat gesagt, dass es ihm leidtut, wenn es sie gestört hat, und sie hat gesagt, nicht so schlimm, und er hat gesagt, weil das neue, das sie ihm geschenkt hat, nicht so gut in die Hosentasche passt, und sie hat gesagt, dass ihr das leidtut, und er hat gesagt, nicht so schlimm. Du merkst schon, da ist die Unterhaltung in einem Detektivhaushalt um nichts besser als bei normalen Leuten auch.

»Bis ich schließlich doch abgehoben hab«, hat die Herta gesagt. »Es war eine Wiener Festnetznummer, und ich hab mir gedacht, dass du vielleicht von irgendwo anrufst. Weil du ja meine Nummer nicht auswendig kannst.«

»Meine weiß ich erst recht nicht.«

»Aber du hast schon so oft gesagt, man sollte sie auswendig lernen. Da hab ich gedacht, vielleicht rufst du dein eigenes Handy an.«

»Deine wollte ich lernen, nicht meine. Aber ist schon in Ordnung.«

»Willst du gar nicht wissen, wer dran war?«

»Meistens wollen sie einem irgendwas verkaufen. Da leg ich gleich wieder auf.«

»Nein, die Nummer ist aus einer Wiener Pension gekommen.«

»Verstehe«, hat der Brenner gesagt im Sinn von bitte keine Rätsel. »Verwählt, oder was?«

»Nein. Verwählt auch nicht.«

»Mach es nicht so spannend.«

»Deine Nadeshda ist in Wien.«

Der Brenner hat gar nichts gesagt. Aber weil er noch im Vorraum gestanden ist, hat er im Spiegel gesehen, wie blöd er dreingeschaut hat.

»Weil sie von dir nichts gehört hat, ist sie nach Wien gekommen, um ihre Schwester auf eigene Faust zu suchen.«

»Da wünsch ich ihr viel Vergnügen.«

»Das kann doch nicht dein Ernst sein! Wenn die in den Rotlichtlokalen nach ihrer Schwester fragt, landet sie ja hundertmal selber dort, bevor sie ein einziges Mal ihre Schwester befreit.«

»Da könntest du recht haben«, hat der Brenner gesagt und sich gewundert, dass seine Ohren, seit er im Vorraum war, zu surren angefangen haben wie ein Flugzeug kurz vor dem Start. »Und mein Leben ist dir egal?«

»Nur weil du dich einmal mit dem Mädchen triffst, wird nicht gleich die Russenmafia nervös werden. Schließlich hat sie mit denen bisher nichts zu tun gehabt.«

»Und woher weißt du das jetzt so genau?«

Das ist immer ein trauriger Moment zwischen Mann und Frau. In den ersten Wochen alles nur positiv, du glaubst, das bleibt ewig so mit dem gegenseitigen Verständnis, aber dann der Alltag, der nagt an dir, da entzweit man sich wegen den läppischsten Kleinigkeiten, Rauchen, Lüften, Kühlschrank, Russenmafia.

»Die ist ganz normal als Touristin nach Wien gekommen! Da können wir doch einen Kaffee mit ihr trinken«, hat die Herta nicht nachgegeben.

»Wir?«

»Wenn es dir allein zu gefährlich ist.«

Der Brenner hat nicht recht gewusst, ob er jetzt einen Aufstand machen soll wegen der blöden Bemerkung oder ob er einfach so tun soll, als hätte er es nicht gehört. Aber während er noch geschwankt hat, ist die Herta ihm schon zu Hilfe gekommen.

»Das hab ich nicht so gemeint, wie es klingt.«

»Wer sagt, dass es irgendwie klingt?«

»Du glaubst, du kannst es vor mir verbergen, wenn du dich ärgerst«, hat sie mit einem Lächeln gesagt. »Aber dein Gesicht ist ein offenes Buch für mich.«

»Das hättest du gern.«

»Da schaust du immer so«, hat sie gesagt und recht ein blödes Gesicht gemacht, ungefähr so, wie ein Mensch schaut, dem ein Vogel auf die Nase geschissen hat.

»So schau ich?«

»Du glaubst dann, ich merk nicht, dass du dich ärgerst«, hat die Herta ihn angestrahlt. »Aber ich kann in deinem Gesicht lesen wie in einem offenen Buch.«

»Was hast du dauernd mit deinem offenen Buch? Wer liest schon in einem geschlossenen Buch?«

»Ich hab nicht gemeint, dass du dich fürchtest«, hat sie erklärt, quasi Friedensangebot. »Ich hab gemeint, falls es einen Grund zum Fürchten gibt, ist es auf jeden Fall harmloser, wenn wir uns als Paar mit der russischen Touristin zum Kaffee treffen, als wenn du dich allein mit ihr triffst, wo man viel eher sagen kann, der Detektiv trifft eine Klientin.«

»Warum sagst du es dann nicht gleich so? Mach noch einmal das Gesicht.«

Jetzt hat die Herta noch einmal die Fratze geschnitten, so blöd, wie es nur geht, und dem Brenner ist vorgekommen, dass ihm dieses Gesicht wirklich ein bisschen ähnlich schaut. Ausgerechnet jetzt ist ihm wieder der Rotlichtphilosoph Gruntner eingefallen, der ihn mit der Frage beleidigen wollte, dass der Brenner von einem russischen Besatzungssoldaten abstammen könnte. Aber von einem Iren hätte er abstammen können, rein theoretisch, weil Puntigam britische Zone, von einem Engländer sicher nicht.

»Und?«, hat die Herta ihn aus seinen Gedanken gerissen. »Was ist jetzt?«

»Wir können uns ja einmal mit ihr treffen.«

Ich kann es beim besten Willen nicht erklären, warum er ausgerechnet durch das blöde Gesicht, das die Herta geschnitten hat, weich geworden ist. Vielleicht war es einfach die freche Art, wie sie ihn um den Finger gewickelt hat, das wäre mir die liebste Erklärung. Weil sonst müsste man sich schon Gedanken machen, dass der Brenner sich ausgerechnet von seinem eigenen dümmsten Gesichtsausdruck bezaubern lässt.

»Vielleicht glaubt sie dir eher als mir, dass es zu gefährlich für sie ist.«

»Das bringen wir ihr schon bei«, hat die Herta gesagt.

»Aber heute ruf ich sie nicht mehr zurück.«

»Das brauchst du nicht. Ich hab schon für morgen was mit ihr ausgemacht.«

Der Brenner hat sich kommentarlos die Schuhe ausgezogen, und die Herta hat ihn gefragt: »Und was hast du so erlebt?«

»Nichts.«

»Warst du nicht beim Ohrenarzt?«

»Doch.«

»Und was sagt er?«

»Wahrscheinlich ein Gehirntumor.«

# 9

Im Kaffeehaus dann natürlich komische Situation. Eines hat der Brenner zugeben müssen. Die Nadeshda noch schöner, als er sie in Erinnerung gehabt hat. Die Herta auch ganz hingerissen, die hat die Nadeshda augenblicklich ins Herz geschlossen. Wie verlegen der Brenner war, merkst du schon daran, dass er sich so übertrieben mit dem Kaffee beschäftig hat, und natürlich erste Frage: »Schmeckt dir der Kaffee?«

»Sehr gut«, hat die Nadeshda gesagt. »Wiener Kaffee ist berühmt.«

Aber glaubst du, der Brenner hätte das Thema damit gut sein lassen? Er hat sich wahnsinnig über den Kaffee aufgeregt, quasi Schande der Nation. Dabei war er gar nicht so ein Kaffeetrinker! Der Brenner war ein typischer Allestrinker, der hat gern ein Bier getrunken, wenn er durstig war, der hat gern einen Wein getrunken, wenn du ihm einen hingestellt hast, der hat auch einmal einen Tee getrunken, wenn es im Winter recht kalt war, und einen Kaffee auch immer wieder. Sprich das Gegenteil von einem, wo nur der beste Kaffee und Italien und alles. Er hat es auch blöd gefunden, dass die Herta ihre neue Maschine mit den bunten Kapseln so angebetet hat, und sie hat noch so oft sagen können, es ist wegen dem Kaffee, er hat genau gewusst, es war wegen dem George Clooney. Er selber hat ein halbes Leben mit dem Filterkaffee verbracht, ohne dass ihm was aufgefallen wäre. Aber jetzt bei der Nadeshda auf einmal der große Kaffeekenner.

»Leider können die Wiener Kaffeehäuser keinen Kaffee machen.«

»Schmeckt aber gut«, hat die Nadeshda gesagt.

»Oder können täten sie es vielleicht sogar. Aber wollen tun sie nicht. Weil sie nur die billige Gastromischung kaufen. Damit die Spanne größer ist. Die Gewinnspanne. Bei uns ist Kapitalismus.«

»Bei uns auch«, hat die Nadeshda gelächelt.

Die Herta hat genickt, die wollte der Nadeshda zeigen, dass sie vollen Einblick in die weltpolitischen Zusammenhänge hat. Gesagt hat sie nichts, sie hat die Nadeshda nur angestrahlt, weil sie war komplett hin und weg, so einen schönen Menschen siehst du nicht alle Tage.

»Es gibt viele Sorten«, hat die Nadeshda gesagt. Sie hat auf die Speisekarte gezeigt und vorgelesen: »Großer Brauner, Kapuziner, Einspänner.«

»Alles dasselbe Gschloda«, hat der Brenner gesagt.

»Was ist Schloda?«

Das unbekannte Wort ist der Nadeshda mit so einem leibhaftigen »L« über die Lippen gekommen, dass es richtig russisch geklungen hat, hör zu: »Schloda«.

»Plörre«, hat die Herta übersetzt.

»Plörre«, hat die Nadeshda wiederholt.

Sie hat es sofort gut ausgesprochen, das »L« ein bisschen so, als würde ihr die Plörre schon beim zweiten Buchstaben hochkommen, aber sonst tadellos. Mit der Herta ist aber jetzt die Lehrerin durchgegangen, und der Brenner hat sich vorstellen können, wie genau sie es in der Schule bei ihrem Latein- und Griechischunterricht genommen hat. Sie hat es der Nadeshda noch einmal vorgesagt: »Plörre!«

»Plörre.«

Und weil der Kellner gerade vorbeigekommen ist, hat die Nadeshda sich ihm zugewandt, auf ihre leere Tasse gedeutet und gesagt: »Noch einmal Plörre, bitte.«

»Bitte gern, die Dame«, hat der Kellner geantwortet und sich sogar verbeugt, und siehst du, so muss man mit einem Wiener Kaffeehauskellner reden, weil solange du freundlich bist, wirst du nicht bedient.

Die Herta hat sich immer besser mit der Nadeshda unterhalten, auf diese Art, kennst du bestimmt, Frauen unter sich, und wie geht es dir, und was machst du immer so, und wie fühlst du dich, bist du eher Shiatsu oder Ayurveda, in welchem Haus lebt dein Horoskop zurzeit, und hast du noch andere Geschwister, was tust du gegen dein Geburtstrauma, und hast du Allergien oder vielleicht sogar eine Unverträglichkeit. Zuerst war der Brenner ja froh, dass er nicht reden muss, aber nach einer halben Stunde ist ihm vorgekommen, die beiden sind schon die besten Freundinnen, und wenn er jetzt aufsteht und geht, merken sie es nicht einmal. Diesen Gefallen hat er ihnen natürlich nicht getan.

»Ich hab gestern erreicht, dass ein Suchaufruf mit einem Foto deiner Schwester in der wichtigsten Internetzeitung veröffentlicht worden ist«, hat er zur Nadeshda gesagt, obwohl die Herta gerade mitten in einem längeren Satz war.

Die Herta natürlich verdattert: »Das hast du ja gar nicht erzählt!«

»Außerdem war ich bei einem wichtigen Informanten«, hat der Brenner zur Nadeshda gesagt. »Er ist der persönliche Tätowierer vom wichtigsten Kapo der Wiener Rotlichtszene.«

Den Effekt hat er schon ein bisschen genossen, das muss ich ehrlich zugeben. Die Nadeshda war begeistert, wie sie auf ihrem Handy die Untergrunt-Seite gesucht und sofort das Foto ihrer Schwester auf der ersten Seite gefunden hat.

Die Herta auch schwer beeindruckt, der Brenner ganz neutral geschaut, als wäre es nichts Besonderes, und sofort anderes Thema: »In welchem Hotel wohnst du eigentlich?«

»Aber das hat sie doch gerade erzählt«, hat die Herta wieder Oberwasser bekommen. »In der Pension Olga.«

»Und wie lang bist du schon da?«

»Vier Tage«, hat die Herta gesagt, weil da ist im Freundinnengespräch schon alles durchdiskutiert worden in einer unmenschlichen Geschwindigkeit, wodurch dem Brenner das eine oder andere entgangen ist, weil er ja an verschiedene Sachen gedacht hat.

Die Herta hat jetzt der Nadeshda die Hand auf den Unterarm gelegt und sich so schwesterlich nach vorn gelehnt und ihr gesagt, dass sie auf keinen Fall etwas auf eigene Faust unternehmen darf, weil viel zu gefährlich. Und dann, das musst du dir einmal vorstellen, hat sie neben dem Brenner zu ihr gesagt: »Mein Freund wird das für dich machen. Er wird alles tun, was in seiner Macht steht.«

Er hat geglaubt, er hört nicht richtig, wie die Herta da über ihn verfügt hat, als wäre sie seine Zuhälterin.

»Wer sagt, dass deine Schwester überhaupt in Wien ist?«, hat er wieder mit seiner alten Leier begonnen, aber unter dem Tisch hat die Herta ihn mit dem Schuh gestoßen, quasi internationale Geste unter Ehepaaren.

Und der Fußtritt hat gewirkt, weil der Brenner gleich ein paar Minuten Schweigeprogramm. Innerlich natürlich, da ist es rundgegangen, und er hat Punkt für Punkt in seinem Kopf notiert, was er der Herta daheim erzählen wird. Dass er sich das nicht bieten lässt. Dass es so weit noch kommt. Dass es überhaupt einmal höchste Zeit ist für alles. Und und und. Gleich wenn wir daheim sind, wird es ein Donnerwetter geben, das ist ganz deutlich im Gesicht vom Brenner gestanden, offenes Buch Hilfsausdruck.

Aber da hat er einen wichtigen Punkt übersehen. Weil den gemeinsamen Abend bei der Herta in der Wohnung, auf den er sich jetzt schon so gefreut hat, wo er ihr den Kopf waschen wollte, den hat es gar nicht gegeben. Ob du es glaubst oder nicht. Die Herta hat auf einmal angefangen, der Nadeshda von ihrer Wohnung vorzuschwärmen, von ihrer neuen Badewanne, die sie extra aus Italien importiert hat, und von ihrem schönen, geräumigen Gästezimmer mit eigenem Balkon.

Er wollte schon sagen, das ist nicht unbedingt ein Gästezimmer, weil das ist doch seit langer Zeit sein Zimmer, wo seine Sachen herumliegen, persönliche Zeitschriften und alles. Aber er ist jetzt nicht mehr in das Gespräch hineingekommen. Die Herta hat zur Nadeshda gesagt: »Mein Freund und ich, wir haben getrennte Wohnungen. Es ist ein Blödsinn, wenn du so viel Geld für ein Zimmer ausgibst. Du kannst gern ein paar Tage bei mir wohnen.«

Der Brenner wollte sagen, getrennte Wohnungen ein bisschen übertrieben. Du musst wissen, seine Wohnung war schon recht vernachlässigt, dadurch dass er sein ganzes Engagement und Pflege und Blumen und alles in letzter Zeit in die Hertawohnung hineingesteckt hat.

»Das kann ich nicht annehmen«, hat die Nadeshda gesagt.

»Aber du würdest damit mir einen Gefallen tun«, hat die Herta ihr zugeredet. »Ich fahre in ein paar Wochen mit einer Wandergruppe in die Mongolei. Und wenn du mir bis dahin jeden Tag eine Stunde Russisch beibringst, wäre das eine riesige Hilfe für mich! Nur die Schrift und ein paar Sätze. Sonst ist man ja komplett hilflos.«

Aber interessant. In diesem Moment hat es zum ersten Mal seit Jahrzehnten in einem Wiener Kaffeehaus nicht nach dem fürchterlichen Kaffee gestunken, sondern unbeschreiblich gut gerochen. Da hätte der Brenner die zwei Wolgaströme, die der Nadeshda über die Wangen gelaufen sind, gar nicht mehr gebraucht, um zu wissen, wie es in der Nadeshda aussieht und dass sie noch nicht oft in ihrem Leben so gut behandelt worden ist wie von der Herta.

Jetzt natürlich der Brenner auch weich geworden: »Klar nimmst du das an. Ein paar Tage kannst du leicht bei der Herta wohnen, wenn ihr euch versteht.«

»Warum sollen wir uns denn nicht verstehen?«, hat die Herta dazwischengefunkt.

»Sag ich ja.«

Langsam hat die Nadeshda die Fassung wiedergefunden und einen Schluck von der frischen Plörre getrunken.

»Warum reisen Sie ausgerechnet in die Mongolei? Hier ist es doch viel schöner.«

»Da gehen wir den Schamanenweg. Das war schon immer mein Traum! Ich möchte mein schamanisches Krafttier dort finden.«

»Warst du schon einmal in der Mongolei?«, hat der Brenner die Nadeshda gefragt, während er erfolglos versucht hat, dem Kellner zu deuten, dass er auch noch etwas möchte.

Die Nadeshda hat nur den Kopf geschüttelt und sich verstohlen geschneuzt.

»Ich bin so fasziniert vom Rentierschamanismus«, hat die Herta ihr erklärt. »Ich hab auch hier schon erste schamanische Reisen gemacht.«

»Weißt du, was das ist?«, hat der Brenner die Nadeshda gefragt.

Aber die Herta gleich weitergeredet: »In den Wochen, wo ich in der Mongolei bin, kannst du meine Wohnung ganz für dich allein haben!«

Das war natürlich jetzt für den Brenner auch wieder eine interessante Perspektive. Während die Herta mit ihrem Schamanen in die Unterwelt reist und ihr Krafttier sucht, muss sich ja auch wer um die Nadeshda kümmern.

»Zahlen!«, hat er mit neuem Tatendrang dem Kellner zugerufen, und dann zu den beiden Frauen: »Wir holen jetzt einmal dein Gepäck in der Pension Olga.«

Zwei Stunden später ist der Kellner gekommen, und sie haben sich auf den Weg gemacht.

Den Koffer, der in der Pension Olga auf sie gewartet hat, hätte man problemlos in ein Einfamilienhaus umbauen können. Die Herta hat den Brenner gebeten, ihn mit einem Taxi in ihre Wohnung zu transportieren, weil sie selber wollte mit der Nadeshda nach Hause spazieren: »Da kann ich dir gleich ein paar schöne Ecken zeigen«, hat sie gesagt und ihre neue Freundin untergehakt.

Die beiden sind aber eine Ewigkeit nicht in die Wohnung nachgekommen, und nach einer halben Stunde hat der Brenner das Warten aufgegeben und ist gegangen.

Richtig deprimiert war er aber erst, wie er um Mitternacht allein in seiner seit Monaten fast nicht bewohnten Junggesellenwohnung gesessen ist. Wenigstens hat er sich vorher bei der Tankstelle noch sechs Bier gekauft. Und du darfst eines nicht vergessen. Auf so einer Bierdose stehen viele interessante Sachen drauf. Die erste Dose war schon leer, bevor er sie ausgelesen gehabt hat. Zum Glück ist auf der zweiten dasselbe draufgestanden. Und wie er mit seiner rechten Hand die dritte Dose aufgerissen hat, ist ihm in dem Moment, wo es gezischt hat, wieder der Spruch eingefallen, der auf der Hand vom Tätowierer gestanden ist. Der Bibelspruch. Vom Pontius Pilatus. Was ich geschrieben habe, habe ich geschrieben, hat er überlegt. Guter Spruch für einen Tätowierer. Aber ausgerechnet das hat er nicht selber geschrieben. Weil er links nicht schreiben kann. Ein Widerspruch in sich. Nach der vierten Dose ist ihm vorgekommen, dass der Spruch auf der Infrahand ein Wegweiser zur Serafima ist, sprich Schatzplan, den man nur noch richtig lesen muss.

Aber interessant. Normalerweise entpuppen sich Sachen, die einem im Rausch wahnsinnig interessant vorgekommen sind, am nächsten Tag als gewaltiger Schwachsinn. Aber jetzt war es einmal umgekehrt. Der Brenner hat es am nächsten Tag fast selber nicht glauben wollen, dass dem Infra das Unglück exakt zwei Stunden nach Mitternacht passiert ist, wo er an seine Hand gedacht hat. Aber laut Polizeiprotokoll war es genau zu der Zeit. Er hat es aber einfach auf einen Zufall geschoben. Weil wenn man da etwas anderes glauben würde, hätte der Brenner den sechsten Sinn. Schamane nichts dagegen.

# 10

Es gibt Operationen, und es gibt Operationen. Freiwillig sind die wenigsten, vielleicht Schönheitsoperationen, die macht jemand freiwillig. Oder man sagt, tu mir das Muttermal weg, es ist zwar harmlos, aber beim Hautkrebs kann man nie wissen, das würde ich unter halbfreiwillig einordnen. Insgesamt bleibe ich dabei, freiwillige Operationen sind selten, weil warum soll sich ein gesunder Mensch operieren lassen. Umgekehrt, absolute Muss-Operationen, wo man sagt, auf Leben und Tod, sind auch selten. Man denkt bei Operationen immer gleich an das Schlimmste, weil über die schwersten Operationen am meisten geredet wird. Da erzählt der eine, ich bin sieben Stunden operiert worden, und der andere sagt, ich acht Stunden, und wieder ein anderer vielleicht sogar elf Stunden. Der mit den vierzehn Stunden ist leider verstorben, der kann nicht mehr mitbieten.

Aber die meisten Operationen sind so mitten drinnen. Eine Schulter, ein Eierstock, ein Blinddarm, eine Netzhaut, ein Kreuzband, das ist der Alltag. Nicht dass ich sage, das macht der Chirurg im Schlaf, aber Adrenalinrausch kriegt er auch keinen davon, dafür muss er schon zwischen den Operationen ins private Nähkästchen greifen.

Das Spektakuläre bleibt natürlich im Gedächtnis. Darüber hat die Schwester Anna Elisabeth sich Gedanken gemacht, während der Mann mit den abgehackten Händen in den OP geschoben worden ist. Sie hat sofort gewusst, an den werden sie sich noch lange erinnern. Um zwei Uhr früh alle aus dem Schlaf geholt, weil vom Notarztwagen die abgehackten Hände angekündigt, da muss es schnell gehen. Das ist natürlich schon, da geht der Puls einmal. Da flattert er, frage nicht. Sogar bei einer erfahrenen Schwester wie der Anna Elisabeth.

Später hat sie sich immer an ihren ersten Gedanken erinnert, den sie beim Anblick des Patienten gehabt hat. Pass auf, sie hat gedacht, dass der gar keine Ahnung hat von seinem Glück. Weil der Scherübl war der beste Handchirurg weit und breit. Mit Abstand. Der beste Handchirurg und gleichzeitig der netteste und bescheidenste Arzt auf der ganzen Station. Und die Anna Elisabeth hat sie alle gekannt. Die großen Stars, die mehr in der Zeitung waren als im Operationssaal. Die Superchirurgen mit ihren Superweibern und mit ihren Rolexuhren und mit ihren Porsche-Oldtimern und mit ihren Tattoos. Eingebildete Affen alle miteinander. Und wie sie immer alle getan haben, als würden sie die Ärzterankings gar nicht lesen. Als hätten sie null Interesse daran. Dabei hat sie nichts anderes interessiert. Beim Harmann hätte sie ihre Brustimplantate verwettet, dass den überhaupt nichts anderes interessiert, und den Braun hat auch nichts anderes interessiert, nur Ärzterankings und Superweiber und Rolexuhren und alte Rostschüsseln renovieren, das hat die interessiert. Die Rolexuhren hat sie am allerwenigsten verstanden. Jeder Zuhälter hat eine Rolex und jeder Chirurg. Der Harmann eine Rolex, der Braun eine Rolex, und der Petri würde am liebsten an beiden Händen eine tragen.

Der Patient hätte im Moment mit einer Rolex nichts anfangen können, und wenn er sie geschenkt gekriegt hätte. Weil an der Stelle, wo ein Chirurg die Rolex hat, haben sie ihm die Hände abgetrennt. Beide. Oder genauer gesagt, ein bisschen weiter oben, gottseidank. Ein bisschen weiter vom Handgelenk weg. Dem Scherübl hat sie es zugetraut, dass er es ohne Handgelenksversteifung probiert. Mit der Bleischürze hat der Scherübl geschwitzt, dass ihm der Schweiß in Bächen unter der OP-Kappe heruntergeronnen ist. Aber er hat es nicht gemocht, wenn der OP-Gehilfe ihm zu oft die Stirn abgetupft hat. Der Petri am anderen Armstumpf wollte andauernd abgetupft werden. Dabei wäre es bei diesem Pfuscher besser gewesen, er hätte dem OP-Gehilfen das Operieren überlassen, und er hätte das Abtupfen des OP-Gehilfen übernommen. Wenigstens hat der Scherübl nebenbei ein Aug auf den Petri gehabt. Darum hat er sich nicht getraut, das Handyheadset unter der Maske zu tragen. Falls die Mutti anruft.

Eine Unterweltfehde, hat der Notarzt behauptet. Aber der redet auch viel, wenn der Tag lang ist. Tätowierungen hat der Patient jedenfalls für drei Unterweltfehden gehabt. Allein auf der rechten Hand, die sie zusammen mit dem Harmann vorbereitet hat. Der Patient hat gleich geheißen wie das Fahrradgeschäft, wo sie als Kind ihr erstes Fahrrad bekommen hat. Zwei Jahre hat sie das weiße Miniklapprad in der Auslage anhimmeln müssen, bis sie es endlich gekriegt hat. Da war sie schon zu groß dafür mit ihren langen Beinen. Wenn der je wieder Rad fahren kann, dann hat er es dem Scherübl zu verdanken. Außer freihändig. Und der Scherübl war nicht das einzige Glück, das der gehabt hat. Wenn der Harmann mit einer anderen OP-Schwester dasteht, liefert der dem Scherübl jeden Finger einzeln ab. Aber wenigstens war er nicht so blöd, dass er nicht auf die erfahrene Anna Elisabeth gehört hat. Weil daran erkennst du schon, ob ein junger Chirurg die Mindestintelligenz hat. Hört er auf die erfahrene OP-Schwester, oder glaubt er, dass er selber alles besser weiß.

Der Harmann hat brav die Handgriffe ausgeführt, die ihm die Anna Elisabeth angesagt hat. Nur einmal hat er die Sehnen verwechselt, aber da hat ein Stirnrunzeln von ihr genügt, damit es ihm aufgefallen ist. Wenigstens hat er ihm nicht den halben Unterarm weggesägt, damit er auf gleich kommt. Die entsprechenden Bemerkungen sind auch schon durch den Operationsaal geflogen: Wäre ja schade um die Tattoos. Weil die Ärzte natürlich auch alle Tätowierungen, der Scherübl nicht, das war der einzige, der nicht tätowiert war. Aber der Braun über und über tätowiert, als hätte er sich beweisen müssen, dass er auf seinem kurzen Körper die meisten Tattoos unterbringt, der Seyfried selbstverständlich feine Klinge, dieser Arsch, und der Petri hat einen idiotisch grinsenden Jack Nicholson in der Hose gehabt und war auch noch stolz darauf, bei dem hat es ihr am meisten leidgetan, das war der größte Affe von allen. Der Petri hätte nicht sein müssen, den hat die Anna Elisabeth sich nicht verziehen.

Trotzdem hätte die Herta in Marrakesch nicht so tun müssen, als wäre sie hinter allen Männern her, nur weil sie ihr die Geschichte mit dem Petri gebeichtet hat. Die hat es nicht verkraftet, dass der Wüstenführer in Marrakesch statt der Herta ihr schöne Augen gemacht hat. So war es nämlich! Dabei hat der Murat sie überhaupt nicht interessiert, viel zu klein war ihr der. Der Scherübl hat keine Tätowierungen, da war sie sicher, obwohl er der Einzige war, wo sie nicht hundertprozentig sicher sein hat können. Der Scherübl hat nie anzügliche Bemerkungen gemacht, weil der Scherübl verheiratet und zwei Kinder. Gut, verheiratet waren die anderen auch, der Petri verheiratet, der Braun verheiratet. Kinder mehr als genug, aber denen war das egal. Der Scherübl war anders.

Drüben der zweite Patient im anderen OP hat nicht so viel Glück gehabt. Das muss eine brutale Unterweltsache gewesen sein. Eine Fehde. Das Wort ist ihr komisch vorgekommen. Zwei Patienten gleichzeitig mit abgehackten Händen, das hat es auch noch nicht gegeben. Mitten in der Nacht. Vier Hände, vier Armstümpfe, acht Chirurgen. Und nur ein Scherübl. Das Pech vom anderen war, dass sie ihn fünf Minuten früher eingeliefert haben. Normalerweise sagst du bei so etwas, je früher umso besser, da entscheidet jede Minute über Leben und Tod. Aber in dem Fall eben ein Pech, weil dadurch hat der andere den Seyfried erwischt. Und vom Seyfried hätte die Anna Elisabeth sich nicht einmal einen Knopf annähen lassen. Das war so ein fahriger Typ, furchtbar. Im Bett war er genauso schusselig. Sie hat sich gefragt, wie der Seyfried überhaupt so lange stillhalten hat können, um ihm die idiotische Dornenranke rund um den Oberarm zu tätowieren. Aber eingebildet, dass es ärger nicht geht.

Dem Harmann hat sie die Tätowierungen noch am ehesten verziehen. Der war so jung, dass er ihr Sohn sein hätte können. Bei dem hat sie nur aufpassen müssen, dass er nicht zu viel vom Knochen wegsägt. Die jungen Ärzte sägen immer zu viel weg. Das muss am Testosteron liegen. Wie viel Schönes auf der Welt dieser Mischung aus Unsicherheit und Kräfteüberschuss schon zum Opfer gefallen ist! Hat ein Patient einmal das Glück, dass seine Hand nicht ganz vorn abgetrennt ist und man das Handgelenk retten kann, sägt ihm so ein übermotivierter Grobian glatt den Knochen für die Schraube weg, wenn du nicht aufpasst.

Wenigstens waren die Hände so sauber abgeschnitten, nicht wie nach einem Unfall, die Fetzen und der Dreck und alles, sondern wie nach einem Säbelhieb, also zack, wie da drüben, wo sie den Dieben eine Hand abhacken. Eine richtig schöne Männerhand, fast wie der Murat, schlanke Finger, schöne Nägel, ausdrucksstark, nicht so Klemmihände wie der Petri. Wenn dich der angreift, da musst du ganz schnell die Augen zumachen und an den George Clooney denken, damit dir nicht alles vergeht. Oder der Braun, der hat furchtbare Hände. Mit so Fingern. Wenn sie dem die Hände abgehackt hätten, wäre es unter Schönheitsoperation gefallen.

An der abgetrennten Hand hat sie nur eines gestört. Dass sie tätowiert war. Wie kann man sich nur so schöne Hände tätowieren lassen! Obwohl die Schriftzeichen schön ausgesehen haben auf dieser Hand. Fremde Sprachen haben die Schwester Anna Elisabeth fasziniert. Schon dreimal hat sie auf der Volkshochschule einen Anfängerkurs für Italienisch angefangen. Leider nie durchgehalten, das hat sie sich vorgeworfen. Aber immer wieder angefangen. *Portacenere* – das hat sie heute noch gewusst, obwohl sie schon seit fünf Jahren nicht mehr geraucht hat. Wichtige Sachen vergisst das Gehirn, und *Aschenbecher* merkt es sich bis zur Urne. Einmal Russisch angefangen, einmal Spanisch, und einmal Japanisch, aber das war hoffnungslos. Und vor vielen Jahren sogar Latein, wie sie noch davon geträumt hat, dass sie doch noch die Matura nachmacht, und dann Medizinstudium. Aber wenigstens hat sie dadurch ihre beste Freundin kennengelernt, weil die Herta hat das damals an der Volkshochschule unterrichtet, und der neuen Freundin zuliebe ist die Anna Elisabeth dann sogar noch in den Griechischkurs gegangen, damit genug Schüler für einen Kurs zusammengekommen sind.

Es war aber jetzt zu lange her, sie hat die Tätowierung nicht richtig entziffern können. Vielleicht wäre es leichter gegangen, wenn die Schrift nicht durch das Blut verwischt gewesen wäre, und sie hat einfach das Blut ein bisschen weggeputzt, bis die Zeichen deutlicher geworden sind.

γέγραφα

Sie hat sich jetzt fast mehr auf dieses Wort als auf die Arbeit konzentriert. Und da kann man im Nachhinein leicht sagen, gerade dadurch hat sie dem Patienten das Leben gerettet, aber das hat sie ja in dem Moment überhaupt nicht ahnen können. Sie hat sich rein aus Ehrgeiz so in das Wort verbissen, und natürlich wahnsinnige Freude, wie sie es doch noch zusammengebracht hat.

*gegrapha*

Über das Entziffern hat sie sich gefreut, aber richtig stolz war sie, dass sie auch noch gewusst hat, was das Wort bedeutet.

*geschrieben*

Durch den Schnitt war aber klar, dass γεγραφα nur das letzte Wort einer längeren Nachricht war, die auf dem Unterarm begonnen hat, den der Scherübl jetzt schon bald so weit gehabt hat. Sie war schon richtig gespannt, was für eine Botschaft es ergeben wird, wenn der Scherübl die Hand anschraubt. Und ob sie es schaffen wird, auch den Rest zu entziffern.

Der Scherübl hat jetzt gearbeitet wie ein Operationsroboter. Diese Ruhe, das war für die Anna Elisabeth undenkbar, dass sie jemals so eine Ruhe haben könnte, und wenn sie zehnmal Latein geschafft hätte und Studium und alles. Sie wäre auf jeden Fall in Richtung ganzheitlich und Homöopathie gegangen. Auf keinen Fall Chirurgie. Dafür brauchst du die Ruhe von einem Scherübl. Aber nicht eine verschlafene Ruhe, eine hochkonzentrierte Ruhe, das war das Gegenteil von der schusseligen Wichtigtuerei eines Seyfried. Männlich, das war der Scherübl. Im guten Sinn. Und treu. Und gut im

Operationssaal. Die Anästhesistin, die mit ihrem Raucherhusten fast den Patienten aufgeweckt hat, ist einmal voll beim Scherübl abgeblitzt. Das hat die Anna Elisabeth ihr gegönnt. Der Petri hat behauptet, dass die einen Totenkopf auf dem Arsch hat.

In dem Moment, wo sie gerade über den Totenkopf auf dem Arsch der nikotinsüchtigen Anästhesistin nachgedacht hat, ist der Blick vom Scherübl gekommen. Zuerst zu ihr und dann erst zum Harmann. Die Anna Elisabeth sofort mit der Hand zum Scherübl hinüber, und jetzt hat sie den Patienten zum ersten Mal aus der Nähe gesehen. Im Vergleich zu seinen Händen war er eine Enttäuschung. Irgendwas hat nicht gestimmt mit diesem Menschen, das hat sie gleich gesehen. So schöne Hände und so ein unangenehmes Gesicht. Was in dem seinem Leben wohl schiefgegangen ist? Weil das Gesicht zeigt dein Leben und die Hände deine Möglichkeiten. Ein blasses Gesicht, intelligent vielleicht, nervös oder depressiv oder sensibel, irgendwas in die Richtung. Und dann die vielen Tätowierungen auf seiner Hühnerbrust, die haben überhaupt nicht zu ihm gepasst. Dagegen der Scherübl. Bestimmt kein schöner Mann im herkömmlichen Sinn. Aber in sich so stimmig! Und erst, wenn er gearbeitet hat! Der Scherübl jetzt hochkonzentriert, das war wirklich ein Genuss, da hätte man Eintritt verlangen müssen.

Die Anästhesistin hat den Scherübl informiert, dass sie alles im Griff hat, und die Anna Elisabeth hat nur dem Scherübl zuliebe nicht laut zur Anästhesistin gesagt, dass sie dann ja eine rauchen gehen kann, weil es hat sie schon gewundert, wie lange die heute schon ihre Rauchpause hinausschiebt, da war der Nikotinentzug der Anästhesistin im Prinzip schon eine fahrlässige Gefährdung des Patienten. Un portacenere, per favore! Eineinhalb Stunden haben sie jetzt schon gearbeitet. Auf der linken Seite waren sie noch nicht so weit, den Petri hat es gefuchst, das hat die Anna Elisabeth sofort gesehen. Sie hat dem Scherübl mitgeteilt, dass der Patient Tinte auf dem rechten Zeigefinger hat, also sehr wahrscheinlich Rechtshänder.

»Sie sind ja die reinste Detektivin«, hat der Scherübl anerkennend gesagt, während er angefangen hat, die Platte festzuschrauben.

»Und gelb vom Rauchen sind die Finger auch«, hat die Schwester ihre Beobachtung untermauert.

»Probieren wir es einmal ohne Handgelenksversteifung.«

Er hat es so gesagt, als würde er es nur riskieren, wenn die Anna Elisabeth keine Einwände hat, das war ein Mensch, der Scherübl. Sie hat so getan, als ginge es dem Scherübl um die Zustimmung vom Harmann, und dem Scherübl nur ganz unmerklich mit den Augen geantwortet, nicht einmal ein Kopfnicken. Der Harmann natürlich: »Ja, ich finde auch, es ist genug da vom Knochen.«

Dann ist der Scherübl wieder in seine Konzentration abgetaucht, so traumwandlerisch hat der alles gemacht, als wäre er gar nicht mehr persönlich anwesend, als würde ihn ein höheres Wesen fernsteuern. Nur an den Schweißbächen, die ihm über die Stirn gelaufen sind, hat man erkannt, wie anstrengend es für ihn war. Die Anna Elisabeth war froh, dass es der OP-Schwester nicht erlaubt ist, dem Chirurgen die Stirn abzutupfen, weil Stirnabtupfen nur OP-Gehilfe. Sie hätte es bestimmt zu oft getan und den Scherübl damit verärgert. Aber jetzt hat sie nicht einmal dem OP-Gehilfen mit einem bösen Blick zu verstehen gegeben, dass er es endlich tun soll. Weil unwiderstehlicher Reiz, die frisch zusammengesetzte Botschaft zu entschlüsseln.

рука руку γέγραφα

Die Anna Elisabeth hat Rätsel geliebt, schon als Kind. Im Nachtdienst – Sudoku, Kreuzworträtsel, da war sie gut. Besser als die Ärzte. Menschen waren für sie Rätsel, die nicht zu lösen waren. Aber Rätsel waren Rätsel, die zu lösen waren. Sie hat sich regelrecht verbissen in die Entschlüsselung der Nachricht.

рука руку γέγραφα

Der Scherübl hat genäht und geschraubt, der Petri hat geflucht, die Anästhesistin hat gehustet, der Patient hat gestöhnt, und die Anna Elisabeth hat in ihrer Erinnerung gekramt.

*Eine Hand eine Hand geschrieben*

Einerseits war sie stolz, dass sie das Wort für Hand noch gekannt hat, andererseits hat sie gespürt, dass es so noch nicht stimmt.

»Stimmt irgendwas nicht?«, hat der Scherübl sie gefragt, weil der Scherübl hochsensibel.

»Nein, wieso? Sie haben die Knochen ja schon schön fixiert. Nur da die Sehne rutscht gerade weg. Aber sonst …«

Die Anästhesistin hat laut gelacht, wie der Scherübl die Sehne blitzschnell herausgezogen hat. Wenigstens war jetzt klar, dass es die Mittelfingersehne war, weil der sich durch das ruckartige Ziehen an der Sehne so frech in die Luft gereckt hat.

»Wäre ja schade um den interessanten Schriftzug«, hat der Scherübl das fürchterliche Raucherlachen der Anästhesistin einfach ignoriert, während er hochkonzentriert gearbeitet hat. »Auch wenn ich es nicht übersetzen kann. Obwohl das eine Schande ist, weil ich in der Schule Griechisch gewählt habe.«

Die Anna Elisabeth hat sich den Scherübl in einem altehrwürdigen Gymnasium vorgestellt. Das hat gut zu ihm gepasst, humanistische Bildung. Womöglich wollte er sogar einmal Pfarrer werden. Latein, Griechisch. Nur, dass er es nicht mehr gekonnt hat, das hat sie nicht geglaubt. Das muss an der Tätowierung gelegen sein, nicht am Scherübl. Oder es war eine so ordinäre Botschaft, dass der Scherübl es ihnen nicht zumuten wollte. Das hätte zu ihm gepasst, weil der Scherübl immer elegant.

рука руку γέγραφα

Als wäre es eine Nachricht an sie persönlich, hat sie es immer wieder lesen und übersetzen müssen.

*Eine Hand eine Hand geschrieben*

Sie hat nicht aufhören können, in ihrer Erinnerung zu graben. Da war die Anna Elisabeth unerbittlich. Sie hat gegraben und gegraben. Sie hat es gespürt, wie sie der Lösung immer näher gekommen ist. Vielleicht war sie zum ersten Mal im Leben so hochkonzentriert wie der Scherübl. Der Durchbruch war ein furchtbar erhebendes Gefühl. In dem Moment, wo sie die Botschaft verstanden hat, ist ihr einen Moment schwarz vor Augen geworden. Weil es war wirklich eine Nachricht an sie persönlich.

Der Scherübl ist erschrocken über das Stöhnen, das durch den Mundschutz der Anna Elisabeth gedrungen ist. Die Anästhesistin auch, aber gut, die war ein nervliches Wrack, zwei Stunden nach ihrer letzten Zigarette.

»Wir haben die falschen Hände«, hat die Anna Elisabeth gesagt. »Nur das Wort auf der Hand ist griechisch. Gegrapha, Herr Doktor.«

»Gegrapha, geschrieben«, hat der Scherübl gesagt, »richtig.«

Der Anna Elisabeth war nicht klar, ob er mit »richtig« ihre Übersetzung meint, oder ob er ihr zustimmt, dass sie die falschen Hände haben. Er hat ein bisschen schockiert gewirkt.

Darum hat sie noch gesagt: »Aber das auf dem Arm ist russisch. Die haben die Hände vertauscht! Darum haben Sie es nicht lesen können, Herr Doktor! Unsere Hände gehören zu dem Patienten vom Seyfried! Und seine zu unserem!«

Mein lieber Schwan! Durch die ganze Aufregung hindurch hat sie noch die Bewunderung vom Scherübl gespürt.

Dann ist natürlich eine Hektik ausgebrochen, frage nicht. Die schwierigsten Operationen haben sie hier gemacht, von denen man vor zehn Jahren noch nicht einmal zu träumen gewagt hat, aber am Händeaustausch wären sie fast gescheitert. Weil normalerweise musst du nicht mitten in der Operation Teile austauschen, jetzt hast du keinen Einsatzleiter, der den Austausch organisiert.

Wie der Seyfried im anderen OP endlich kapiert hat, was das Problem war, hat er ein Durcheinander ausgelöst, das kannst du dir nicht vorstellen! Viel hat nicht gefehlt, und sie hätten unter dem Kommando vom Seyfried die Patienten hin- und hergerollt und die Hände an Ort und Stelle gelassen.

Aber die Anna Elisabeth hat der Seyfried nicht täuschen können. Sie hat ihn durchschaut, das war ein abgedrehter Hund, wie es ärger nicht geht. Weil in dem wahnsinnigen Chaos, das er angerichtet hat, ist er zum besseren Patienten gekommen. Mit den weitaus höheren Überlebenschancen. Zum Scherüblpatienten! Und seinen eigenen Patienten hat der Seyfried ja schon aufgegeben gehabt. Darum hat er so lange umgerührt, bis er erreicht hat, dass die OP-Teams mit den Händen die Operationssäle getauscht haben.

Und der Scherübl, dieser gute Depp, hat es sich gefallen lassen. Sie hat sich nicht zurückhalten können und es laut gesagt, dass der Seyfried ihm nur den schlechteren Patienten andrehen will. Aber nichts da, der Scherübl hat es nicht hören wollen. Vierzehn Stunden hat er im neuen OP den von

Kopf bis Fuß tätowierten Reservechristus operiert, der so gut zu seinen schönen Händen gepasst hat. Das musst du dir vorstellen, der Scherübl hat die Gelenksversteifung vom Seyfried demontiert, um dem tätowierten Bartgeier doch noch das Handgelenk zu retten. Das Demontieren vom Seyfriedpfusch allein hat schon zwei Stunden in Anspruch genommen. Dann hat er erst mit dem Verbinden anfangen können. Zwölf Stunden später war das Werk endlich vollbracht:

ὃ γέγραφα γέγραφα

Die Anna Elisabeth hat sich gefragt, warum sich ein Mensch »Was ich geschrieben habe, habe ich geschrieben« auf den Arm tätowieren lässt. Sie hat ja nicht gewusst, dass es sich bei dem schönen Patienten um einen Tätowierer handelt, wo es eine gewisse Richtigkeit hat.

Aber der Scherübl hat sie aus diesen Gedanken gerissen. Auf einmal, mitten in das konzentrierte Schweigen und Schrauben hinein, sagt er: »Dass Sie so gut Griechisch können, Schwester!«

Die Anna Elisabeth hat schnell die Tupfer abgezählt und so getan, als hätte sie es nicht gehört. Aber ob du es glaubst oder nicht. Ihr Herz hat so brutal ausgeschlagen, dass der Monitor statt dem Herzschlag des Patienten kurz den der Anna Elisabeth angezeigt hat.

# 11

In einer Partnerschaft gibt es zwei Möglichkeiten. Entweder man ist frustriert, dass der andere keine Ahnung davon hat, was man eigentlich arbeitet, und null Interesse, oder man ist genervt, dass der andere sich zu viel interessiert. Weil es macht einen aggressiv, wenn man andauernd über alles reden soll, und womöglich kassiert man auch noch gute Ratschläge. Dem Brenner wäre jedenfalls eindeutig lieber gewesen, die Herta hätte damals den Gruntner nicht im Fernsehen gesehen. Weil wie der Name der Internetzeitung *Untergrunt* und sein Foto in den Nachrichten aufgetaucht sind, hat der schwarze Balken über seinen Augen nichts geholfen, der Herta war natürlich sofort klar, wer der Mann mit den abgehackten Händen war. Das war jetzt zwei Tage her, und in diesen zwei Tagen hat er es schon oft bereut, dass er beim ersten Kaffee mit der Nadeshda so angegeben hat mit seinen Besuchen beim Gruntner und beim Tätowierer.

»Und wer hat die beiden Opfer an einem Nachmittag hintereinander besucht?«, hat sie ihn wieder einmal mit einem Ernst in der Stimme und mit einer Sorge in den Augen gefragt, dass er für einen Augenblick fast selber geglaubt hat, er könnte das Unglück ausgelöst haben.

»Ich hab denen nicht die Hände abgehackt.«

»Sehr lustig«, hat die Herta mit einem fürchterlichen Stirnrunzeln geantwortet, aber das ist vielleicht auch von der Anstrengung gekommen, mit der sie gerade den Korken aus einer Rotweinflasche gezogen hat. »Aber du warst dort, und danach sind ihnen die Hände abgehackt worden. Du willst mir hoffentlich nicht erzählen, dass das nichts zu bedeuten hat.«

Jetzt warum macht die Herta ihren besten Rotwein auf? Du musst wissen, das war an dem Abend, wo die Nadeshda für die beiden gekocht hat. Sie wollte sich unbedingt für die Gastfreundschaft irgendwie erkenntlich zeigen, und das bisschen Russischunterricht für die Herta war ihr nicht genug. Jetzt hat die Herta gesagt, wir kochen gemeinsam ein russisches Menü und laden den Brenner ein, quasi Festmahl. Aber dieses Essen haben sie schon vor ein paar Tagen geplant gehabt. Und seit dem Mann, der das Foto der Serafima veröffentlicht hat, die Hände abgehackt worden sind, war die Nadeshda nicht mehr dieselbe. Sie war weiß wie die Wand und hat fast nichts mehr gesprochen. Das war ja der Grund, warum der Brenner alles, was die Herta gesagt hat, als lächerliches Hirngespinst hingestellt hat. Damit die Nadeshda nicht noch mehr verfällt.

Wie ein Kind, das sich still wegduckt, wenn die Eltern streiten, ist die Nadeshda ganz in sich gekehrt am Herd gestanden und hat sich bemüht, nicht aufzufallen. Sie hat vorsichtig in ihren Kochtöpfen gerührt, den Kühlschrank und die Schubladen nur in absoluter Lautlosigkeit auf- und zugemacht und den beiden zugehört.

Je mehr die Herta einen Zusammenhang darin sehen wollte, dass den beiden Männern die Hände abgehackt worden sind, nachdem der Brenner sie mit dem Foto besucht hat, umso grantiger hat er jeden Zusammenhang bestritten, und klare Sache, für die falsche Tätowierung auf dem Rücken des Chefs vom Wu Tan Clan hat der Tätowierer büßen müssen. Und der Journalist dafür, dass er die Geschichte veröffentlicht hat.

Die Herta hat gesagt, hoffen können wir ja, dass das der Grund war. Und dann hat sie lange nachgedacht und gesagt: »Wisst ihr was? Der Philosoph hat vollkommen recht mit dem, was er sagt.«

»Aha«, hat der Brenner geantwortet, sprich, den Gefallen tu ich dir nicht, dass ich auch noch nachfrage, was der Philosoph sagt.

»Das mit den Frauenhäusern«, hat die Herta ungefragt erklärt. »Wenn der Staat das machen würde, dann wäre diese Irrsinnsbegleitkriminalität weg. So schwedisch stelle ich mir das vor.«

Der Brenner hat nicht nachfragen wollen, und die Nadeshda hat sich nicht nachfragen getraut, was die Herta mit »so schwedisch« meint.

»Ein aufgeklärter Umgang mit der Prostitution, so wie die Skandinavier ihre Probleme lösen. Wir haben einmal einen Bundeskanzler gehabt, Bruno Kreisky«, hat sie der Nadeshda erzählt.

»Von dem hat sie bestimmt schon viel gehört«, hat der Brenner geätzt.

»Darum erklär ich es ja. Der hat immer alles machen wollen wie in Schweden.«

»Ja, vor allem Schulden«, hat der Brenner gelacht, nur um die Herta zu ärgern.

»Papperlapapp. Der hätte sich das getraut. Saubere Häuser für Frauen, die sich entscheiden, ihr Geld mit Prostitution zu verdienen.«

Eigentlich hätte der Brenner seinen Trumpf noch ein bisschen behalten wollen, die Herta noch ein bisschen gescheit daherreden lassen, aber es hat doch gleich herausmüssen aus ihm: »In Schweden ist die Prostitution übrigens verboten.«

»Und?«, hat die Herta versucht, sich nicht gleich aushebeln zu lassen. »Hat es was genützt?«

»Sicher. Mehr Sextourismus nach Lettland. Die freuen sich über das Geschäft.«

»Eben. Verbote verlagern doch das Problem nur«, hat die Herta sich wieder in ihren Diskussionstonfall eingeschwungen. »Wenn man es sich überlegt, wie sehr das alles verändern würde. Wenn die Prostitution als eine normale Dienstleistung gesehen würde wie die Arbeit von einem Friseur, einem Sporttrainer oder einem Masseur.«

»Oder einem Nagelstudio«, hat der Brenner gekichert. Er hat sich einfach geärgert, dass die Herta die Sachen nachbetet, die der Gruntner damals bei seinem Fernsehauftritt verzapft hat.

»Das ist doch interessant, dass du dich so dagegen wehrst. Stell dir einmal vor, das würde sich etablieren. Statt sich in anderen Berufen für viel weniger Geld demütigen zu lassen, würden immer mehr Frauen diese Dienstleitung anbieten. Und die Männer müssten bezahlen!« Die Herta hat jetzt direkt einen gewissen Eifer in der Stimme gehabt. »Dann käme es zu einer Veränderung des wirtschaftlichen Gleichgewichts, weil die Männer nicht diese körperlichen Ressourcen haben. Die Unternehmen müssten die Löhne für Frauen anheben, weil sich immer weniger weibliche Arbeitskräfte finden würden für den Bettel, den sie zahlen.«

»Ich glaub, dich haben sie nicht nur wegen der Ohrfeige aus der Schule geschmissen.«

»Ach Brenner, du hast keine Visionen. Leute wie du wollen, dass alles so bleibt, wie es ist. Mit Händeabhacken und Frauenzerstückeln und Entführung.«

»Es hätte mich schon gewundert, wenn nicht ich schuld daran wäre.«

Die Nadeshda ist an ihren Kochtöpfen immer noch stiller geworden, sie hat in ihrer Roterübensuppe gerührt, als könnte sie sich einen Notausgang quirlen, einen mit dem Kochlöffel gewirbelten Fluchtweg direkt nach Nischni Nowgorod. Wie der Herta ihr verzweifelter Gesichtsausdruck aufgefallen ist, hat sie endlich das Thema gewechselt. Aber das neue Thema war noch schlimmer als das alte. Weil sie hat dem Brenner gesagt, in dieser brutalen Wiener Unterwelt darf er auf keinen Fall mehr selber mit dem Foto herumgehen, weil zu gefährlich.

»Das hab ich dir doch von Anfang an gesagt, dass die nicht zimperlich sind.«

»So brutal hab ich es mir nicht vorgestellt.«

»Ich pass schon auf.«

»Allein hast du ja sowieso keine Chance«, hat die Herta weiterzündeln müssen und sich noch ein zweites Glas Rotwein eingeschenkt. »Kontaktiere lieber deine alten Freunde bei der Polizei. Die können bestimmt leichter was über die Serafima herausfinden.«

»Ist gut«, hat der Brenner gesagt.

Die Nadeshda hat gemerkt, dass dem Brenner bald der Kragen platzt. Aber weißt du, was ich glaube? Sie hat nicht erraten, wieso. Sie hat vielleicht geglaubt, es kränkt ihn in seiner Detektivehre, dass die Herta ihm vorschlägt, zu seinen Exkollegen zu rennen. Aber da muss ich einmal wirklich ein Wort für den Brenner einlegen. Weil ganz ein anderer Grund. Pass auf. Er hat es der Nadeshda angesehen, wie fertig sie seit der Meldung über die abgehackten Hände war, und wollte einfach, dass die Herta endlich aufhört, vor der Nadeshda darauf herumzureiten. Ausgerechnet an dem Abend, wo sie gekocht hat!

Aber interessant, was ein gutes Essen bewirken kann! Weil beim Hauptgang hat sich die Stimmung zwischen den beiden endlich wieder normalisiert. Am Anfang noch nicht, weil wenn du der Roterübensuppe einen russischen Namen gibst, ist es deswegen auch noch nicht etwas, mit dem du einen Brenner täuschen kannst.

Aber dann natürlich. Die Blini! Da hat er zugegriffen, ja was glaubst du. Dass die Nadeshda mittendrin sogar einmal kurz aufgelacht hat, weil es dem Brenner so geschmeckt hat. Die Herta hat noch eine zweite Flasche von ihrem besten Wein aufgemacht, sie hat es genossen, dass sie jetzt wieder eine gute Freundin gehabt hat, und dann hat sie sich sogar bei der Nadeshda entschuldigt, dass sie gestritten haben.

»Ich hab nicht gestritten«, hat der Brenner gesagt.

»Jaja, das kenn ich schon.«

»Was heißt, das kenn ich schon.«

»Jetzt hat er wieder diesen Blick«, hat sie zur Nadeshda gesagt und lachend auf den Brenner gezeigt. »Wenn er sich ärgert, aber er will es nicht zeigen, dann schaut er immer so.«

Ich muss zu ihrer Verteidigung sagen, sie hat vielleicht ein Glas Rotwein zu viel getrunken, weil die Blini so scharf, und da hat sie sich ein- oder zweimal zu oft nachgeschenkt, sonst hätte sie bestimmt nicht auch noch vor der Nadeshda dieses Brennergesicht gemacht. Der Brenner hat es der Nadeshda aber angesehen, dass es ihr unangenehm war, wie die Herta mit ihm redet. Weil es gibt nichts Schlimmeres im Leben, als in einen Ehekrach hineinzugeraten. Da gibt es gewisse Paare, die sind spezialisiert darauf, die laden sich extra Leute ein, damit sie ihnen dann was vorstreiten können. Du bist dann mehr oder weniger gefangen, weil als Gast kannst du nicht sofort davonrennen. Und wenn das Ganze noch deine entführte Schwester betrifft, dann gute Nacht.

Umgekehrt die Herta, die hat auch die ganze Zeit nur an die Nadeshda gedacht und sich mit ihr identifiziert. Die Herta hat sich gedacht, die Nadeshda verzweifelt mir ja, wenn ich den Brenner nicht dazu bringe, dass er ein bisschen mehr Optimismus ausstrahlt. Und nur deshalb hat sie ihm so konkrete Vorschläge gemacht, sonst wäre der Herta das nie eingefallen. Ich muss schon sagen, da haben sich die beiden vor lauter Einfühlen in die Nadeshda ziemlich tief in ihrem Magen getroffen.

Ich sag das bewusst so, weil ich nicht möchte, dass du falsche Schlüsse daraus ziehst, dass die Nadeshda nach dem letzten Bissen sofort ins Klo gehuscht ist und das ganze Essen in die Kloschüssel.

Aber interessant. Das war der Moment, wo die Herta sich endlich das sagen getraut hat, was sie schon den ganzen Abend sagen wollte. Eigentlich hat es ihr schon seit Tagen auf der Zunge gebrannt. Darum ist ja der ganze Abend so komisch geworden, weil wenn jemand das, was er eigentlich sagen möchte, nicht sagt, dann ergeben sich oft ganz ungute Gespräche.

Aber während die Nadeshda ins Klo gekotzt hat, ist die Herta endlich damit herausgerückt. Sie hat mit einer Hand die Hand vom Brenner genommen und ihn so liebevoll angeschaut, dass der Brenner schon auf das Schlimmste gefasst war.

»Brenner«, hat sie gesagt und ist ihm mit der anderen Hand durch die Haare gefahren. »Ich mach mir solche Sorgen um die Nadeshda.«

Die Herta hat ihm aber nicht wie befürchtet einen Vorschlag zu den Ermittlungen gemacht, sondern hör zu: »Ich hab mir das wirklich gründlich überlegt. Sie ist mit den Nerven fertig. Ich will nicht, dass sie wieder zurück muss in diese brutale Gesellschaft. Und darum möchte ich dich bitten, dass du sie heiratest.«

Mein lieber Schwan! In dem Moment ist dem Brenner etwas aufgefallen, das ihn so abgelenkt hat, dass er der Herta gar nichts geantwortet hat. Nicht einmal genickt oder mit dem Kopf geschüttelt, sondern völlig regungslos dagesessen.

»Was ist?«, hat die Herta ihn gefragt, weil er so verwundert geschaut und einfach nichts gesagt hat.

Er hat ihr mit dem Finger gedeutet, dass sie still sein soll. Meinen hätte man können, er sieht gerade das Christkind am Fenster vorbeifliegen.

Die Herta hat ihn mit großen Augen wahnsinnig eindringlich angeschaut, quasi Gnadenappell, er soll endlich etwas sagen.

»Ich trau es mir fast nicht sagen«, hat der Brenner angefangen und ist wieder verstummt. »Aber mein Ohrensurren hat aufgehört.«

# 12

Dem Brenner war es ein bisschen unheimlich, mit was für einer Begeisterung die Herta sich in die Hochzeitsvorbereitungen gestürzt hat. Ihm ist vorgekommen, die Nadeshda muss alles ausbaden, was die Herta sich ein Leben lang versagt hat. Das weiße Brautkleid hat er sich ja noch einreden lassen. Sollen die zwei ihren Prinzessinnentag haben, wieso nicht. Und dass allein bei der Suche nach den passenden Schuhen vier Paar tadellose Werktagsschuhe draufgegangen sind, hat er auch nicht so schlimm gefunden. Aber dann das ganze Brimborium drum herum, da hat er sich schon manchmal auf die Zunge beißen müssen. Weil die Ausrede, dass es dabei nur um die Täuschung der Fremdenpolizei geht, damit niemand ihnen eine Scheinehe unterstellen kann, hat er der Herta schon lange nicht mehr abgekauft.

Umgekehrt könnte man bei ihm natürlich sagen, dass er es vielleicht überkritisch gesehen hat, weil er überrumpelt worden ist. Und wenn du im Internet einen Riesensex ohne Verantwortung gesucht und als Ergebnis eine Riesenverantwortung ohne Sex gekriegt hast, dann bist du vielleicht bei den Kleinigkeiten überempfindlich. Am meisten gestört hat ihn, dass die Nadeshda so brav mitgespielt hat. Jeden Blödsinn hat sie sich von der Herta einreden lassen. Und die Herta ist nicht müde geworden, und immer neue Ideen, da hätte man ein halbes Asylantenheim feierlich an der Fremdenpolizei vorbeiheiraten können, so viele Ideen hat sie gehabt, damit die Hochzeit echt wirkt.

Bis der Brenner einmal gesagt hat, dass die Fremdenpolizei auch nicht blöd ist, und wenn man es zu sehr übertreibt, werden die womöglich noch deswegen misstrauisch.

»Da hast du recht«, hat die Herta gesagt, »aber wir übertreiben es ja nicht.«

Er war dann schon richtig erleichtert, wie der ersehnte Tag endlich da war. Dass die Hochzeit nicht am Standesamt, sondern im Hochzeitsgarten der Stadt Wien stattfindet, haben die beiden ihm aber erst verraten, wie sie schon im Taxi gesessen sind. Von dem Extrafünfhunderter, den man hinblättern muss, damit der Standesbeamte die Trauung außer Haus vollzieht, hat der Bräutigam aber nie etwas erfahren, weil da hätte er einen Baum aufgestellt, frage nicht.

»Ich bin ja schon fast überrascht, dass wir in einem normalen Taxi fahren«, hat er auf dem Weg zum Hochzeitsgarten gesagt. »Zugetraut hätte ich es euch, dass ihr eine Stretchlimo bestellt.«

»Das würde dir so passen!«, hat die Herta gelacht. »Wenn schon, hätten wir die weiße Kutsche genommen.«

Der Bräutigam und die Trauzeugin sind auf der Rückbank gesessen, vorne die Braut in ihrem Traumkleid neben dem jungen indischen Taxifahrer, der einen dottergelben Turban aufgehabt und kein Wort gesprochen hat. Ein langes Brautkleid wäre für sein Seelenheil wahrscheinlich besser gewesen, aber er hat es irgendwie geschafft, trotzdem immer wieder kurz auf die Straße zu schauen. Und dem Brenner ist es nicht viel besser gegangen. Der blonde Haarturm vor seinen Augen hat ihm die Sprache verschlagen, Haarturm zu Babel nichts dagegen. Die Nadeshda hat ausgesehen, dass er jedem Fahrzeug zugestimmt hätte, weiße Kutsche, weiße Pferde, Mondfahrzeug, Papamobil, Feuerwehrauto, überall hätte er sich als Faschingsprinz vorführen lassen, nur damit er ein paar Sekunden in der Nähe dieser Erscheinung sitzen darf.

Der Nacken unter den hochgesteckten Haaren hat ihn so verzaubert, dass er aus einer Art Trance aufgeschreckt ist, wie die Braut sich nach ihnen umgedreht und sie angestrahlt hat: »Ihr seht so schön aus!«

Und ich muss auch sagen, der Brenner und die Herta auf der Rückbank eine Eins-a-Hochzeitsgesellschaft. Die Herta sowieso immer eine super Ausstrahlung, seit sie dem frechen Schüler eine betoniert hat, und den Brenner hat sie in einen feschen Anzug gesteckt, nicht so billig, wie sie ihm gesagt hat, aber auch nicht so teuer, wie der Anzug ausgesehen hat, sondern einfach so gut ausgewählt, dass die Herta jetzt stolz zu ihm gesagt hat: »Wenn ich gewusst hätte, wie gut du in einem Anzug ausschaust, hätte ich nicht zugestimmt, dass du eine andere heiratest.«

»Was heißt, zugestimmt«, hat der Brenner gebrummt.

Aber bevor er überlegt hat, ob er sagen soll, ich bin immer noch ein freier Mensch, oder ob er umgekehrt sagen soll: Von Zustimmen kann keine Rede sein, gezwungen hast du mich, waren sie schon beim Hochzeitsgarten, und alles hat seinen Lauf genommen, weil jetzt hat es kein Zurück mehr gegeben, das musst du dir vorstellen wie in den Filmen, wo einer zum elektrischen Stuhl geführt wird, quasi vollautomatisierter Ablauf.

Und sogar die zweite Trauzeugin ist pünktlich gekommen. Du musst wissen, die Herta hat die Hochzeit genutzt, um wieder Kontakt zu ihrer alten Freundin aufzunehmen. Sie hat sich gesagt, das ist ein guter Anlass, um den kindischen Streit wegen dem Murat aus der Welt zu schaffen. Und der Anna Elisabeth hast du mit nichts eine größere Freude machen können als mit einer verantwortungsvollen Aufgabe. Dem Brenner wäre ein anderer Trauzeuge lieber gewesen, aber weil ihm niemand eingefallen ist, hat er dann doch zugestimmt, und schließlich hat die Krankenschwester ihm nie etwas in den Weg gelegt.

Der Standesbeamte hat bei der Begrüßung sein sonnigstes Lächeln aufgesetzt, als wäre ihm gerade diese Eheschließung eine persönliche Freude. Aus dem Stegreif hat er eine kleine Bemerkung über das Wetter gemacht, und dann ist es schon losgegangen.

»Willst du, Nadeshda Jefimowa, geboren in Nischni Nowgorod, vormals Gorki«, ein dünnes Lächeln ist über die Lippen des Standesbeamten gehuscht, wie er die kleine Überraschung mit »Gorki« eingefügt hat, »den Simon Brenner zum Mann nehmen und mit ihm leben, bis dass der Tod euch scheidet, dann antworte mit Ja.«

»Ja.«

»Willst du, Simon Brenner, geboren in Puntigam, die Nadeshda Jefimowa zur Frau nehmen und mit ihr leben, bis dass der Tod euch scheidet, dann antworte mit Ja.«

Während die Herta ein Blitzlichtgewitter abgefeuert und die Nadeshda für die Fremdenpolizei eine Träne zerdrückt und die Trauzeugin Anna Elisabeth die Videokamera bedient und dem Standesbeamten ein Lächeln geschenkt hat, war der Brenner ganz hingerissen davon, dass der betörende Geruch bei der gespielten Träne nicht entstanden ist. Und doppelt gefreut hat ihn, dass das für die Fremdenpolizei nicht beweisbar war.

Bevor er »Ja« gesagt hat, ist er noch einmal in sich gegangen, warum er das hier eigentlich mitmacht. Wahrscheinlich bin ich von Natur aus ein bisschen zu gutmütig, hat er überlegt. Vermutlich ist einem so etwas angeboren, eine Charakterschwäche. Und jetzt kommt noch langsam die Altersgutmütigkeit dazu, hat er sinniert. Er hat so lange über seine Gutmütigkeit nachgedacht, dass sie sich vor lauter Überlegen schon eher in eine Boshaftigkeit verwandelt hat, wenn du dir den Angstschweiß anschaust, den er der Herta mit seinem langen Zögern auf die Stirn getrieben hat.

Aber dann hat es ihm doch noch ein Ja heraufgelassen. Sogar ein besonders schönes. Laut und fest und ohne jeden Zweifel in der Stimme hat er dieses Ja gebellt, ich möchte fast wetten, dass er in seinem ganzen Leben noch kein so festes Ja gesagt hat wie zu dieser Scheinehe.

Und der Standesbeamte wieder sein dünnes Lächeln, als würde er damit sagen wollen, bei diesen Beinen wünsche ich dir viel Glück, dass sie dir nicht noch heute damit davonrennt. Weil du darfst eines nicht vergessen. Die Nadeshda Beine, wohin das Auge reicht! Gestört hat den Brenner nur, dass sie mit diesen Schuhen einen halben Kopf größer war als er, und dann noch der Bienenkorb obendrauf, da hat er die Herta schon in Verdacht gehabt, dass sie der Nadeshda diese Frisur absichtlich eingeredet hat, um ihn ein bisschen kleinzumachen.

Jetzt pass auf. Warum hat der Brenner gerade zur Scheinehe so ein festes Ja gesagt? Natürlich, man kann immer sagen, der Zweifel ist bei einer Scheinehe kleiner als bei einer echten Ehe, das ist ja so ein Unterschied wie zwischen einem lustigen Kind, das Totumfallen spielt, und einem verzweifelten Menschen, der sich wirklich das Leben nimmt, und da kann man leicht Ja sagen zu einer Spielehe. Aber der Hauptgrund war natürlich die Fremdenpolizei, und er hat sein Ja so laut gesprochen, damit man es auf dem Video, das die Anna Elisabeth gedreht hat, gut hören kann.

Nachher die schöne Hochzeitsfeier im Freien, bei einem gemütlichen Heurigen, da hat nicht viel gefehlt, dass sogar die anderen Heurigengäste herüberfotografiert hätten, weil denen sind angesichts der Braut fast die Augen aus den roten Saufköpfen gesprungen, ja was glaubst du.

Je mehr sie getrunken haben, umso mehr hat die Herta von ihren bevorstehenden Wandertagen in der Mongolei erzählt, weil nur noch drei Tage bis zur Abreise. Wie die Schwester Anna Elisabeth immer stiller geworden ist, hat der Brenner geglaubt, sie ärgert sich, dass die Herta in die Mongolei fährt und sie nicht gefragt hat, ob sie mitkommen will.

Aber den wahren Grund für ihr stilles Dasitzen hat dann die Schwester verraten, wie sie aufgestanden ist und sich entschuldigt hat. Sie muss jetzt heim, ihr ist nicht nach Feiern, sie sollen sich davon nicht stören lassen. Das sagen die Menschen natürlich immer dann am liebsten, wenn sie gerade wahnsinnig stören, aber in dem Fall hat man der Anna Elisabeth nicht böse sein dürfen. Sie hat ihnen erklärt, dass, ein paar Minuten bevor sie zur Hochzeit aufgebrochen ist, ein Patient auf ihrer Station gestorben ist. Sie sollen ihr nicht böse sein, dass sie so abrupt aufbricht, aber manchmal wird einem in ihrem Beruf eben alles zu viel. Die Leute glauben immer, man ist abgehärtet, aber so abgehärtet ist man auch wieder nicht. Und wenn einem Patienten zwei Hände wieder angenäht werden und alles geht gut, der Körper nimmt die Hände an, und dann stirbt er doch noch, das geht sogar einer erfahrenen OP-Schwester an die Nieren.

Danach war die Stimmung natürlich im Arsch, aber dafür hätte sogar die Fremdenpolizei Verständnis gehabt.

# 13

Das Begräbnis vom Rotlichtphilosophen Gruntner war eine traurige Angelegenheit. Nicht in dem Sinn, wie ein Begräbnis eine traurige Angelegenheit sein soll, sondern in dem viel schlimmeren Sinn, dass es nicht einmal eine traurige Angelegenheit war. Wenn nicht so wenige Leute gewesen wären, hätte der Brenner sich nach ein paar Minuten davongestohlen. Aber so hat er es nicht übers Herz gebracht und ist bis zum Schluss geblieben. Der Mutter gegenüber hat er behauptet, dass er ein Kollege von ihrem Sohn war, aber sie hat durch ihn durchgeschaut, als würde sie sich gerade über etwas sehr wundern, das sie hinter diesem durchsichtigen Mann sieht. Er hat es aber nicht persönlich genommen, weil wahrscheinlich Tablette vom Hausarzt.

Aber interessant. Kurz darauf hätte der Brenner viel für so eine Tablette gegeben. Beim Verlassen des Friedhofs ist es ihm schon komisch vorgekommen, dass er nicht erleichtert ist. Dass er nicht das Gefühl hat, dem Totenreich zu entkommen und in das Leben hinauszuspazieren. Sondern genau umgekehrtes Gefühl! Er hat es aber noch gar nicht mit dem schwarzen Panzer in Verbindung gebracht, der ihm auf dem Friedhofsparkplatz im Weg gestanden ist. Er hat sich nur gedacht, dieser Zuhältertraktor hat so dunkle Scheiben, dass er auch als Leichenwagen durchgehen würde. Aber das hätte kein Leichenwagen aus der Stadt Wien sein können, weil Kennzeichen WU, sprich Wien Umgebung. Das WU-Kennzeichen hat der Brenner aber nicht sehen können, weil der Hummer quer über die Fahrbahn geparkt. Du musst wissen, der Lupescu hat seinen Fuhrpark extra außerhalb der Stadtgrenze angemeldet, damit er ihn mit den Wunschkennzeichen WU TAN ausstatten kann, und aus den Zahlen hat er sich auch noch einen eigenen Spaß gemacht, darum hat der Hummer WU TAN 12 gehabt, obwohl der Lupescu sicher der Einzige war, der es noch gewusst hat, dass er in der Mordsache Wustinger Tanja zwölf Jahre gesessen ist.

Aber der Brenner ist auch ohne das Kennzeichen der Sache langsam näher gekommen. Zuerst hat er sich noch gedacht, dieser Muskelberg, der am Hummer lehnt, schaut so aus, als wäre er wild entschlossen, seinen Hafturlaub in vollen Zügen zu genießen. Weil nach neunzehn Jahren Polizei erkennst du natürlich nicht jeden Kriminellen auf den ersten Blick, aber es gibt eindeutige Fälle. Wenn die fiese Visage zusammenkommt mit dem speziellen Muskelaufbau, den du nur von den Klimmzügen an einer Zellentür kriegst, dann weißt du als erfahrener Kripomann, dass du nicht den Radwegebeauftragten der Stadt Wien vor dir hast. Natürlich darf man sich nicht vom Vorurteil leiten lassen, aber sagen wir einmal so, wenn der eindeutige Fall dich auf die Rückbank eines Hummer verfrachtet und deine Hände an der Kopfstütze vor dir befestigt, dann kannst du dir zumindest sagen, du hast dein Vorurteil erfolgreich überprüft.

Irgendwo in der zeltgroßen Kapuze vor ihm muss auch ein Fahrer gesteckt sein, weil der ist so brutal aufs Gas gestiegen, als ginge es ihm darum, den Brenner auf ewig als Abziehbild auf den weißen Ledersitz zu bügeln. Aber interessant. In der Not wirst du bescheiden und freust dich über kleine Dinge, an die du im Überfluss keinen Gedanken verschwendest. Wenn die Fliehkraft dich nach hinten drückt und die Handschellen dich an der Kopfstütze vor dir festhalten, bist du schon dankbar, dass der Mensch dehnbarer ist, als er glaubt. Weil sonst hätte der Brenner seinen Händen schon jetzt nur noch aus der Ferne zuwinken können.

Der Muskelberg neben ihm hat so dicke Oberschenkel gehabt, dass er den Brenner fast bei der Tür hinausgedrängt hat, obwohl er nur normal dagesessen ist.

»Und? Wohin geht die Reise?«, hat der Brenner ihn gefragt.

»Wirst du schon sehen.«

»Was soll die Kinderei mit den Handschellen?«

»Ist gleich vorbei.«

Seine eigene Körperhaltung hat dem Brenner überhaupt nicht gefallen, weil wenn du gerade vom Begräbnis eines Menschen kommst, dem jemand die Hände abgehackt hat, möchtest du deine nackten Handgelenke am liebsten überhaupt nicht sehen, schon gar nicht in so einer einladenden Position.

»Das wäre aber unlogisch, wenn ihr mir auch noch die Hände abschneidet.«

»Wir schneiden niemandem die Hände ab«, hat der Dickwanst geschnauft. »Wir hacken sie ab.«

Dann hat er ein bisschen gelacht, als wäre das gerade der beste Witz aller Zeiten gewesen.

»Aber nicht hier herinnen«, hat er den Brenner beruhigt. »Wäre schade um die weißen Ledersitze.«

»Andererseits auch egal. Stehlt ihr eben einen anderen.«

»Das stimmt«, hat sein Bodyguard zugestimmt wie ein netter Onkel, der einen Kindergartenwitz gelten lässt.

Von der Simmeringer Hauptstraße ist der Hummer zum Gürtel hinauf, dann gleich wieder abgefahren und bei einem Neubau, der als Fremdkörper in einer Reihe heruntergekommener Zinshäuser gestanden ist, in die Tiefgarage gefahren.

In der Garage ist nur ein einziges Auto gestanden, ein weißer Bentley mit dem Kennzeichen WU TAN 1, der mit den Fitnessgeräten um die Wette geblitzt hat. Und jetzt pass auf. Der Rest der Garage war ein Boxring. Zum Genfer Automobilsalon hat nur gefehlt, dass der Bentley mitten im Ring gestanden wäre statt daneben. Die Fahrertür war offen, und der Typ ist mit seinen überlebensgroßen Kopfhörern so lässig dagesessen, als würde er hier gerade in seinem schwarzen Trainingsanzug mit der silbernen Kapuze die letzten Sekunden vor seinem Boxweltmeisterschaftskampf absitzen.

Der Brenner ist ihm direkt vor die Füße hingeparkt worden, und wie die schwarze Hummerscheibe vor seiner Nase hinuntergefahren ist, hat er gesehen, dass sich das Gesicht vom Lupescu fast nicht verändert hat, seit er vor über zwanzig Jahren als Jugendlicher die Wustinger Tanja aus dem Fenster gestoßen hat. Nur auf eine unheimliche Art geschrumpft war es, sprich, sein Hals und seine Schultern doppelt so breit wie früher.

»Herr Brenner, wie Sie wissen, leben wir in einem Überwachungsstaat.«

»Hab ich auch schon gehört, ja.«

»Jedes Handygespräch, alles wird abgehört. Sogar wenn wir nicht telefonieren, wird aufgezeichnet, wo wir sind. Wissen Sie, an was mich das erinnert? An die Securitate unter Ceauşescu.«

»Haben Sie den noch erlebt?«

»Ich bin hier geboren, Herr Brenner. Wir sind Landsleute.«

»Freut mich.«

»Ich bin mit der Wustinger Tanja in die Schule gegangen. So hat die dekadente Arzttochter geheißen, wegen der ich auf die schiefe Bahn gekommen bin. Weil sie wegen einem Fliegenpilz aus dem Fenster gesprungen ist.«

»Ich kenne die Geschichte.«

»Aber mein Vater hat sie erlebt.«

»Wen? Die Wustinger Tanja?«

»Die Securitate. Erlebt und überlebt.«

»Warum erzählen Sie mir das?«

»Weil Sie gefragt haben.«

»Und das mit dem Überwachungsstaat?«

»Als Entschuldigung natürlich. Ich muss mich doch bei Ihnen dafür entschuldigen, dass ich Sie hierher bringen lasse. Diese Garage ist abgeschirmt.«

»Verstehe. Ich kann mir nicht vorstellen, dass Sie mir so was Wichtiges zu sagen haben.«

»Sie haben doch in der Zeitung des Verstorbenen inseriert, dass Sie dieses Mädchen suchen.«

»Ja und?«

»Herr Brenner, entspannen Sie sich. Ich versuche nur, Ihnen zu helfen. In Wien ist die schöne Serafima nicht. Das können Sie sich aus dem Kopf schlagen. Wenn die hier wäre, wüsste ich es. So eine Schönheit sollten Sie lieber beim Berlusconi suchen.«

»Was haben nur alle mit dem Berlusconi? Sie sind schon der Zweite, der mir das sagt.«

»Sehen Sie! Oder beim Scharköse. Der liebt auch die schönen Frauen.«

»Wer ist der Scharköse?«

»Na, der französische Kollege vom Berlusconi, der Mann von der Carla Bruni. Interessieren Sie sich nicht für Politik?«

»Nicht besonders. Aber ich hab den Namen nur nicht verstanden.«

»Meine Familie stammt aus dem Teil Rumäniens, der an Ungarn grenzt. Meine Mutter gehörte zur ungarischen Minderheit. Wir wissen, wie man diesen Namen ausspricht.«

»Na, dann bedanke ich mich schön für die Information. Und für die Taxifahrt.«

»Nichts für ungut, Herr Brenner. Es ist nur. Ich muss eben vorsichtig sein in meiner Position.«

»Klar. Dann kann ich ja jetzt gehen.«

»Meine Leute bringen Sie selbstverständlich zurück.«

»Ich glaub, ich geh lieber.«

»Wie Sie meinen.«

Der Brenner hat darauf gewartet, dass sie ihm endlich die Handschellen aufmachen, aber dem Lupescu ist noch etwas eingefallen: »Eine Kleinigkeit noch, Herr Brenner. Ich hab Ihnen die Information geliefert, dass die schöne Serafima nicht in Wien ist. Jetzt möchte ich Sie bitten, dass Sie mir auch einen Gefallen tun.«

»Gefallen ist der Soldat«, hat der Brenner gesagt, weil das war in der Polizeischule so eine Mode, wenn du wen um einen kleinen Gefallen gebeten hast, hat es garantiert geheißen, gefallen ist der Soldat.

»Guter Spruch«, hat der Lupescu gesagt. »Den muss ich mir merken. Der Gefallen, um den ich Sie bitte, ist aber eigentlich nur eine kleine Gefälligkeit. Können Sie dem Herrn Inreiter etwas ausrichten?«

»Ich kenne den so gut wie gar nicht.«

»Aber den Gruntner haben Sie auch so gut wie gar nicht gekannt. Trotzdem gehen Sie zu seinem Begräbnis. Und trotzdem glauben Sie, dass ich den beiden die Hände abgehackt habe. Und warum glauben Sie das? Weil der Gruntner

Ihnen erzählt hat, dass der Inreiter mir einen Schwanz auf den Rücken tätowiert hat. Auge um Auge. Zahn um Zahn. Weil wir Zuhälter so archaische Rituale lieben, wie der Philosoph es formuliert hat.«

»Sie sind ja wirklich fast so gut wie der Ceauşescu.«

»Das haben wir Rumänen im Blut.«

Der Brenner hat nichts dazu gesagt. Seine Hände waren jetzt schon so lange an die Kopfstütze gefesselt, dass er nicht mehr gewusst hat, wie er tun soll, um sich die Schmerzen nicht anmerken zu lassen.

»Sind Sie schon einmal in einem Bentley gesessen?«

»Vielleicht ohne es bemerkt zu haben. Ich interessier mich nicht für Autos.«

»Das wäre Ihnen schon aufgefallen«, hat der Lupescu gelächelt, und jetzt hat der Muskelberg dem Brenner endlich die Handschellen aufgesperrt, damit der Brenner im Bentley Probe sitzen kann. Der Lupescu aber gottseidank nicht weiter über den Bentley geredet, sondern hör zu: »Für mich wäre das sehr wichtig, dass Sie dem Inreiter etwas ausrichten.«

»Da müsste ich ihn extra im Krankenhaus besuchen.«

»Das wäre sehr nett von Ihnen. Es ist wichtig für die Zukunft meiner Baufirma. Ich habe siebenunddreißig Angestellte. Ich habe eine Immobilienentwicklungsfirma und eine eigene Trockenbaufirma, eine Spachtelfirma und eine Zimmerei. Ich habe einen Warmwasser- und Heizungsinstallationsbetrieb, und ich habe seit kurzem auch einen Elektriker. Alles legal angemeldet. Es hat noch nie einen Konkurs gegeben, das ist eine Besonderheit in diesem Gewerbe, wo sich viele Gauner herumtreiben. Bei mir hat noch jeder Lieferant sein Geld bekommen. Für jeden meiner Angestellten zahle ich Steuern und Abgaben. Glauben Sie mir das?«

»Na ja, man sagt Ihnen einen anderen Beruf nach.«

»Zuhälter und Händeabhacker mit tätowiertem Schwanz am Rücken. Ist es das?«

Der Brenner hat mit den Achseln gezuckt. »Ich war einmal bei der Kripo. Ich kenne mich ein bisschen aus in der Szene.«

»Ich weiß, dass Sie bei der Kripo waren. Ich möchte Sie bitten, dass Sie bei mir etwas machen, was Sie als Kripomann oft machen mussten. Eine Leibesvisitation.«

Der Brenner hat ihn erwartungsvoll angeschaut, aber der Lupescu hat es nicht eilig gehabt mit Erklärungen.

»Für Menschen ohne Polizeierfahrung wäre es eine Zumutung, von ihnen eine Leibesvisitation zu verlangen. Aber Kripoleute lieben es doch, anderen Leute in das Arschloch zu greifen.«

Der Brenner hat nichts gesagt.

»Aber keine Angst. Ich will nur, dass Sie meine Trainingsjacke hochschieben.«

Er hat ihm seinen Rücken zugewandt, und ob du es glaubst oder nicht, vom Jogginganzug herunter hat den Brenner ein alter Bekannter angelächelt. Der argentinische Boxweltmeister Carlos Monzón war ein Held aus seiner Polizeischulzeit, frage nicht. Ausgeschaut wie ein Filmstar und ungeschlagen zurückgetreten, nur seine Frau hat ihn einmal im Streit angeschossen. Aber nach dem Rücktritt leider schnell bergab gegangen, zuerst hat er seine Freundin umgebracht, und dann hat ein Baum, gegen den er im Hafturlaub gerast ist, ihn totgeschlagen, aber jetzt hat er den Brenner vom Rücken des Lupescu aus angestrahlt, als wäre er der friedfertigste Mensch der Welt.

»Keine Angst, ich habe mich erst vor einer halben Stunde geduscht. Bitte schieben Sie meine Joggingjacke bis zu den Schulterblättern hoch.«

»Einfach hochschieben?«

»Einfach hochschieben.«

Aus irgendeinem Grund ist dem Brenner vorgekommen, dass er sich schon lange nicht mehr so gefürchtet hat. Als würde ihm der Monzón persönlich das Genick brechen, wenn er seine Hand gegen ihn erhebt. Aber es ist ihm nichts anderes übriggeblieben, und darum hat er mit seinen Händen, in die langsam das Gefühl zurückgekehrt ist, von hinten an die Taille des gefürchtetsten Rotlichtkapos gegriffen und ihm die Trainingsjacke bis zu den Schulterblättern hochgeschoben.

»Und?«, hat der Lupescu gefragt. »Was sehen Sie?«

»Ein paar Zeilen in fremden Schriftzeichen, die ich nicht lesen kann.«

»Und sonst? Irgendwas anderes?«

»Nein.«

»Keinen tätowierten Schwanz oder Laserspuren, als wäre mir etwas entfernt worden?«

»Nein.«

Der Lupescu hat sich so schnell zu ihm umgedreht, dass der Brenner ein bisschen erschrocken ist.

»Sehen Sie. Also warum soll ich wem die Hände abhacken?«

Der Brenner hat nur genickt. Das war genau die Frage, die er sich auch gestellt hat.

»Damit das klar ist. Wir schneiden niemandem die Hände ab, und wir hacken sie niemandem ab. Aber wenn wir es täten, dann nur, wenn diese Hände uns geärgert hätten.«

»Jaja.«

»Sie wissen schon, die archaischen Rituale.«

»Klar.«

Der Lupescu hat tief ausgeatmet, quasi seufzender Staatsmann in Sorge. »Herr Brenner, für mich ist es sehr wichtig, dass niemand meine Geschäfte aus Spinnerei sabotiert. Weil sich irgendwelche Junkies und selbsternannte Rotlichtphilosophen lustige Geschichten ausdenken.«

»Und warum erzählen Sie das mir?«

»Ich möchte Sie nur bitten, dem Herrn Inreiter auszurichten, dass wir die Verhandlungen am Tag nach seiner Entlassung aus dem Krankenhaus fortsetzen möchten.«

»Wieso sagen Sie ihm das nicht selber?«

»Wir wollen ihn nicht schrecken, solange er rekonvaleszent ist.«

Aber interessant. Der Schreck, der dem Infra erspart werden sollte, ist dafür ungebremst in den Brenner gefahren. Jetzt was hat den Brenner so erschreckt? Sagen wir einmal so. Das lautlose Hochfahren des Garagentors war es nicht. Und das brutal hereinblitzende Tageslicht war es auch nicht. Es muss schon das sanfte Aufschnurren des Bentley gewesen sein, der ihn auf die Straße hinausgetragen hat, Wildkatze nichts dagegen.

# 14

Erst zwei Tage nachdem die Herta in die Mongolei geflogen ist, hat der Brenner sich dazu aufgerafft, den Infra im Krankenhaus zu besuchen. Es hat ihm überhaupt nicht geschmeckt, den Boten vom Lupescu zu spielen, aber er wollte auch nicht ein zweites Mal im schwarzen Hummer landen. Und schon gar nicht wollte er ein zweites Mal im Bentley vor die Haustür der Herta gefahren werden, und zwar ohne dass der Lupescu ihn nach der Adresse fragen musste.

Er hat sich eingeredet, dass er es ja immer noch von der Situation abhängig machen kann, ob er dem Infra den schönen Gruß ausrichtet. Und irgendwie hat ihn das Gefühl nicht losgelassen, dass es seine einzige Chance ist, etwas über die Serafima zu erfahren.

Seine Trauzeugin hat ihm die Zimmernummer verraten, obwohl die Kripo dem Krankenhauspersonal eingetrichtert hat, kein Besuch ohne polizeiliche Genehmigung. Den anderen Schwestern hat die Anna Elisabeth einfach gesagt, der Brenner ist Polizist, ganz gelogen war das ja auch nicht.

Er hat sich gewundert, wie gesund der Infra in seinem Krankenbett ausgesehen hat. Gesünder als vorher! Weil natürlich die Medikamente. Dass durch seine Krankenzimmertür auf einmal der Brenner hereinkommt, hat ihn auch nicht aus der Ruhe gebracht. Ich glaube, wenn dir wer die Hände abgehackt hat, kriegst du eine gewisse Gelassenheit gegenüber den kleineren Überraschungen.

»Wie geht's?«, hat er den Besucher begrüßt, als wäre er immer noch im Tätowiererkeller, und ein alter Stammkunde kommt vorbei.

Die schlagfertige Antwort vom Brenner hast du schon im Vorhinein in seinen Augen lesen können, das gewisse Aufblitzen, wo das Gegenüber schon mehr über den anreisenden Gedanken weiß als derjenige, der noch dabei ist, ihn hereinzulassen, so wie oft die Nachbarn über die Straße hinüber schon sehen, dass der Postler zu dir kommt, während du selber ihn erst eine Sekunde später klingeln hörst.

Dann ist der Gedanke aber nie beim Brenner angekommen. Weil so wie eine Postkarte, die der Briefträger aus Versehen oder Boshaftigkeit beim Nachbarn einwirft, hat der Infra die Antwort, die der Brenner geben wollte, abgefangen und selber gegeben, indem er gleich nach seiner Frage weitergeredet hat: »Man haut sich durchs Leben, oder?«

Ob du es glaubst oder nicht. Genau das war es, was der Brenner schon auf der Zunge gehabt hat.

»Und dir?«, hat er stattdessen den Infra gefragt.

Und jetzt der Brenner auch nicht blöd, weil ebenfalls die an den Infra adressierte Gedankenpostkarte abgefangen und an seiner Stelle geantwortet: »Dich haut eher das Leben, oder?«

»So kann man es auch ausdrücken«, hat der Infra gelacht.

Und weil dem Brenner nichts mehr eingefallen ist, hat der Infra noch gesagt: »Aber man darf nicht undankbar sein«, und dabei einen Blick auf seine bandagierten Hände geworfen. »Immerhin hab ich noch meine zwei Hände. Oder wieder. Ich hab gehört, du hast geheiratet?«

Siehst du, so schnell bist du als Detektiv selber der Befragte, wenn du es mit einem guten Themenwechsler wie dem Infra zu tun hast. Aber der Brenner hat sich nicht überrumpeln lassen und gleich wieder mit einer Gegenfrage auf den Infra zurückgelenkt:

»Von der Krankenschwester hast du das gehört, oder?«

»Ich glaub, die ist in den Dr. Scherübl verliebt«, hat der Infra gegrinst.

»Wieso?«

»Weil sie gar so von seiner chirurgischen Kunst schwärmt. Andererseits. Wenn du dir den Gruntner anschaust – «

»Dann hat sie vielleicht nicht ganz unrecht«, hat der Brenner ergänzt, weil irgendwie mit dem Infra ein guter Draht, wo man Sätze ergänzt und alles.

Jetzt warum hat der Besuch trotzdem nur fünf Minuten gedauert? Und warum ist der Brenner beim besten Willen nicht dazu gekommen, ihm die Grüße vom Lupescu auszurichten? Sagen wir einmal so. Die Kripo ist ins Zimmer gestürmt und hat den Brenner mitgenommen. Weil wenn die Gestalt, die sowohl beim Gruntner als auch beim Infra am Tag vor der Tat auf dem Überwachungsvideo ist, auch noch beim Infra im Krankenhaus auftaucht, dann schlägst du natürlich zu als Kripomann. Aber nicht dass du glaubst, sie haben ihn verdächtigt. Wenn du mich fragst, haben die genau gewusst, wer es war. Weil du kennst als Blaulicht dein Rotlicht. Und wenn sogar die Zeitungen mehr oder weniger offen andeuten, dass nur der Wu Tan Clan dafür infrage kommt, dann kann man sich vorstellen, dass es der Kripo auch nicht verborgen geblieben ist. Aber ich sage immer, zwischen Wissen und Beweisen passt die gesamte Weltordnung hinein. Zumindest die gesamte Arbeit der Kriminalpolizei. Und wenn du als Kripomann weißt, wer es war, aber nichts beweisen kannst, weil das gesamte Rotlicht inklusive Opfer ein einziges Schweigekartell, das ist schlimmer, als wenn du keine Ahnung hast, wer der Täter sein könnte. Und da schnappst du dir zwischendurch zum Abreagieren natürlich mit umso mehr Freude einen Spitalsbesucher, der sich als Kollege ausgibt.

Siehst du, darum sind die richtigen Polizisten in das Zimmer vom Infra gestürmt und mit dem falschen Kollegen wieder herausgekommen, haben ihn in die Rossauer Kaserne verschleppt und dort ein bisschen auseinandergenommen. Getan haben sie natürlich schon, als wäre er wahnsinnig verdächtig, und der Brenner hat ihnen eine Zeit lang die Freude gemacht und mitgespielt, weil er hat sich noch zu gut an den Frust erinnert, den du als Kripomann hast, wenn du nicht vom Fleck kommst.

Der junge Mann, der die Krawallbrüder abgelöst und ihn dann verhört hat, war aber ganz in Ordnung. Vögele ist auf seinem Namensschild gestanden, und der Brenner hat sich gedacht, dass er noch selten einen Menschen gesehen hat, zu dem der Name so wenig gepasst hat, weil der Vögele das genaue Gegenteil von einem Vögele, sprich groß und kräftig und keine einzige Feder am Kopf. Die neue Generation, hat der Brenner sich gedacht, Muskeln, Glatze, Computer. Der Vögele hat auf Knopfdruck alles über den Brenner gewusst, sogar Sachen, die er selber längst vergessen gehabt hat. Und das Einzige, was nicht im Computer aufgeschienen ist, hat er ihn gefragt, hör zu. »Interessieren würde es uns natürlich schon, warum am Vorabend der Tat ein verdienter Exkollege bei beiden späteren Opfern aufgetaucht ist.«

»Der Exkollege und das spätere Opfer«, hat der Brenner wiederholt, damit der Vögele einmal eine Idee davon kriegt, wie geschraubt er daherredet.

»Das war jetzt nicht direkt eine Antwort.«

»Sind Sie eigentlich auch dann ein Exkollege von mir, wenn Sie in der Zeit noch gar nicht dabei waren, wo ich noch Kollege war? Oder gibt es dafür ein eigenes Wort? Ein Vorauskollege oder so?«

»Herr Brenner, das überlasse ich Ihnen. Ich wüsste jetzt einfach gern, warum Sie kurz vor der Tat bei den beiden erwähnten Herren aufgetaucht sind.«

»Zufall.«

Der Glatzkopf ist noch ein bisschen hohlwangiger geworden, und das hat so viel geheißen wie: Ich warte jetzt einfach auf die richtige Antwort und mache inzwischen ein paar unauffällige Bauchmuskelübungen unter dem Tisch.

Der Brenner wollte es ihm aber nicht verraten, weil natürlich Angst, dass die Nadeshda sofort abgeschoben wird, wenn die Polizei die Zusammenhänge herausfindet. Er hat gewusst, da hilft keine Lüge, da hilft keine Wahrheit. Da hilft nicht einmal eine Halbwahrheit. Und Schweigen geht auch nicht.

Zum Glück waren ausweglose Situationen immer schon das, wo der Brenner erst auf Betriebstemperatur gekommen ist. Angefühlt hat sich das aber nicht angenehm für ihn. Angefühlt hat es sich, wie soll ich sagen, als würde seine natürliche Trägheit sich zu einer für sämtliche Organe lebensbedrohlichen Superträgheit auswachsen. Und statt über eine Antwort nachzudenken, hat er den jungen Polizisten gemustert, der ausgesehen hat, als wäre er direkt vom Polizistenkalender hinter ihm heruntergestiegen. Seine unaufgeregte Art hat dem Brenner imponiert. Ihm ist durch den Kopf gegangen, dass der Vögele wahrscheinlich eine gute Karriere machen wird bei der Polizei. Er hat sich überlegt, ob der die Matura hat. Ob er vielleicht sogar nebenbei studiert, damit er richtig nach oben kommt. Und aus welchen Verhältnissen er stammt. Ob er bei einer Partei ist. Er hat sich gefragt, wie der Mann privat lebt. Wo er wohnt. Wie es auf der Frauenseite bei ihm ausschaut. Ob er mehr Richtung Sexualleben oder mehr Richtung Familienleben tendiert. Ob er tätowiert ist. Ob er Kinder hat. Ob womöglich sein ganzes Leben komplett anders verlaufen wäre, wenn er nicht Vögele geheißen hätte. Natürlich nicht wirklich überlegt, sondern das ist alles in dieser Schweigeminute, nachdem er »Zufall« gesagt hat, durch das Brennerhirn geflutet, Elektroschock nichts dagegen. Und du darfst eines nicht vergessen. Ohne dass er überhaupt Zeit gehabt hätte, über eine gute Lüge nachzudenken, ohne dass er die geringste Ahnung gehabt hat, woher diese Antwort gekommen ist, entweder aus seinem hintersten Hirn heraus oder als Nachbeben seiner direkten Gehirnpostverbindung mit dem Infra oder als Einflüsterung aus der Mongolei oder schlicht und einfach via aggressive Einfühlung in sein Gegenüber, sagt der Mund vom Brenner zu seiner eigenen Verwunderung:

»Dass ihr euren V-Mann so in Gefahr bringt, das ist ein Wahnsinn. Da möchte ich jetzt nicht in eurer Haut stecken.«

Und siehst du, das ist der Nachteil bei einer Glatze. Das Gegenüber sieht sofort, wenn du eine Gänsehaut am Kopf kriegst.

Und das ist der Vorteil von einem gewissen Alter. Weil ewige Schwäche der Jugend, du bist dir zu sicher. Du glaubst, die Welt gehört dir und ein Brenner kein ernstzunehmender Gegner, weil von gestern. Und da kommt eben der Altersvorteil ins Spiel. Hör zu. Als Alter weißt du, dass du in einer schlechten Lage bist, wenn du in einer schlechten Lage bist, weil im Alter bist du fast immer in einer schlechten Lage. Und du sagst zuerst einmal lange nichts, wenn du alt und in der Situation vom Brenner bist, und dann sagst du: *Dass ihr euren V-Mann so in Gefahr bringt, das ist ein Wahnsinn.*

Für einen Moment ist der Brenner sich richtig gut vorgekommen. Er hat sich selber gefragt, wie ihm dieser Verdacht auf den Infra so plötzlich gekommen ist. Das ist ja immer ein großes Rätsel, wo so ein Gedanke eigentlich herkommt. Kann schon wirklich sein, dass die Herta ihm von ihrem Kraftplatz in der Mongolei ein paar Schwingungen herüberschamanisiert hat. Andererseits müsste man ihr dann auch Vorwürfe machen, dass sie ihn nicht gewarnt hat.

Weil der Polizist hat jetzt mitten in das Triumphgefühl vom Brenner hinein gesagt: »Wenn ich eine Scheinehe geschlossen und eine junge Russin in meine Abhängigkeit gebracht hätte, würde ich das Maul nicht so weit aufreißen.«

Da ist dem Brenner gleich klar geworden, dass er gerade auf Kosten der Nadeshda einen der schwersten Fehler seines Lebens gemacht hat.

Der Vögele hat seinem Vorauskollegen geduldig erklärt, warum er leider nach Lage der Dinge gezwungen ist, die Scheingattin vom Brenner nach Nischni Nowgorod zu verfrachten. Es hat sich herausgestellt, dass der Vögele wirklich stinksauer war, weil seine über Jahre aufgebauten Ermittlungen gegen den Wu Tan Clan durch den Vorauskollegen so gestört worden sind, dass sich jetzt nicht einmal mehr sein wichtigster Informant auszusagen traut, wer ihm die Hände abgehackt hat.

»Ihnen muss ich hoffentlich nicht erklären, dass die Kripo ohne ein funktionierendes Informantennetz völlig machtlos ist«, hat er gesagt, aber er war so angefressen, dass er es ihm trotzdem erklärt hat, sprich, tausend Kompromisse und Augenzudrücken notwendig, damit die Informanten dir etwas verraten, und am Schluss hast du womöglich noch die eigenen Kollegen am Hals, weil dich ein Neider ans Messer liefert. »Wissen Sie, warum Ihre Freunde vom Wu Tan Clan, mit denen Sie Spazierfahrten durch die halbe Stadt unternehmen, so heißen?«

»Sie sind ja gut informiert.«

»Wir leben in einem Überwachungsstaat, Brenner.«

»Dann wissen Sie ja hoffentlich auch, dass ich nicht freiwillig mitgefahren bin. Und den Mordfall Wustinger Tanja kenne ich auch. Damals war ich noch bei der Polizei. Im Gegensatz zu Ihnen.«

»Aber was Sie vielleicht nicht wissen. Alle Indizien, die damals unterdrückt wurden, sprechen dafür, dass die Wustinger Tanja wirklich freiwillig gesprungen ist.«

»Fliegenpilz.«

»Sehr richtig. Und kein Mensch wird so brutal wie einer, dem ein schreckliches Unrecht zugefügt wurde. Und der Lupescu hat sich im Gefängnis zum brutalsten Zuhälter entwickelt, der mir jemals untergekommen ist. Dem müssen wir endlich das Handwerk legen. Sonst werden die Revierkämpfe jetzt, wo unsere Politik den Straßenstrich verboten hat, sehr blutig in dieser Stadt.«

»Sind Sie eigentlich mit dem Vögele Anton verwandt?«

»Wer soll das sein?«

»Das war ein Kollege von mir. Vögele Anton aus Sinabelkirchen.«

»Nie gehört.«

Der Vögele hat dem Brenner um drei Uhr früh ungefähr eine Minute in die Augen gestarrt, und dann hat er ihm erklärt, dass es eine Möglichkeit gibt, wie er dem Brenner den Gefallen tun könnte, seine Scheingattin doch nicht abschieben zu lassen. »Aber dafür muss ich mich so weit aus dem Fenster lehnen, dass ich mit einem Fuß in der Luft hänge und mit dem anderen im Gefängnis stehe. Als Gegenleistung müsste mir der Vorauskollege auch einen kleinen Gefallen tun.«

»Ich arbeite sicher nicht als Spitzel für euch«, hat der Brenner gesagt. »So viel Selbstachtung hab ich noch.«

# 15

Über Nacht haben sie den Exkollegen in der Polizeikaserne dunsten lassen. Am meisten hat ihn geärgert, dass er schon wieder sein Handy daheim vergessen hat, weil ohne ihre Nummer hat er nicht einmal die Nadeshda verständigen können. Schön langsam ist ihm vorgekommen, alles wäre vollkommen anders gelaufen, wenn ihm die Verbrecherkinder wenigstens sein altes Handy gelassen hätten, das so gut in die Hosentasche gepasst hat. Aber glaubst du, er wäre wenigstens sofort heim zur Nadeshda, wie der Vögele ihn am nächsten Nachmittag endlich ausgelassen hat?

Da war der Brenner schon ein ganz eigener Charakter. Zuerst hat er natürlich noch einmal kurz beim Infra im Krankenhaus vorbeischauen müssen, weil es hat ihn gestört, dass die Kripo ihr Gespräch mitten im Satz unterbrochen hat. Ein bisschen wie ein Doppelspion vorgekommen ist er sich natürlich schon mit den Aufträgen vom Lupescu und vom Vögele im Gepäck. Er hat sich aber damit beruhigt, dass es ihn doch persönlich interessiert, warum der Wu Tan Clan dem Infra und dem Gruntner die Hände abgehackt hat. Erstens wegen der Nadeshda, sprich Serafima, und zweitens, weil er mit eigenen Augen gesehen hat, dass die vom Gruntner verbreitete Geschichte über den tätowierten Schwanz gar nicht gestimmt hat. Irgendwas passt da hinten und vorne nicht zusammen, hat der Brenner die ganze Nacht in der Zelle überlegt gehabt, sogar in den wenigen Stunden, wo er ein bisschen gedöst hat. Und jetzt auf dem Weg ins Krankenhaus ist er mit dieser Frage immer noch nicht viel weiter gewesen. Am ehesten hat er sich vorstellen können, dass der Wu Tan Clan dem Infra auf seine Spitzeltätigkeit draufgekommen ist. Aber was meint der Lupescu dann mit den Verhandlungen, die er nach der Krankenhausentlassung weiterführen will?

Wie der Brenner die Tür vom Krankenzimmer geöffnet hat, war er aber immer noch fest entschlossen, nicht den Boten für den Lupescu zu machen.

»Und?«, hat der Infra ihn zur Begrüßung gefragt, quasi Frage aller Fragen.

»Was und?«

»Wie war es mit den Herrn Exkollegen?«

»Jetzt sagst du auch Exkollege. Aber einer, der zu meiner Zeit noch gar nicht dabei war, ist doch kein Exkollege. Ich frag mich schon die ganze Zeit, wie man da sagt.«

»Gute Frage«, hat der Infra genickt und lange nachgedacht. Und dann hat er gesagt: »Vielleicht Vorauskollege.«

»Ein bisschen zu gescheit war ich. Da haben sie mir gleich eine Schlafgelegenheit angeboten.«

»Das ist der jugendliche Übermut.«

»Ja, den hab ich schon sechzig Jahre.«

»Jetzt brauchst ihn dir auch nicht mehr abgewöhnen.«

Seine Krankenhauspyjamajacke ist auf dem Nachtkästchen gelegen, und der Brenner hat sich gewundert, wie viele Tätowierungen auf einem einzigen Oberkörper Platz haben.

»Und machen deine Finger Fortschritte?«

»Mit den Fingern ist alles in Ordnung, sagt der Dr. Scherübl. Aber mit dem Hirn nicht. Darum kann ich sie nicht bewegen. Die Verbindung muss erst anspringen.«

»So ist es im Leben.«

Aber der Brenner hat dann nichts Näheres dazu gesagt, warum oder inwiefern es im Leben so ist. Er war zu sehr damit beschäftigt, möglichst unauffällig die Bilder zu betrachten, die der Infra auf seinem Oberkörper zur Schau gestellt hat: ein Totenschädel, eine brennende Fackel, eine Schlange, ein Aug, ein Anker, ein Vogelschwarm, eine Rose, eine Freiheitsstatue, ein Lenin, ein Gekreuzigter, eine Nackte, ein Luftballon und mitten auf der Brust ein Ochse. Ihm ist ganz schwindlig geworden vor lauter Motiven, eines bizarrer als das andere. Aber am meisten interessiert hätte ihn, was das »S. J.« bedeutet hat, das sich der Infra über sein Herz gepeckt hat.

»Du warst bei der Sozialistischen Jugend?«, hat er gefragt, um den Infra aus der Reserve zu locken, weil er wollte natürlich die Frauengeschichte hören, die er hinter den Initialen vermutet hat.

»Nein«, hat der Infra gelacht. »Das heißt nicht Sozialistische Jugend.« Mehr hat er nicht herausgelassen.

»Dann ist es die Susi Jäger?«

»Schon eher.«

Der Infra hat nachdenklich aus dem Fenster geschaut, und dem Brenner ist aufgefallen, wie der Körper des kleinen Ochsen unter dem Brustbein vom Infra träge mit dem Herzschlag pulsiert hat und dadurch regelrecht zum Leben erweckt worden ist.

»Schau, sie hängen mir ein neues Plakat auf«, hat der Patient aus dem Fenster gedeutet. »Hoffentlich dieses Mal ein schöneres.«

»In meiner Polizeischulzeit bin ich auch plakatieren gegangen«, hat der Brenner ihm erzählt. »Das war gut bezahlt.«

Obwohl schon zwei Plakatbögen geklebt sind, hat man noch nichts von dem Bild erkannt, weil nur Hintergrundfarbe, und der Brenner hat überlegt, wie er den Infra dazu bringen könnte, dass er ihm das Geheimnis hinter dem »S. J.« verrät, das neben dem Ochsen gestanden ist.

»Wie ist das gerechnet worden?«, hat der Infra sich erkundigt. »Pro Stunde oder pro Plakat?«

»Zwanzig Schilling pro Plakat.«

»Verstehe. Zwanzig Schilling. Was hat man damals gekriegt für einen Zwanziger?«

»Fünf Liter Gemisch haben zehn Schilling gekostet.«

»Gemisch?«

»Fürs Moped. Zweitaktgemisch. Da sind fünf Liter hineingegangen.«

»Wie war das gemischt?«

»Eins zu fünfundzwanzig.«

»Und wie weit ist man mit einem Tank gekommen?«

»Weit«, hat der Brenner gesagt.

»Dann hast du für ein einziges Plakat zweimal weit fahren können.«

»Genau. Zweimal weit. Oder einmal sehr weit.«

»Ein guter Job.«

»Man muss gut aufpassen bei den einzelnen Bögen. Dass die Übergänge genau zusammenpassen, sonst schaut es verzerrt aus. Nur wenn uns einer recht unsympathisch war, haben wir ihn manchmal extra ein bisschen verpickt. Damit er eine schiefe Nase bekommen hat oder sonst einen Fehler. Ohne uns wäre der Kreisky vielleicht gar nie an die Macht gekommen. Weil wir die Schwarzen so zugerichtet haben.«

»Ich hab eher zu denen gehört, die die Plakate heruntergerissen haben. Das ist mehr Arbeit als das Hinaufpicken.«

»Aber deswegen haben sie dir die Hände nicht abgehackt, oder?«

Es war ihm peinlich, wie plump er versucht hat, auf das Thema zu kommen. Jetzt hat er zum Ausgleich recht interessiert aus dem Fenster geschaut, als würde ihn die Arbeit der Plakatierer so faszinieren. Ansatzweise hat man schon etwas erkennen können, einen Damenschuh und ein Stück Bein, das von dem Schuh weggegangen ist und unter dem Knie noch abgeschnitten war.

»Einmal hat uns die Polizei erwischt«, hat der Infra gesagt. »Da haben wir ganz schön Strafe zahlen müssen.«

»Wie viel?«

»Dreitausend Schilling.«

»Wahnsinn.«

»Aber das war damals nicht mehr so viel wie zu deiner Zeit.«

»Das waren überhaupt noch andere Zeiten«, hat der Brenner noch ein bisschen nachgebohrt. »Da waren die Strafen noch nicht so drakonisch. Wie heute. Wo sie einem gleich die Hände abhacken.«

Gewundert hätte es ihn nicht, wenn der Infra gesagt hätte, er soll sich seine durchsichtigen Aushorchversuche in die Haare schmieren. Aber nichts da, der Infra absolut friedlich gestimmt, der war mit seinen Gedanken ganz woanders und hat nachdenklich ein Wort vom Brenner wiederholt, hör zu: »Drakonisch.«

Er hat sich das Wort regelrecht auf der Zunge zergehen lassen, während er nachdenklich den Plakatierern zugeschaut hat. »Schau, eine Freundin hängen sie mir hin. Das ist sehr nett von deinen Kollegen. Von deinen Hinterherkollegen. Im

Afficheursgewerbe«, hat der Infra gelacht. »Oder sagt man Affichiste?«

»Man sagt Plakatierer.«

»Wenn die Füße nur so halb plakatiert sind, das schaut auch ein bisschen wie abgehackt aus.«

»Ja, das hab ich mir auch schon gedacht. Aber ich wollte es nicht sagen.«

»Sehr rücksichtsvoll.«

Der Brenner hat es genossen, wie das Bild in der Ferne Bogen für Bogen entstanden ist, quasi vorherbestimmtes Schicksal. Er hat gehofft, dass das Rätsel, wohin die Serafima verschwunden ist und warum der Wu Tan Clan den beiden Männern, bei denen er hintereinander zu Besuch war, die Hände abgehackt hat, sich auch nach und nach in seinem Hirn zusammensetzen wird, und dass sein Hirn auch schon einen Plan hat, von dem er nur noch nichts weiß. Das erste Bild muss noch keinen Sinn ergeben, hat der Brenner sich gesagt, das ist vielleicht vollkommen unwichtig, nur ein Teil vom blauen Himmel hinter dem eigentlichen Bild, aber es führt doch dazu, dass irgendwann das ganze Bild zusammenwächst. Und siehst du, darum hat er sich gedacht, schön Schritt für Schritt, und alles gelten lassen, was der Infra in seinem Medikamentendusel sagt. Weil jetzt wieder vollkommen ohne jeden Zusammenhang: »Weißt du, wo das herkommt?«

»Was?«

»Drakonisch.«

»Auch griechisch, oder?«

Bis jetzt hat er ja geglaubt, das ist nur so eine Mode in Tätowiererkreisen, dass man aus optischen Gründen mit den fremden Schriftzeichen eine Freude hat, griechisch, japanisch, oder Kurrent, wie der Großvater vom Brenner geschrieben hat. Aber dem Infra ist es anscheinend nicht nur um die Optik gegangen.

»Das war ein Gesetzesreformer«, hat er dem Brenner erklärt. »Drakon der Athener.«

»Ein strenger Bursche offenbar.«

»Aus heutiger Sicht schon. Aber damals war das Gesetz ein Fortschritt.«

»Hat vorher noch ein Brutalerer das Sagen gehabt?«

»Vorher war die Willkür. Gegenüber der Willkür ist das strenge Gesetz ein Fortschritt.«

»Aug um Aug. Zahn um Zahn.«

»So ungefähr«, hat der Infra gelächelt. »Glaubst du, wird es eine Blonde oder eine Dunkle?«

Weil beide Beine waren jetzt schon vollständig. Wahnsinnig lange Beine, aber der Infra hat gesagt, das machen sie am Computer. Und die Füße sind in silbernen Schuhen gesteckt, ganz ähnlich wie die Schuhe, mit denen die Renate damals auf den Polizeiball gegangen und nur mit einem heimgekommen ist. Sie war so besoffen, dass sie erst am nächsten Tag bemerkt hat, dass ihr am Heimweg die kleine Zehe abgefroren ist.

»Das ist gar nicht so ein schlechter Vergleich«, hat der Infra nachdenklich gesagt.

»Was für ein Vergleich?«

»Mit dem Hammurabi.«

Siehst du, der Hammurabi. In dem Moment, wo der Infra Hammurabi sagt, ist es dem Brenner auch wieder eingefallen. Der Hammurabi war das mit dem Aug um Aug, nicht der Drakon. Dabei hätte der Brenner das ruhig noch wissen können, weil zum Hammerl Siegfrid haben sie ja in der Polizeischule auch Hammurabi gesagt, gleich nach der Stunde, wo sie den Hammurabi gelernt haben, hat den einer Hammurabi getauft, und der ist den Namen nie wieder losgeworden. Aber interessant. Da ist das Unbewusste schon ein Hund, das muss man ehrlich einmal sagen. Weil deswegen ist ihm die Renate eingefallen, wegen dem Hammurabi, weil der dann die Renate geheiratet hat, aber ohne die amputierte Zehe hätte der Hammerl keine Chance bei einer Renate gehabt.

»Der war zwar in Babylon«, hat der Infra in die Erinnerungen vom Brenner hineingeredet, »und tausend Jahre vorher. Aber trotzdem kein schlechter Vergleich.«

Der Brenner hat es sehr nett gefunden vom Infra, dass der so getan hat, als hätte er die beiden Herrschaften nicht verwechselt, sondern bewusst verglichen, auf der einen Seite der Drakon, auf der anderen der Hammurabi, quasi Gelehrtendiskussion im Spitalszimmer.

»Eigentlich ist es ungerecht, was man mit dem Hammurabi und dem Drakon heute verbindet. Aus heutiger Sicht ist es vielleicht grausam.«

»Wenn sie wem zur Strafe eine Hand abhacken.«

»Aber gegenüber einer Zeit, wo sie einen Dieb gleich totgeschlagen hätten, war es ein Fortschritt. Eine angemessene Strafe statt Willkür.«

»Willkür«, hat der Brenner gesagt, weil ihm ist aufgefallen, dass der Infra das Wort jetzt schon zum zweiten Mal verwendet hat. Irgendwie ist ihm das Wort komisch vorgekommen, und er hätte selber nicht sagen können, warum, aber er hat jetzt gesagt: »Was heißt Willkür auf Griechisch?«

»Keine Ahnung.«

Der Brenner war richtig erleichtert. Weil schön langsam ist ihm der Tätowierer mit seiner Bildung unheimlich geworden. Blond, das hat man jetzt schon gesehen, weil sie haben gerade die Schulter hinaufgepickt, und da sind die blonden

Haare wunderbar über die Schulter der Plakatschönheit geflossen.

»Am ehesten: αὐθέκαστος.«

»Was?«

»Ich glaub, das heißt willkürlich.«

»Du warst auch nicht immer Tätowierer, oder?«

»Schau, die lass ich mir gefallen!«

Weil jetzt haben sie das Plakat endlich fertig gehabt. Die Arbeiter haben ihre Kübel und Besen in den Wagen gepackt und sind zur nächsten Plakatstelle gefahren.

»In Wirklichkeit ist die bestimmt nicht so hübsch. Das machen sie ja heute alles am Computer«, hat der Infra noch einmal gesagt, als müsste er sich damit trösten, dass es so etwas nicht wirklich gibt, und was es nicht gibt, kannst du auch nicht so schmerzhaft vermissen.

Er hat ein bisschen müde gewirkt, als würde seinem Motor das Medikamentengemisch ausgehen, das ihm die ärztlichen Tankwarte eingefüllt haben. Seine Lider sind immer schwerer geworden, bis den Brenner nur noch das A und das Ω angeschaut haben, sprich vorübergehend geschlossen.

»Nein«, hat der Brenner ihm widersprochen, aber der Infra hat schon geschlafen und nur mehr mit einem Brummen reagiert. Er hat es nicht mehr gehört, wie der Brenner gesagt hat: »Die ist wirklich so schön.«

Er hat sich sogar kurz am Infusionsgalgen festhalten müssen. Weil ob du es glaubst oder nicht. Die Frau auf dem Plakat war die Schwägerin vom Brenner, und sie hat seiner Frau zum Verwechseln ähnlich gesehen, und sie war nicht vom Computer verschönert, das hätte er vom täglichen Anblick ihrer Schwester jederzeit unter Eid bezeugen können.

# 16

Der Brenner ist in einem Tempo nach Hause gerannt, Nurmi nichts dagegen. Er hat es nicht erwarten können, das Gesicht der Nadeshda zu sehen, wenn er ihr das erzählt. Dass sie sich ganz umsonst ihre furchtbaren Sorgen gemacht hat, weil die Serafima wirklich Fotomodell. Seine einzige Sorge war jetzt, dass er mit seiner Überraschung zu spät kommt, weil die Nadeshda die Plakate schon gesehen hat. Wenn es schon nicht seine detektivische Leistung war, wollte er wenigstens der Überbringer der guten Nachricht sein, weil da hast du als Mensch das Gefühl, dass ein bisschen vom Verdienst auch auf dich abfällt. Auf dem Heimweg ist ihm das Plakat auf Schritt und Tritt untergekommen, und mit jedem Plakat ist seine Vorfreude auf die Augen, die sie machen wird, gestiegen. Aber es war verhext, weil mit jedem Ansteigen der Vorfreude ist auch die Angst gestiegen, dass er zu spät dran ist mit der Überraschung.

Pass auf. Sein Plan war: Ich überrede sie zu einem Spaziergang, und wenn sie nicht will, sag ich, bist bestimmt wieder den ganzen Tag vor dem Fernseher gesessen, und dann führe ich sie wie zufällig zu einem Plakat. Richtig grinsen hat er müssen bei dieser Vorstellung.

Jetzt wie soll ich sagen. Den ganzen Tag vor dem Fernseher gesessen ist die Nadeshda nicht. Aber der Grund war nicht, dass nichts Gutes gelaufen ist. Sondern die Fremdenpolizei ist bei ihr aufgetaucht und hat sie in die Zange genommen, während er eine Ewigkeit beim Infra war.

Der Brenner hat den Vögele dafür verflucht, dass er ihnen so schnell die Kollegen von der Fremdenpolizei auf den Hals gehetzt hat. Und zu allem Überfluss haben sie auch den Brenner vor der Haustür abgefangen, weil als Fremdenpolizist willst du natürlich die Scheinpartner einzeln kennenlernen. Er hat sich wahnsinnig geärgert, dass er wegen den beiden Fremdenpolizisten immer noch nicht zur Nadeshda vorgedrungen ist mit seiner guten Nachricht. Aber wenn du mich fragst, hat er sich vor allem darüber geärgert, dass er in der Rossauer Kaserne so vorlaut war, weil er hat nicht an einen Zufall geglaubt, dass die ausgerechnet jetzt hier aufgetaucht sind, sondern eindeutig Strafaktion.

Ein Mann und eine Frau waren es, quasi Polizistenpaar, so etwas hätte es zu seiner Polizeizeit auch nicht gegeben, aber er war sehr froh, dass wenigstens nicht zwei männliche Polizisten die Nadeshda befragt haben. Die Frau hat sogar recht gut ausgesehen, und er hat sich im Stillen gedacht, die könnte bei der Polizei sogar Pressesprecherin werden, weil da tun sie natürlich die Feschesten hin, ja was glaubst du. Aber er wollte sich nicht schon wieder auf Kosten der Nadeshda mit der Polizei anlegen und hat nur gesagt: »Wäre es nicht gemütlicher gewesen, wenn ihr mich gleich übernommen hättet, wie ich beim Kollegen in der Kaserne war?«

»Wir wollten vorher noch mit Ihrem Fräulein reden«, hat die Polizistin geantwortet.

»Frau.«

Die Polizistin hat ihn begriffsstutzig angeschaut, und

er hat es ihr noch einmal vorbuchstabiert: »Mit meiner Frau.«

»Genau das interessiert uns auch«, hat sie gesagt, während ihr Kollege nur dumm vor sich hin geglotzt hat, »Frau oder Fräulein.«

»Ist schon recht, Fräulein.«

Du siehst, sein Vorsatz, in nächster Zeit keinen Polizisten mehr zu ärgern, ist schon wieder in schwerer Gefahr gewesen.

Aber die hier hat es wenigstens nicht gleich persönlich genommen. Sie hat sanft gelächelt, fast schüchtern, als wäre ihr diese Frage in der Seele unangenehm. »Wie heißt das Fräulein eigentlich?«

»Das wissen Sie doch längst, Fräulein.«

Es hat ihn geärgert, dass sie ihn vor der Haustür befragen, weil er wollte die Herta nicht im eigenen Haus in Verruf bringen. Stell dir vor, die macht in der Mongolei gerade eine schamanische Trommelmeditation, dass die Wüste wackelt, aber Probleme wegen Lärmbelästigung kriegt sie in siebentausend Kilometer Entfernung!

»Wir täten es aber gern von Ihnen wissen, wie sie heißt.«

»Frau Brenner.«

»Frau Brenner? Warum eigentlich? Heute kann man ja als Frau auch den eigenen Namen behalten. Sogar bei einer richtigen Heirat.«

»Es war eine richtige Heirat.«

»Oder Sie hätten auch den Namen vom Fräulein annehmen können.«

»Sie wollte aber meinen annehmen. Damit sie, wenn unsere Kinder sich Brenner schreiben, dann nicht als Einzige in der Familie einen anderen Namen hat.«

»Kinder sind geplant? In dem Alter?«

»Sie ist schon fünfundzwanzig. Da kann man schon an Kinder denken.«

»Wir reden hier nicht von ihrem Alter«, hat sie mit dem Zeigefinger Richtung Wohnung gezeigt, und dann hat sie ihren mageren Finger zum Brenner geschwenkt: »Sondern von Ihrem, Herr Brenner.«

Am liebsten hätte er ausprobiert, wie weit er ihren blöden Finger drehen muss, bis er auch so schön knackt wie die Finger vom Gruntner.

»Aber strafbar ist es nicht, Fräulein, wenn man in meinem Alter noch Vater wird.«

»Das nicht, aber es gibt Dinge, die sind strafbar«, hat sie gelächelt.

»Zum Beispiel Scheinehe.« Das war das Erste, was ihr dummer Kollege gesagt hat. Oder vielleicht war er gar nicht dumm und hat nur ein Pech gehabt, dass ihm jemand diese Schafsaugen vererbt hat, und in Wahrheit Präsident vom Mensaverein.

»Das hätte ich jetzt aber auch verstanden, ohne dass du mir den Witz vom Fräulein erklärst«, hat der Brenner gesagt. Weil er hat sich gedacht, sie sieze ich und ihn duze ich.

»Vorname?«, hat die Polizistin das kleine Zwischenspiel einfach ignoriert.

»Simon.«

»Vom Fräulein.«

»Nadeshda.«

»Dummerweise hat das Fräulein drei Vornamen.«

»Drei Vornamen? Wozu braucht der Mensch drei Vornamen?«

»Sehr schöne Vornamen«, hat die künftige Presselady gesagt.

»Drei schöne Vornamen? Da kann ich nur raten.«

»Einen haben wir ja schon.«

»Natascha Lara Tamara Brenner, geborene Jefimowa. Rufname Nadeshda.«

Aber interessant. In dem Moment, wo er Jefimowa sagt, fällt ihm erst auf, dass »S. J.« auch auf Serafima Jefimowa passen würde. Er hat sich gefragt, ob es denkbar ist, dass ihn die beiden Buchstaben auf der Infrabrust deswegen so fasziniert haben, weil er die Serafima schon lange vor der Fertigstellung nur an dem halben Unterschenkel und ihren Haaren erkannt hat.

»Gut geraten, Herr Brenner.«

Die ersten Nachbarn haben schon aus den Fenstern geschaut, aber nicht dass du glaubst, die Polizei hätte deshalb die Befragung auf einen anderen Tag oder wenigstens an einen anderen Ort verlegt. Nichts da, eine halbe Stunde haben sie den Brenner noch ausgequetscht, inzwischen hätte sogar der Trommelschall von der Herta Zeit genug gehabt, von der Mongolei herüberzuwandern, um die Nachbarn zu belästigen, oder vielleicht reist ein schamanischer Trommelschall ja sowieso schneller.

Irgendwann sind sie dann doch noch abgezogen, natürlich nicht ohne das Versprechen, dass die Frischvermählten noch von ihnen hören werden. Ich muss ehrlich sagen, Hut ab vor dem Brenner, dass er in dieser Situation kein einziges Mal richtig ausfällig geworden ist.

Mit dem ganzen Zorn im Leib ist er dann endlich in die Wohnung hinaufgestürmt. Den Plan mit dem Spaziergang hat er verworfen, weil die Nadeshda nach dem Verhör bestimmt entnervt, und er wollte ihr die gute Nachricht sofort brühwarm überbringen. Er ist in den dritten Stock hinaufgerannt, weil keine Geduld für den Lift, und hat sich den Satz schon vorbereitet, mit dem er ihren Schock ausradieren wollte. Dass er ihre Schwester gefunden hat, dass es der Serafima gut geht, dass alle Sorgen umsonst waren, weil wohlauf, und sogar die Geschichte mit dem Fotografen und dem Job als Fotomodell hat gestimmt.

Aber die Nadeshda war heute keine gute Zuhörerin mehr. Weil ob du es glaubst oder nicht. Sie hat sich in der Badewanne, die die Herta für ein Heidengeld extra aus Italien bestellt und dann wegen der Farbe noch einmal zurückgeschickt und ein halbes Jahr auf eine neue gewartet hat, mit der Rasierklinge vom Brenner die Pulsadern aufgeschnitten.

# 17

Das war eine kurze Nacht für den Brenner. Früher haben ihm kurze Nächte nicht so viel ausgemacht, da hat man oft gesoffen bis vier in der Früh, dann vielleicht noch auf dem Heimweg über eine Nachtabschnittspartnerin gestolpert, und um sieben war man wieder vollkommen auf dem Posten. Und heutzutage leistest du am Abend einer Selbstmörderin Erste Hilfe, rufst den Notarzt, fährst mit ins Krankenhaus, wartest bis vier Uhr früh auf die Entwarnung, und wenn dich dann um sieben die Fremdenpolizei herausklingelt, möchtest du auf der Stelle zum weinen anfangen.

Das war aber eine reine Schikane, weil sie wollten gar nichts von ihm wissen, sondern nur eine höfliche Vorladung für das Ehepaar zur Befragung in einer Woche, und ganz nebenbei und unabsichtlich ein kurzer Blick ins Schlafzimmer. Er hat gesagt, seine Frau ist nicht hier, weil sie im Spital ist, aber bei der Antwort hat er schon im Stehen geschlafen, und fünf Stunden später, wie er mit dem ärgsten Schädelweh seines Lebens aufgewacht ist, hat er sich gleich auf den Weg ins Krankenhaus gemacht.

Der Nadeshda ist es schon wieder halbwegs gut gegangen, und die Ärzte waren auch sehr nett, die haben gesagt, sie verzichten auf das psychiatrische Gesumse, machen nur pro forma das Notwendigste, sprich Papierkram, weil bei einem Kontakt mit der Fremdenpolizei würden sie sich auch umbringen.

Die Nachricht, dass der Brenner ihre Schwester gefunden hat und dass sie wirklich ein Fotomodell geworden ist, hat die Nadeshda natürlich nicht so begeistert aufgenommen, wie er es sich ursprünglich ausgemalt gehabt hat. Weil durch die Ereignisse und die Medikamente und die ganzen Umstände war sie natürlich ein bisschen gedämpft, und mehr als eine stille Erleichterung und ein dankbares Lächeln hat der Brenner nicht als Belohnung erwarten dürfen. Geärgert hat ihn nur, dass von ihrem Zimmer und von ihrer gesamten Station aus das Plakat nicht zu sehen war, weil andere Himmelsrichtung als das Infrazimmer. Aber sobald sie wieder dazu fähig war, hat er sie durch das halbe Krankenhaus geschleppt und mit ihr einen Besuch beim Infra gemacht, weil er wollte einfach, dass sie das Plakat mit eigenen Augen in voller Größe sieht, nicht nur auf seinem Foto davon.

Sie hat noch einmal bestätigt, dass es wirklich ihre Schwester ist, und sie hat auch ihre Freude gezeigt, aber es war mehr ein ungläubiges Kopfschütteln. Er hat sich getröstet, dass sie es mit der Zeit schon noch richtig begreifen wird. Ein paar Tage hat sie sowieso noch im Krankenhaus bleiben müssen, rein aus medizinischen Gründen, und ein bisschen vielleicht auch, weil die Ärzte so eine hübsche Patientin nicht sofort wieder auslassen wollten.

Jetzt ist der Brenner jeden Tag mehrere Stunden ins Krankenhaus und hat mit der Nadeshda für die Eheprüfung bei der Fremdenpolizei gebüffelt, Intensivkurs auf der Intensivstation quasi. Ihm ist nämlich der Verdacht gekommen, dass die Nadeshda deswegen so zurückhaltend auf die gute Nachricht von ihrer Schwester reagiert hat, weil sie vielleicht Angst gehabt hat, sie verliert damit jeden Anspruch darauf, weiterhin bei der Herta zu bleiben. Und da hat der Brenner sich eben gesagt, das wäre jetzt für die Genesung ganz der falsche Pessimismus, und hat erst recht darauf beharrt, dass sie den Kampf gegen die Fremdenpolizei gewinnen. Und wenn die Nadeshda danach zurückgehen will, dann soll es freiwillig sein, aber auf keinen Fall lässt er es zu, dass seine Frau abgeschoben wird.

Aber was die Polizei in so einem Fall alles fragt, das kannst du dir gar nicht vorstellen. Da musst du als Scheinehemann zehnmal mehr von deiner Frau wissen als jeder richtige Ehemann. Geburtstag, Geschwister, Interessen, alles!

Und du darfst eines nicht vergessen. Obwohl die Herta schon über eine Woche weg war, hat sich nie auch nur die geringste Annäherung zwischen ihnen ergeben. Gerade weil die Herta weg war, sind sie beide auf Distanz gegangen, in der gemeinsamen Wohnung hat jeder für sich gelebt und sich bemüht, dem anderen nicht in die Quere zu kommen. Und siehst du, wieder eine Parallele zu einer echten Ehe: Nichts wissen vom Partner, kein Sex und möglichst viel Abstand. Da muss man schon ein großer Philosoph oder ein Fremdenpolizist sein, wenn man noch auf einem Unterschied beharren möchte.

Erst jetzt im Krankenhaus haben sie mehr Zeit miteinander verbracht, wegen der Prüfung. Die Fremdenpolizei hat die beiden förmlich zusammengetrieben, und sie haben den ganzen Tag die Antworten auf die häufigsten Fragen gelernt, die der Brenner in Erfahrung gebracht hat: Wie haben Sie sich kennengelernt? Wann hat Ihr Partner Geburtstag? Wie heißen die Eltern Ihres Partners? Wer von Ihnen hat den Heiratsantrag gemacht, und wo? Wo wohnen die Eltern Ihres

Partners? Haben Sie für die Hochzeitsfeier Geld bekommen, und wenn ja, von wem? In welcher Sprache verständigen Sie sich? Wer von Ihnen steht am Morgen vorher auf? Wer sind Ihre besten gemeinsamen Freunde? Und und und.

Ich muss ehrlich sagen, zum Teil war das Lernen sogar lustig, weil die Nadeshda hat jedes Mal wieder lachen müssen, wie der Brenner den Vornamen ihres Vaters ausgesprochen hat. Hätte der nicht Boris oder Alexej heißen können? Nein, Wsewolod hat er heißen müssen, da hat die Zunge vom Brenner jedes Mal einen Salto mortale hingelegt, frage nicht. Die Nadeshda hat das Russisch vom Brenner so lustig gefunden, dass er einmal fast gesagt hätte, für eine Selbstmörderin amüsierst du dich ja königlich. Aber nicht dass du glaubst. Weil er hätte es nur gesagt, um zu überspielen, wie wahnsinnig gut ihm dieses Lachen gefallen hat.

Sie hat ihm geraten, er soll einfach den Kosenamen ihres Vaters sagen, Sewotschka, das ist leichter. Aber wie der Brenner Sewotschka gesagt hat, ist das Gekicher schon wieder mit ihr durchgegangen, und der Brenner hat sich im Stillen gedacht, so ein Lachen, mein lieber Schwan, meine Ehefrau, die Tochter vom Sewotschka.

Die Mutter hat Lada geheißen, da hat wieder der Brenner lachen müssen, das ist ja ein Auto, hat er gesagt, und gottseidank die Lada auch einen Spitznamen, hör zu: Laduschka. Dann die Geburtsdaten der Eltern, und die Adressen, fürchterlich.

Und wie die Nadeshda die Geburtsdaten von seinen Eltern lernen wollte, hat er zugeben müssen, dass er sie nicht auswendig gewusst hat. Mein Gott, das war so lange her, und sie haben beschlossen, dass sie die Geburtsdaten der Eltern einfach nicht wissen, das gibt es nicht, dass die Polizei so unrealistische Fragen stellt.

Aber dann ist gleich wieder die Strebsamkeit mit ihnen durchgegangen. Das mit den Tätowierungen war natürlich eine schwierige Frage. Der Brenner hat keine Tätowierung gehabt, das war einfach. Aber die Nadeshda hat eine Tätowierung gehabt. Eine, die sie nicht und nicht herzeigen wollte. An einer Stelle, die normalerweise von der Kleidung verdeckt war. Und bei der Beratungsstelle haben sie dem Brenner gesagt, dass sie so etwas besonders gern fragen. Wie schaut diese Tätowierung genau aus? Und wo ist sie genau? Die Nadeshda wollte dem Brenner aber die Tätowierung nicht ums Verrecken zeigen.

Nach langen Verhandlungen haben sie sich auf einen Kompromiss geeinigt. Sie ist ins Badezimmer gegangen und hat ein Foto davon gemacht. Mit dem Handy vom Brenner.

Eine halbe Stunde ist sie im Badezimmer verschwunden, der Brenner hat sich schon Sorgen gemacht, dass sie sich wieder was antut. Aber sie hat nur so lang gebraucht, bis sie ein Foto gehabt hat, mit dem sie leben konnte. Wie sie endlich herausgekommen ist, war von ihrem Lachen keine Spur mehr vorhanden, so hat sie sich geniert.

»Du darfst es nicht jetzt anschauen«, hat sie gesagt.

»Okay.«

»Nur, wenn ich nicht dabei bin!«

»Okay.«

»Erst wenn du in der Wohnung bist!«

»Okay.«

»Und nie darüber sprechen!«

»Okay.«

Sie haben dann noch ein bisschen weitergelernt, aber keine gute Konzentration mehr, und der Brenner hat sich bald auf den Weg gemacht. »Ich werde noch kurz beim Infra vorbeischauen.«

»Aber du darfst ihm nicht das Foto zeigen!«

Er hat sich gefragt, wie sie auf so eine Idee kommt, und nur die Augen verdreht, quasi Ehrenbeleidigung. Er hätte es dem Infra nicht einmal dann gezeigt, wenn der die Nadeshda nicht gekannt hätte.

Wie er schon bei der Tür war, ist ihm doch noch eine Gemeinheit eingefallen: »Wieso nicht? Ein Tätowierer ist wie ein Frauenarzt.«

»Nein!«

»Vor dem, der sie dir gemacht hat, hast du dich auch nicht geniert.«

»Ich bring dich um, wenn du es wem zeigst.«

»Ich schwöre es bei der Seele von Sewotschka und Laduschka.«

»Jetzt hast du es gut ausgesprochen!«

»Mir muss man mit dem Umbringen drohen, damit ich was lerne«, hat der Brenner gegrinst und ist gegangen.

Der Infra war dann aber nicht in seinem Zimmer, weil Physiotherapie. Sonst war auch niemand im Zimmer, die einzige Person, die er gesehen hat, war die Schwester der Nadeshda auf dem Plakat. Er hat überlegt, ob er das Handyfoto gleich anschauen soll, solange das Zimmer leer ist. Allein in der Wohnung oder allein im Infrazimmer ist doch kein Unterschied, hat er innerlich mit der Nadeshda verhandelt. Ihr ist es doch nur darum gegangen, dass er es nicht neben ihr anschaut. Er hat das Handy schon in der Hand gehabt und es dann wieder zurückgesteckt, weil der Infra hereingekommen ist.

Der war aber nicht gut gelaunt, weil überhaupt keine Fortschritte bei seinen Händen, und anscheinend hat ihm die Physiotherapeutin auch noch gesagt, er strengt sich zu wenig an.

»Du musst geduldig sein«, hat der Brenner versucht, ihn ein bisschen aufzubauen. »Das dauert eben seine Zeit.«

Aber der Infra war in der Stimmung, wo du dir mit jedem Trostversuch die Zähne ausbeißt. »Da wäre ich mit einer Prothese noch besser dran.«

»Denk an den Gruntner, dann weißt du wieder, was für ein Glück du hast.«

»Wenn der Idiot nicht darüber geschrieben hätte, wäre überhaupt nichts passiert.«

Der Brenner hätte sein Wissen lieber noch länger für sich behalten, aber jetzt ist es mit ihm durchgegangen: »Der Lupescu hat doch als Einziger gewusst, dass du das gar nicht getan hast, was der Gruntner geschrieben hat.«

»Was du nicht sagst.«

»Er hat keinen Schwanz am Rücken.«

»Warst du mit ihm in der Sauna?«

»So was Ähnliches.«

»Na, dann hättest du ihn ja gleich selber fragen können.«

»Ich frag aber dich. Warum hat der Gruntner das dann geschrieben?«

»Weil das in der Szene etwas anderes bedeutet, wem einen Schwanz tätowieren.«

»Also es war ein Schwanz, aber kein Schwanz in dem Sinn.«

»Ganz genau. Schreiben hätte er es so oder so nicht dürfen. Aber wieso interessiert dich das so?«

»Der Vögele lässt meine Frau abschieben, wenn ich dich nicht aushorche. Und der Lupescu hackt mir die Hände ab, wenn ich dir nicht ausrichte, dass sie am Tag deiner Entlassung die Verhandlungen mit dir fortsetzen wollen.«

»Da bist du in der Zwickmühle, Brenner. Ein Doppelspion.«

»Schaut so aus, ja.«

»Dem Lupescu kannst du ausrichten, dass sie gerade meinen Krankenhausaufenthalt auf unbestimmte Zeit verlängert haben, weil die Finger sich nicht rühren. Und dem Vögele sagst du, ich hab wirklich nicht gesehen, wer mir die Hände abgehackt hat.«

»Weil der Lupescu vermummt war.«

»Ganz genau, Brenner.«

Auf dem Heimweg hat der Brenner nicht mehr an das Foto gedacht, das die Nadeshda mit seinem Handy gemacht hat. Weil ein anderes Foto ist ihm in die Quere gekommen, sprich Plakat. Am Rand des Plakats hat er einen winzigen Hinweis auf die Modelagentur entdeckt, hör zu: *Seelenarbeit*. Und kaum dass er daheim war, hat er sich die Telefonnummer der Agentur *Seelenarbeit* herausgesucht und angerufen. Aber interessant. Die Dame am Telefon hat weder nach Arbeit noch nach Seele geklungen. Sie hat so getan, als hätte sie noch nie was von einer Serafima Jefimowa gehört, aber wie der Brenner das Plakat beschrieben hat, ist sie zum Leben erwacht und regelrecht weggeschmolzen, weil die Rebekka Böhm so ein schönes Mädchen.

»Wer ist die Rebekka Böhm?«

»Na, unser Model!«

Dem Brenner ist richtig heiß geworden, obwohl die Nadeshda es bei ihrem Besuch im Zimmer vom Infra noch einmal bestätigt hat, dass die Frau auf dem Plakat ihre Schwester war. Aber dann hat die Telefonstimme ihn erlöst. »Die wenigsten Mädchen arbeiten unter ihrem bürgerlichen Namen.«

Er hat es nicht recht verstehen können, wie sich jemand, der Serafima Jefimowa heißt, den Künstlernamen Rebekka Böhm geben kann, aber gesagt hat er lieber nichts, weil fremde Welt für einen Brenner. Auf seine Frage, ob er für die Schwester der Serafima ihre Telefonnummer kriegen kann, hat die Telefonistin nur gelacht. »Ach, für die Schwester. Den hab ich ja noch nie gehört!«

»Ausnahmsweise. Sie ist im Krankenhaus.«

»Wissen Sie was?«, hat der seelenlose Telefonteufel gesagt. »Ich gebe Ihnen die Mailadresse unserer Agentur, und Rebekka kann dann selbst entscheiden, ob sie an einem Kontakt interessiert ist.«

»Danke«, hat der Brenner freundlich gesagt und dabei den Mittelfinger in die Luft gestreckt.

Nach dem Telefonat war er irgendwie schlecht aufgelegt, obwohl er sich gesagt hat, dass es eigentlich eine erfolgreiche Aktion war, weil immerhin hat er einmal einen ersten Schritt zur Kontaktaufnahme gemacht. Außerdem war der neue Name die Erklärung dafür, warum er nicht viel früher etwas über die Serafima herausgefunden hat. Trotzdem hat er zuerst einmal etwas essen müssen, bevor er sich dazu aufgerafft hat, die Bitte um Kontaktaufnahme an die Agentur zu mailen. Besonders viel ist ihm nicht eingefallen, aber er hat sich gedacht, sie wird sich bestimmt gleich melden, wenn sie hört, dass ihre Schwester sie sucht.

Dann ist seine Laune doch noch einmal besser geworden, weil ihm das Handyfoto mit der geheimnisvollen Tätowierung wieder eingefallen ist, sprich erwartungsvolles Grinsen. Das ist ihm aber schnell vergangen. Weil ob du es glaubst oder nicht. Die Tätowierung der Nadeshda war winzig klein und hat nur aus einem Namen bestanden: Rebekka.

# 18

Am Freitagnachmittag haben die Ärzte gesagt, die Nadeshda muss doch nicht mehr über das Wochenende bleiben, weil guter Heilungsprozess. Und an ihrem eifrigen Lernen haben sie erkannt, dass sie wieder am Leben sein will, dass sie es tapfer aufnimmt mit der Fremdenpolizei.

Auf dem Heimweg haben sie noch einen kurzen Besuch beim Infra eingelegt, und dem Brenner ist langsam vorgekommen, er kennt überhaupt nur noch Leute mit bandagierten Handgelenken. Der Infra war geknickt, weil es mit seinen Händen nicht besser geworden ist. Sein Hirn hat immer noch verweigert, sich mit den Fingern in Verbindung zu setzen. Er hat versucht, sich nichts anmerken zu lassen, aber dem Brenner ist schon aufgefallen, dass er ein bisschen neidig auf die Nadeshda schaut, die so schnell gesund geworden ist.

Sie sind dann in die Hertawohnung gefahren, und da hat er sie gleich wieder zum Lernen gezwungen. Ich glaube fast, er war froh über diese Aufgabe, weil sonst wäre es vielleicht doch ein bisschen komisch geworden zu zweit in der Wohnung ohne die Herta als Anstandsdame. Zuerst hat die Nadeshda auch brav mitgespielt, aber nach dem Abendessen war sie dann doch zu müde und hat den Brenner gefragt, ob sie nicht zur Abwechslung ein bisschen fernsehen können.

Der Brenner hat gesagt, ist in Ordnung, sie soll fernsehen, und er schaut noch kurz im Computer, ob er einen E-Mail-Kontakt zur Herta herstellen kann. Gehofft hätte er natürlich auch, dass die Serafima sich rührt, aber das hat er der Nadeshda noch nicht verraten. War auch gut so, weil sonst wäre sie jetzt nur enttäuscht gewesen, dass ihre Schwester noch nicht geantwortet hat.

Von der Herta war auch nichts da, aber das war im Grunde keine Überraschung, weil sie hat ihm vor ihrer Abreise angekündigt, dass sie nicht oft mailen wird. Wenn du durch die mongolische Weite wanderst, übernachtest du nicht in einem Luxushotel mit Internetanschluss, sondern da suchst du dir einen Kraftplatz und schaust, dass du von dort aus eine gedankliche Verbindung zu deinem Liebsten daheim aufbaust, das hat die Herta dem Brenner vor ihrer Abreise tausendmal erklärt. Er soll sich keine Sorgen machen, sondern lieber auf die Schwingungen konzentrieren, was durch die Luft dahersaust ohne Computer. Weil Motto, ich mache nicht extra eine schamanische Reise, damit ich dann auf modernen Krücken wie E-Mail oder Telefon zu dir humple.

Der Brenner natürlich sofort den Verdacht gehabt, sie will sich wieder was mit dem Wüstenführer anfangen, aber gesagt hat er nur, Schwingungen schön und gut, aber alle paar Tage eine richtige Nachricht wäre auch kein Fehler. Und am Anfang hat sie das auch noch getan, aus Ulan Bator hat sie ihm einen sehr netten Bericht geschrieben, und sogar ein Foto dabei. Aber ausgerechnet seit dem Tag, wo die Serafima aufgetaucht ist, keine Antwort mehr von der Herta. Jetzt hat er sich gedacht, es wäre doch einmal für einen schamanischen Gedankenaustausch ein gutes Erfolgszeugnis, wenn der Herta auffällt, dass gerade heute, wo die Nadeshda aus dem Krankenhaus heimkehrt, eine richtige Nachricht für große Freude im Haushalt sorgen würde.

Aber nichts da, sie hat wieder keine Nachricht geschickt. Der Brenner hat ihr das Neueste geschrieben – das mit den Pulsadern natürlich nicht, aber das mit dem Lernen für die Fremdenpolizei. Und wie dann im Wohnzimmer draußen die *Zeit im Bild*-Musik erklungen ist, hat er sich doch zur Nadeshda vor den Fernseher gesetzt.

Aber interessant. Wie sie gemeldet haben, dass in der Mongolei eine Wandergruppe in die Hände von Entführern gefallen ist, hat der Brenner das zuerst gar nicht persönlich genommen. Als hätte er überhaupt nichts mit der Mongolei zu tun, und mit Wandergruppen schon gar nicht. Mein Gott, es gibt so viele Schreckensmeldungen, da kann man sich nicht bei jeder einzelnen Entführung vor Mitleid zerfransen. Fünf Österreicher, zwei Deutsche, eine Wanderperson aus Holland, eine aus Slowenien und eine aus der Schweiz, hat der Sprecher gesagt.

Mein lieber Schwan! Da ist der Brenner immer noch nicht richtig mitgekommen. Dieser Mensch hat es geschafft, seine Schrecksekunde auf eine halbe Ewigkeit auszudehnen, schamanische Schrecksekunde nichts dagegen. Er hat sich nur geärgert, dass der Nachrichtensprecher die Wanderer nicht als Wanderer bezeichnet, sondern als Touristen. Und siehst du, daran kannst du erkennen, dass sein Unbewusstes ihm schon wieder einmal weit voraus war. Weil sonst hätte er sich doch nie im Leben über so etwas geärgert. Und dann hat der Nachrichtensprecher sich auch noch verredet! Weil Touristen und Terroristen, das verwechselt man leicht. Jetzt stolpert der Nachrichtensprecher über seine Zunge und sagt Touristen, wo er Terroristen sagen sollte, und wenn du einmal im Stolpern drinnen bist, dann hast du natürlich keine Chance mehr, und du sagst auch noch Terrorist, wo du Tourist sagen müsstest.

Der Brenner ist fast ausgeflippt und hat den Sprecher beschimpft, und in dem Moment haben sie das Foto eingeblendet, und während der Sprecher noch gegen das Lachen ankämpft und der Brenner noch den Sprecher alles Mögliche heißt, mitten in dieses Duell Brenner gegen Sprecher hinein sagt die Nadeshda:

»Das ist die Herta!«

Weil die Zweite von links. Die Herta.

Jetzt ist der Brenner doch noch aus seiner Schrecksekunde herausgeplumpst. Bleischwer hat es ihm sein Gehirn vorbuchstabiert: Das ist ja die Herta, klar, so viele österreichische Wandergruppen wird es nicht geben in der Mongolei, da hätte ich gleich alarmiert sein müssen.

Du musst wissen, die Entführer haben den Medien ein Gruppenfoto zur Verfügung gestellt. Für jede Person auf dem Foto wollten sie genau eine Million Dollar. Dollar! Nicht einmal Euro! Diese Respektlosigkeit hat den Brenner schon wieder zornig gemacht, obwohl die Forderung dadurch ja eigentlich weniger hoch war, aber aus Prinzip. Und die Entführer haben noch die Frechheit gehabt dazuzuschreiben, das Lösegeld ist die Gebühr für die spirituelle Ausbeutung ihrer Gegend.

»Tja, spirituelle Ausbeutung«, hat der Moderator den Bericht süffisant kommentiert und ist zum nächsten Beitrag übergegangen. Für dieses »tja« hätte ihm der Brenner am liebsten den Schädel abgerissen, weil augenzwinkernde Sympathie mit den Entführern. Bei der Behandlung der fremden Wanderer waren die Terroristen nicht ganz so spirituell, mehr körperlich, weil die haben ihre Gefangenen an Händen und Füßen zusammengebunden, da hätten unsere Tierschützer einen Blutrausch bekommen, frage nicht. Wenn bei uns jemand sein Kätzchen so zusammenbinden würde, oder stell dir einen Hund vor, den einer so zusammenbindet, oder ein Pferd, was da los wäre bei uns, aber natürlich als Terrorist machst du, was du willst, das ist ja der große Vorteil bei diesem Beruf.

Aber interessant. Am meisten hat dem Brenner in dieser Situation geholfen, dass er gesehen hat, wie verzweifelt die Nadeshda war. Weil im Versuch, sie zu beruhigen, ist er selber auch wieder ein bisschen vernünftiger geworden. Er hat versucht, ihr weiszumachen, dass die Entführer die Geiseln vielleicht nur für den photographischen Effekt so zusammengebunden haben, und sonst zivilisierter Geiselumgang.

Am schlimmsten in so einer Situation ist, dass du überhaupt nichts machen kannst. Aber der Brenner wollte unbedingt etwas machen! Jetzt was hat er gemacht? Auf den Deutschen umschalten. Ob sie es dort auch melden. Weil so richtig gilt es für den Österreicher nur, wenn es auch der Deutsche meldet. Er hat keine drei Minuten warten müssen, da meldet es auch der Deutsche. Nur in umgekehrter Reihenfolge. Zwei Deutsche, fünf Österreicherinnen. Eine Schweizerin. Eine Holländerin.

»Die Slowenin lassen die Deutschen einfach weg!«, hat der Brenner sich aufgeregt, als wäre das jetzt das Wichtigste auf der Welt.

»Pscht!«, hat die Brennerova gemacht.

Ihr »Pscht« hat ein bisschen anders geklungen als das deutsche »Pscht«. Das ist dem Brenner jetzt aufgefallen, weil mitten im Wahnsinn fallen dir solche Sachen auf, da fährt das Gehirn Schlitten mit dir, ja was glaubst du.

»Vielleicht sagen sie noch was«, hat die Brennerova geflüstert, weil nach einem »Pscht« kannst du natürlich nicht laut weiterreden, du musst dann flüstern, sonst wäre ja das ganze »Pscht« umsonst, wenn du hören willst, was der Deutsche noch meldet.

Aber der Deutsche nichts mehr gemeldet.

Natürlich haben sie die ganze Nacht nicht einschlafen können, und immer wieder auf neue Meldungen gewartet, aber nur noch die Wiederholungen. Der Computer hat auch nicht mehr gewusst als der Fernseher, der Brenner hat in seinem Aufruhr sogar immer wieder geschaut, ob die Herta ihm nicht doch ein Mail schreibt, weil so verrückt wirst du in einer Verzweiflung, dass du alles für möglich hältst, sogar eine Nachricht direkt aus dem Geisellager.

Und ob du es glaubst oder nicht. Um fünf Uhr früh hat er wirklich eine Nachricht gekriegt. Nicht von der Herta, sondern von der Schwester seiner Ehefrau, die kurz vorher endlich ein bisschen am Sofa eingeschlafen ist.

# 19

Das mit der Schrecksekunde ist ein guter Trick, ohne den würden wir so manches nicht überleben. Ich sage immer, nicht einmal die Geburt würden wir überleben ohne Schrecksekunde, die Schule nicht, die Ehe nicht, den Beruf nicht, die Jugend nicht, das Alter nicht, im Grunde würden wir das halbe Leben ohne Schrecksekunde nicht überleben, und den Tod schon gar nicht. Und eine Entführung auch nicht, weil es ist nicht lustig, mitten im Nirgendwo von einem Trupp bewaffneter Mongolen festgenommen zu werden. Mitgekriegt hat die Herta es natürlich schon, aber nicht in der vollen dings. Weil genau wie dem Brenner ist es ihr gelungen, sich ein bisschen in der Schrecksekunde festzuhalten. Und ich muss sagen, gottseidank, weil Geisel in so einem Land, das ist so ziemlich das Letzte, was ich mir wünschen würde. Das kann ja Monate und Jahre in der Ungewissheit dahingehen, fürchterlich. Aber die Herta relativ gelassen, da muss ich sagen, Hut ab. Vielleicht hat ihr auch geholfen, dass die Geiselnehmer sie genau dort geschnappt haben, wo das Treffen mit dem Schamanen ausgemacht war, sprich Kraftplatz. Hier hätte die Reise erst richtig anfangen sollen, in die Unterwelt, wo die Herta endlich ihr Krafttier finden wollte.

Das musst du dir einmal vorstellen. Du wanderst ein paar Tage lang zum entlegenen Kraftplatz, weil dort der Schamane auf dich wartet, kommst erschöpft an, aber statt dem Schamanen warten die Entführer auf dich. Zum Glück die Herta so eine robuste Natur, weil wenn du die heutigen Schüler überlebt hast, wäre es übertrieben, sich vor einem Terroristen zu fürchten. Sie hat nicht lange mit der bösen Überraschung gehadert, sondern ihre ganze Hoffnung auf den Kraftplatz gesetzt. Sie hat sich gesagt, der Kraftplatz wird uns allen helfen, den Touristen und den Terroristen, dass es gut ausgeht. Dass wir es gemeinsam ohne Gewalt hinbiegen werden. Und natürlich schamanisches Motto gegen das Warten und den Lagerkoller: Zeit gibt es gar nicht.

Am meisten geholfen hat ihr aber doch etwas sehr Diesseitiges. Pass auf. Einer der drei Entführer war ihr irgendwie sympathisch. Die anderen hat sie zu ignorieren versucht, weil die waren schon zum Fürchten, aber der eine, der war nicht so wie die anderen, der hat ihr irgendwie gefallen. Also nicht in dem Sinn gefallen, weil der hätte ihr Sohn sein können, und die Herta nie Interesse für Jüngere wie die Anna Elisabeth, sondern einfach im allgemeinen Sinn, so wie ihr die Nadeshda gefallen hat. Weil der hat wahnsinnig traurige Augen gehabt. Der hat schauen können wie ein Filmschauspieler. Und dann ganz mager, aber trotzdem Muskeln. Und sehr elegante Bewegungen, das war es, was der Herta am besten an ihm gefallen hat. Wenn der das Essen hereingebracht und die Schüsseln auf den Boden neben die Gefesselten gestellt hat, das hat so eine wahnsinnige Eleganz gehabt, so eine Leichtigkeit, dass die Herta sogar manchmal überlegt hat, ob er nicht doch der Schamane ist. Und womöglich haben die richtigen Entführer vorher den Schamanen auch überfallen, und jetzt teilen sie ihn für die niedrigen Dienste ein. Oder einfach ein

Schamane, der unter die Terroristen gegangen ist, gefallener Schamane quasi.

Andererseits von der Anmut und Geschmeidigkeit her fast mehr Tänzer als Schamane. Du musst wissen, die Herta immer schon Ballettfan gewesen. Jetzt hat sie den Entführer im Geheimen Nurejew genannt. Nach dem Tänzer. Weil Namen haben ihnen die Geiselnehmer natürlich keine verraten. Die Namen der Geiseln haben sie auch ignoriert, sondern jede Geisel hat bei denen gleich geheißen, nämlich You. Aber wenn dich jemand in der Gewalt hat, fühlst du dich ein bisschen mehr auf einer Ebene, wenn du ihm einen Namen gibst. Wenigstens innerlich. Der Nurejew. Geheimname. Nach außen die Herta Pokerface.

Nur einmal hat sie es fast nicht verbergen können, dass sie ihn sympathisch findet. Am zweiten Tag, wie drei Geiseln das Essen verweigert haben. Zwei Deutsche, eine Österreicherin haben das Essen nicht angerührt. Der Schweizerin hat es geschmeckt. Der Herta auch. Der Nurejew gut gekocht, zumindest hat der Eintopf besser geschmeckt als ausgeschaut, aber wie der nach dem Essen die Schüsseln geholt hat, waren drei von den Schüsseln noch voll. Am ersten Tag hat er sie kommentarlos wieder mitgenommen, weil es war ihm egal. Aber am zweiten Tag wieder Eintopf, wieder sehr gut, und da haben die drei wieder nichts angerührt. Die Herta hat gewusst, warum. Nicht, weil sie einen Hungerstreik machen wollten, sondern im Eintopf war ein bisschen Fleisch drinnen, und das waren Vegetarierinnen. Eine sogar Veganerin, und die anderen zwei eben Vegetarierinnen. Denen hat gegraust vor dem Fleisch. Der Nurejew hat zu ihnen auf Englisch gesagt, dass sie lieber essen sollen. »This can last for a while until your government pays«, hat er in tadellosem Englisch gesagt. Das war noch nicht der Satz, der die Herta so begeistert hat. Einerseits beruhigend, dass sie nur Geld wollten und nicht irgendwas Kompliziertes wie Freilassung von Gefangenen oder von entführten Unterweltgeistern. Andererseits »a while« nicht so beruhigend. Aber dann hat er von der Veganerin eine Antwort im steifsten Englisch seit der Gründung von Cambridge und Oxford bekommen. Weil die Veganerin von Beruf Englischlehrerin, und jetzt Aussprachewettbewerb Lehrerin gegen Entführer im Gefangenenlager: »We are vegetarians. As for me I am even vegan. According to Donald Watson. We refrain from any products robbed from animals.«

Die Herta hat sich in den Boden hineingeschämt. Was sollen sich die Terroristen über uns denken, wenn wir auch noch als Geiseln solche Zicken machen. Am liebsten hätte sie die drei zusammengeschissen. Aber das wäre ein großer Fehler gewesen, weil der Nurejew hat eine viel bessere Antwort gehabt, und die Herta hat sich nicht helfen können, sie hat lachen müssen, wie er gesagt hat: »You can only order a vegetarian lunch, when we hijack an aeroplane.« Und nach einer kurzen Pause hat er noch hinzugefügt: »But you must order two days in advance.«

Für ihr Lachen hat ihr der Nurejew einen ganz bösen Blick geschickt. Mit seinen traurigen Augen. Der war wie ein guter Lehrer, der hat das gar nicht brauchen können, dass da noch jemand aus der Gruppe heraus sich mit ihm verbrüdert, sondern sofort Blick und aus.

Die Herta hat sich wahnsinnig geschämt für ihren vorlauten Kommentar, weil sie wollte unbedingt Lieblingsgeisel sein.

# 20

Um sieben Uhr früh Termin bei der Fremdenpolizei, und natürlich wegen der Herta kein Auge zugetan. Das musst du dir einmal vorstellen! Die halbe Nacht hat er versucht, eine Auskunft am Angehörigentelefon zu erhalten. Aber er kann ja dort nicht sagen, die Herta ist seine Lebensgefährtin! Sonst trägt ihm die Fremdenpolizei gleich die Nadeshda aus der Wohnung hinaus! Und die Dame am Angehörigentelefon natürlich skeptisch. Klarerweise, weil da rufen viele Spinner an. Spinner und Spanner, die musst du als Dame vom Angehörigentelefon natürlich so schnell wie möglich aus der Leitung hauen. Und nicht Mann, nicht Lebensgefährte, nicht Verwandter, da bist du sofort ein Niemand beim Angehörigentelefon, frage nicht.

Aber interessant. Am Morgen beim Scheineheverhör waren sie besser, als sie ohne diesen Stress gewesen wären. Natürlich einzeln befragt worden, aber wie der Brenner und die Nadeshda nachher ihre Antworten verglichen haben, waren sie sehr zufrieden mit sich. Ein paar Kleinigkeiten, das ist unvermeidlich, aber im Großen und Ganzen zufrieden. Und sie waren sich einig, dass sie wahrscheinlich im ausgeschlafenen Zustand nicht so gut gewesen wären, weil ohne Schlaf und mit dem Entführungsstress natürlich Sonderzustand, Adrenalinschub Hilfsausdruck.

Nachher waren sie wahnsinnig aufgekratzt, und daheim hat der Brenner sofort wieder versucht, irgendwas beim Angehörigentelefon herauszufinden. Aber keine Chance, und auf einmal sind sie beide so müde geworden, dass sie sich auf das Sofa gelegt haben und auf der Stelle eingeschlafen sind wie ein altes Ehepaar, das erschöpft ist von der Goldenen Hochzeit. Wenn das die Fremdenpolizisten gesehen hätten, wären sie sofort überzeugt gewesen.

Beim Aufwachen der Brenner völlig durcheinander. Zuerst hat er sogar geglaubt, es ist schon der nächste Tag, weil unmöglich, dass man so viele Albträume in einer einzigen Stunde haben kann. Dann sofort wieder angerufen. Aber das Angehörigentelefon erbarmungslos. Jetzt ist er einfach ins Außenministerium hineingefahren, weil er hat gesagt, das werden wir schon sehen, ob die mich als Angehörigen akzeptieren oder nicht. Beim dritten Versuch haben sie ihn dann wenigstens zur Sekretärin vom zuständigen Beamten vorgelassen. Und die hat ihn wieder abblitzen lassen, weil da könnte ja jeder kommen. Der Brenner ist fast aus der Haut gefahren, in so einer Situation kannst du zum Bombenwerfer werden!

Jetzt weil er die Untätigkeit nicht ausgehalten hat, ist er nicht direkt heimgegangen, sondern Umweg, sprich Übersetzungsbüro für Russisch. Du musst wissen, er hat der Nadeshda noch nichts erzählt von dem E-Mail ihrer Schwester. Abgesehen von den Aufregungen um die Herta hat er auch so nicht recht gewusst, wie belastbar sie schon war. Und sagen wir einmal so, besonders nett sind die paar Zeilen nicht gewesen. Stell dir vor, die hat an den Brenner gerichtet auf Deutsch geschrieben, dass es ihr gut geht, dass sie vorübergehend in Mailand lebt und zurzeit keinen Kontakt zu ihrer Familie wünscht. Und dann ist noch ein Satz auf Russisch gestanden. Und den Satz hat ihm jetzt ein sehr netter Herr im Übersetzungsbüro ins Deutsche übersetzt, hör zu: »Lass mich endlich in Ruhe, du Nervensäge!«

Mein lieber Schwan! Der Übersetzer hat nicht einmal etwas dafür verlangt, weil er hat gesagt, das war keine Arbeit. Dass es eine sehr schlechte Übersetzung war, hat er dem Brenner natürlich nicht verraten, weil mit voller Absicht. Pass auf. Er wollte dem armen Mann die volle Brutalität der Nachricht nicht ums Verrecken zumuten. Und ich muss sagen, mit gutem Grund, weil für den Brenner war die abgemilderte Version immer noch zu hart, um sie der Nadeshda zuzumuten.

Und du darfst eines nicht vergessen. Der Brenner immer noch vollkommen beherrscht von seinen Sorgen um die Herta. Am nächsten Tag ist er gleich wieder ins Ministerium und hat die Wohnungsschlüssel von der Hertawohnung vorgezeigt, ihren Taufschein, weil den hat er in ihrer Dokumentenmappe gefunden, Herta Katharina Paula, das hat er vorher überhaupt nicht gewusst, dass die Herta so viele Vornamen hat, er hat ihren Staatsbürgerschaftsnachweis mitgenommen, er hat ihnen ein Fotoalbum gebracht, er hat sie gefragt, ob ihnen noch nicht aufgefallen ist, dass sich außer ihm kein Angehöriger gemeldet hat. Alles nichts genützt. Kommen Sie morgen wieder, wir werden Ihre Angelegenheit prüfen, hat es geheißen. Er ist sich vorgekommen wie in seiner Jugend, wo sein erstes Moped meistens erst angesprungen ist, nachdem er den Starterhebel so oft getreten hat, dass er allein mit dieser Fußbewegung schon zweimal den Jakobsweg hin und zurück gehüpft wäre.

Nach einer Woche haben sie ihn endlich in den erweiterten Angehörigenkreis aufgenommen. Aber da hat er sich erst richtig aufgeregt. Weil die Auskunft, zu der er dadurch berechtigt war, hat gelautet, dass auf höchster diplomatischer Ebene verhandelt wird und sie darüber hinaus nichts sagen dürfen, um die Verhandlungen nicht zu gefährden. Da muss ich ehrlich sagen, Hut ab vor dem Brenner, dass er in diesem Moment nicht handgreiflich geworden ist. Weil das war genau das, was seit einer Woche in jeder Zeitung gestanden ist. Für so eine Information lassen sie dich fünfmal antanzen! Das ist wirklich, da könnte man schon, aber bitte, ich will mich gar nicht aufregen, sonst werde ich auch noch ganz ding.

Dann sind noch einmal Wochen vergangen, in denen überhaupt nichts passiert ist. In der Zeit, wo die höchste diplomatische Ebene angeblich verhandelt hat, ist der Brenner oft zu Besuch beim Infra im Krankenhaus gewesen, weil der Tatendrang. Und ich glaube fast, er hat sich auch ein bisschen als Leidensgenosse gesehen, weil die Verhandlungen zwischen dem Inreiterhirn und den Inreiterfingern auch überhaupt keine Fortschritte.

Der Patient ist wie üblich halb nackt im Bett gelegen, ich weiß nicht, war es ihm zu anstrengend, die engen Ärmel über die dicken Bandagen zu ziehen, wenn er die Pyjamajacke einmal ausgezogen gehabt hat, oder hat er einfach so eine wahnsinnige Freude mit den Kunstwerken auf seinem Körper gehabt.

»Was gibt es Neues von deiner Frau?«, hat er seinen Besucher gefragt.

»Sie ist froh, wenn sie die Sache mit der Fremdenpolizei hinter sich hat. Mit der Zeit geht einem das auf die Nerven.«

»Ich meine die Herta«, hat der Infra gesagt. »Sei mir nicht böse, Brenner. Aber mir gegenüber musst du die Schauspielerei mit der Ehe nicht aufrecht halten.«

Der Brenner hat nicht recht gewusst, ob er sich ertappt oder erleichtert fühlen soll. In seiner Lage war es wirklich übertrieben, sich ausgerechnet vor dem Infra zu verstellen. Sogar wenn der Vögele nicht längst den Spieß umgedreht gehabt hätte, wäre es unwahrscheinlich gewesen, dass ein kleiner Spitzel, der vielleicht bei der einen oder anderen Ermittlung im Rotlicht- oder Drogenmilieu mit einem Tipp behilflich war, jede junge Russin wegen einer Scheinehe verpfeift.

»Mir kommt es sowieso komisch vor, dass du dich jetzt noch so wegen der Fremdenpolizei ins Zeug haust«, hat der Infra gesagt. »Ihre Schwester ist gefunden, es geht ihr gut. Im Grund wäre es ja kein Problem, wenn die Nadeshda jetzt wieder heimfährt.«

Der Brenner hat überlegt, ob er ihm von dem E-Mail ihrer Schwester erzählen soll, aber da hat der Infra schon vorher etwas Interessantes gesagt, das ich mir auch schon ein paarmal gedacht habe, hör zu: »Mir kommt fast vor, du bist wirklich in die Russin verliebt.«

»Was du nicht sagst.«

»Und deine Ehe ist echter, als du dir selber eingestehst.«

»Ich glaub, du bist zu viel allein in letzter Zeit«, hat der Brenner sich gewehrt.

»Und deinen Kampf gegen die Fremdenpolizei führst du weniger, um die Fremdenpolizei zu überzeugen, dass es eine echte Ehe ist.«

»Sondern?«

»Um dich selber davon zu überzeugen, dass es nur eine Scheinehe ist.«

Aber interessant. In diesem Moment ist dem Brenner, vielleicht aus einer Verdrängungsaggression heraus, weil er das nicht wissen wollte, etwas aufgefallen, das alle anderen Gedanken gelöscht hat, Elektroschock nichts dagegen.

»Ist was?«, hat er den Infra aus weiter Ferne fragen gehört.

»Der Ochse«, hat der Brenner zu sagen versucht, aber der Elektroschock hat seine Lippen noch nicht freigegeben.

Du musst wissen, der Ochse, der immer so elegant mit dem Herzschlag mitten auf der Brust vom Infra pulsiert hat, war verschwunden. Der Ochse war weg! Der hat das Weite gesucht und eine nackte, untätowierte, pulsierende Hautstelle zwischen der brennenden Fackel und dem Schnurrbart vom Friedrich Nietzsche und den drei kleinen Spinnen und dem »S. J.« zurückgelassen.

»Brenner? Ist irgendwas?«

Der Infra hat schon überlegt, ob er nach der Schwester klingeln muss, weil sein Besucher auf einmal so komisch schaut und nicht mehr antwortet.

»Brenner?«

Der Brenner nichts gehört. Der war weit weg in diesem Moment, ja was glaubst du.

# 21

Und weil ich gerade Herzschlag sage. Mit ihrem Herzschlag gehen die Menschen ja ganz verschieden um, aber wenn du mich fragst, so ganz geheuer ist er keinem. Die einen sagen, nur nicht daran denken, dass mein Leben von diesem pulsierenden Etwas in meiner Brust abhängt, das sind die gesunden Verdränger. Die anderen treiben ihren Puls beim Sport hinauf und hinunter, um sich zu beweisen, dass sie Herr im eigenen Haus sind, das sind die Hysteriker. Und wieder andere schmuggeln sich beim Meditieren in ihren Herzschlag hinein wie blinde Passagiere, und das war mitten in der Mongolei die Herta.

Weil die Herta hat schon am zweiten Tag mit den Reisen angefangen. Sie hat sich gesagt, ich muss es zumindest probieren, wenn ich schon schicksalshaft auf einem Platz gelandet bin, von wo seit Jahrhunderten die erleuchteten Männer zu ihren Reisen in die Unterwelt aufgebrochen sind. Da hat sie jetzt noch einmal alle Informationen wachgerufen, die sie im Lauf des letzten Jahres gesammelt hat. Zeit genug hat sie ja gehabt. Mehr als genug! Weil langweilig war es im Lager schon, da will ich nichts beschönigen. Langweilig und ungemütlich. Das war ja der Grund, dass die Herta den Einfall gehabt hat, am günstigsten wäre es, wenn ich nur mit dem Körper hierbleibe, aber meine Seele geht auf Wanderschaft. Das ist schon rein schamanisch betrachtet das Richtige, und für eine Gefangene natürlich der Idealfall, frage nicht. Oder zum Beispiel, wenn sie uns doch erschießen. Dann bin ich gar nicht da. In diese Richtung sind die Gedanken der Herta gegangen, und sie hat angefangen, einen Rhythmus zu erzeugen.

Jetzt wie mache ich einen Rhythmus, wenn ich keine Trommel habe? Und wenn ich rundherum Mitgeiseln im Zelt habe, die ich nicht nerven möchte. Pass auf, wippen. Und nicht zu stark wippen, weil damit treibst du deine Mitgeiseln auch in den Irrsinn. Sondern nur ganz leichtes Wippen. Unmerkliches Wippen, fast nur innerlich. Vom Atem getragen werden. Mit dem Herzschlag eins werden. Das hat der Herta wahnsinnig gutgetan. Herta. Herzschlag. Hör zu, da ist kein Unterschied mehr. Herta. Herzschlag. So schwerelos hätte es für sie ewig weitergehen können. Sie hat es gar nicht mehr eilig gehabt mit der Reise, dass das unbedingt funktionieren muss. Sondern rein das Wippen schon eine Erlösung. Der Rhythmus. Der Rhythmus des Wippens, und nichts denken, nur wippen, so hat die Herta sich weggewippt. An ein Ziel hat sie schon gar nicht mehr gedacht, weil reinstes Wippen ohne Zweck.

Und siehst du, das ist die wichtigste Voraussetzung. Dass du etwas nicht unbedingt willst. Dann funktioniert es von selber. Weil der Wille natürlich ganz schlechte menschliche Erfindung. Aber das Wippen! Der Herta ist vorgekommen, sie versteht auf einmal die Welt als solche. Wille und Wippen, da ist alles drinnen, was du als Erklärung brauchst. Aber sie hat jetzt nicht darüber nachdenken können, weil sie hat sich so gewundert, dass da im Zelt auf einmal eine Tür aufgegangen ist. Seitlich, wo ihr bisher überhaupt keine Tür aufgefallen ist, hat ihr der Nurejew die Tür aufgehalten, und die Herta ist hinausspaziert, da muss ihr irgendwer die Fesseln aufgemacht haben, ohne dass sie es bemerkt hat.

Draußen herrliches Licht, das war fast, wie wenn du nach einer zehnstündigen Autobahnfahrt Richtung Urlaub auf einmal bei dieser langgezogenen Bergabkurve herauskommst, und Blick auf das Meer. Sie ist ein Stück spaziert, natürlich Richtung Wasser, weil da zieht dich schon rein die Energie hin, die Wasserenergie, und am Ufer hat sie sich gestreckt, herrlich war das. Und ob du es glaubst oder nicht. Auf einmal ist ihr aufgefallen, dass diese ganze Landschaft, der Weg, die Berge, der See, auch wieder in einem Zelt waren. Das war noch gar nicht draußen, sondern immer noch drinnen, Zelt im Zelt, Jazzfestival nichts dagegen. Weil sie ist wieder bei einer Zeltplane angekommen. Aber gottseidank ist in dem neuen, noch riesigeren Zelt, ich möchte fast sagen, Himmelszelt, wieder eine Tür aufgegangen. Dann natürlich Blick auf den richtigen See, das war noch einmal ganz was anderes, ja was glaubst du! Da hat jeder, der nie durch diese Tür geschritten ist, keine Ahnung von einem richtigen See. Sie ist losspaziert, vollkommen schwerelos, das war wie bei einem Langstreckenläufer, wo die gewissen Stoffe im Gehirn das Rennen mühelos machen, so ist sie geschwebt, und was soll ich sagen, wieder an eine Tür gestoßen. Und wieder hat die Tür sich geöffnet, und jetzt endlich ein richtiger, unvorstellbar tiefer See, und so ist es dahingegangen, eine Tür nach der anderen.

Aber siehst du, darum sage ich immer! Da warnen seriöse Schamanen nicht ohne Grund! Es ist viel zu gefährlich, als kleiner Möchtegernschamane ohne Anleitung zu reisen. Bestes Beispiel die Herta. Die hat sich viel zu weit vorgewagt für eine Anfängerin. Wie sie die rasenden Schmerzen in ihren Füßen wahrgenommen hat, ist ihr zum ersten Mal das Problem mit dem Rückweg eingefallen. Jeder einzelne Schritt hat sie geschmerzt wie Feuer, Rückkehr hoffnungslos.

Und in dem Moment, wo ihr so richtig klar wird, dass sie in einer gottverlassenen Gegend irgendwo zwischen unendlicher Wüste und Unterwelt festsitzt, sieht sie einen Ochsen vor sich stehen. Keine zehn Meter entfernt. Das musst du dir einmal vorstellen! Ganz allein steht der da und schaut auf das Wasser hinaus. Die Herta hat sich nicht vor ihm gefürchtet. Als Kind hat sie sich vor Kühen gefürchtet, sogar vor den kleinsten Kälbern, und jetzt überhaupt nicht. Erschreckt haben sie nur die Muskelkrämpfe, die jetzt eingesetzt haben, dass es sie nur so geschüttelt hat. Sie hat nicht mehr gewusst, wie sie überhaupt noch einen Schritt machen soll. Und in dem Moment dreht der Ochse sich zur Herta um und sagt: »Steig auf.«

# 22

Punkto Geiseln haben sich die Verhandlungen nicht von der Stelle bewegt. Alles natürlich Ministerium, da hat unsere Polizei nichts zu melden in der Mongolei, sondern nur höchste Ebene, ja was glaubst du. Als Angehöriger hast du von diesen Verhandlungen nichts erfahren, untereinander dafür umso regerer Informationsaustausch, da ist es rundgegangen, frage nicht. Aber leider waren es mehr oder weniger immer nur Gerüchte, der Holländer hat einen Schwager gehabt, der was gehört hat, der Slowene einen Exkollegen, der wen gekannt hat, ein Deutscher hat wen gewusst, der gute Kontakte gehabt hat, und nur der Schweizer maulfaul und alles auf eigene Faust. Manchmal ist dem Brenner schon der Verdacht gekommen, dass man vielleicht deswegen zum Wanderer wird, weil man Angehörige hat, die nicht zum Aushalten sind. Und sag nicht, das spricht auch gegen den Brenner, weil die Herta hat ja mit dem Wandern angefangen, wie gerade Funkstille zwischen ihnen war.

In Wahrheit alle genau gleich viel gewusst, nämlich nichts. Bei Mongoleigeiseln hast du nicht einmal als Bankgeheimniskrämer aus Zürich oder Wien deinen kleinen Vorteil, den du bei einem Drogenland hättest, sprich Südamerika, wo du als österreichischer oder Schweizer Diplomat auch einmal laut werden und auf den Tisch hauen kannst, quasi: Wisst ihr nicht, wer euer Drogengeld wäscht? Habt ihr völlig vergessen, wer den ganzen Tag in der Wäscherei steht und wäscht und putzt und bügelt, damit wir es euch blitzblank hinlegen können? Da erwarten wir keine Dankbarkeit, wir machen es gern, aber wir tun es nicht, damit ihr uns dann noch unsere Leute entführt. Aber Mongolei, da hast du als Schweizer oder Österreicher auch keine bessere Handhabe als ein deutscher Anstandswauwau.

Der Brenner war inzwischen so frustriert, ich weiß gar nicht, was er getan hätte ohne die Krankenhausbesuche beim Infra. Einerseits Zeitvertreib, andererseits wollte er endlich herausfinden, wo der Ochse auf seiner Brust hinverschwunden ist. Er hat sich nicht vorstellen können, dass ein professioneller Tätowierer mitten auf seiner komplett zutätowierten Brust eine einzelne abwaschbare Tätowierung hat, noch dazu, wo die so gut hineinkomponiert war. Aber die andere Möglichkeit wäre ja nur, dass ich verrückt bin, hat der Brenner wieder und wieder überlegt. Dass mir die Ereignisse mit der Herta, das zermürbende Warten, die Sorgen, die Schlaflosigkeit und die Streitereien mit den Behörden zu sehr zugesetzt haben.

Und langsam hat er sich beeilen müssen, diesem Ochsen auf die Spur zu kommen. Weil der Infra ist knapp vor der Entlassung gestanden. Im Krankenhaus haben sie gesagt, wir können dich leider nicht länger behalten, obwohl du die Finger immer noch nicht bewegen kannst, sondern privates Training.

Der Brenner hat sich Sorgen gemacht, wie der Infra ganz allein zurechtkommen soll mit seinen Händen, die immer noch keine Verhandlungen mit dem Gehirn aufgenommen haben. Und die Einzigen, die draußen auf ihn gewartet haben, waren die Leute vom Wu Tan Clan.

Aber pass auf, was ich dir sage. Ich habe den Verdacht, dass sich nicht nur der Brenner Sorgen um den Infra gemacht hat, sondern umgekehrt genauso, der Infra Sorgen um den Brenner. Sprich, was tut der Brenner, während er auf seine entführte Lebensgefährtin wartet? Nicht dass mir der arme Mann durchdreht. Er starrt mir in letzter Zeit so ein Loch in den Bauch, als könnte er in meinen Bildern das große Welträtsel entschlüsseln. Jedenfalls hat der Infra zum Brenner gesagt, ganz unrecht hast du nicht mit deiner Vermutung, dass es mit dem Wu Tan Clan ungemütlich werden könnte. Polizeischutz krieg ich auch keinen. Also ein bisschen einen Leibwächter für die ersten Wochen könnte ich schon brauchen, bis sich meine Finger wieder so weit bewegen lassen, dass ich meine Pistole halten kann.

Dann waren sie beide zufrieden, der Infra hat das Gefühl gehabt, er kann auf den Brenner aufpassen, und der Brenner hat das Gefühl gehabt, er kann auf den Infra aufpassen, und zum Überspielen ihrer Absichten haben sie recht lang über den Stundenlohn vom Brenner verhandelt. Schlussendlich haben sie sich geeinigt, und der Brenner hat gesagt: »Wenn du deine Finger wieder so gut bewegen kannst, dass du selber mit einer Pistole schießen kannst, lass ich mir einen Ochsen von dir tätowieren.«

»Gut, aber auf den Schwanz«, hat der Infra gesagt und sich absolut gar nichts anmerken lassen wegen dem Ochsen.

Und so schnell hat der Brenner gar nicht geschaut, hat er schon eingeschlagen. Das war das erste Mal, dass er die angenähte Hand vom Infra in der Hand gehabt hat, und ich muss ganz ehrlich sagen, ein eigenartiges Gefühl. Am schlimmsten war der Moment, wo er bemerkt hat, dass er jetzt einseitig die Hand wieder loslassen muss. Weil es gibt kein gefühlsmäßiges Einvernehmen zwischen den Händen, in welchem Moment der Handschlag vorüber ist. Er hat ein bisschen gezögert, als hätte er Angst, die Hand könnte einfach auf den Boden fallen, wenn er zu früh auslässt. An das hat er später noch oft und oft gedacht.

Aber interessant. Je näher die Entlassung gerückt ist, umso stärker sind die Andeutungen vom Infra geworden, dass er sich bedroht fühlt. Und dass es gut wäre, wenn sein Leibwächter ihn am Tag der Entlassung nicht ganz unbewaffnet abholt. Du musst wissen, der Brenner hat ihm einmal verraten, dass er keine Pistole mehr besitzt, weil sein letzter Fall schon ein paar Jahre her, und im Grunde kein Rückfall geplant. War aber gar kein Problem, weil der Infra hat in seiner Wohnung eine Waffe gehabt.

»Sie ist sogar registriert. Eine Glock 36.«

»Die Kompakte«, hat der Brenner gesagt, aber es war nicht klar, ob er es anerkennend oder kritisch meint.

»Sie ist unter dem linken Fensterbrett versteckt. Der Holzwurm hat die längste Zeit so gearbeitet an dem morschen Fensterbrett, dass ich darunter immer kleine Holzmehlhäufchen gefunden habe«, hat er dem Brenner erklärt. »Und wie ich es dann doch einmal austauschen wollte, ist mir mitten in der Arbeit klar geworden, was für ein gutes Versteck der Hohlraum ist. Besser als jeder Safe.«

»Solang du nichts aus Holz drinnen versteckst.«

Er hat dem Brenner beschrieben, wie er das Fensterbrett herausziehen kann, und ihn gebeten, nur die Pistole mitzunehmen. »Alles andere lässt du dort.«

»Die Holzwürmer auch?«

»Die lässt du recht schön von mir grüßen.«

Der Infra hat zwar die Schlüssel für seine Wohnung nicht

im Krankenhaus gehabt, aber er hat seinem Leibwächter erklärt, wie er leicht hineinkommt. Weil das war eine kleine Wohnung über dem Tätowierstudio, und diese Wiener Altbauwohnungen haben ja oft ein Fenster zum Gang. Natürlich vergittert, da kommst du nicht so ohne weiteres hinein. Aber der Infra hat gesagt, er muss nur das Fenster aufdrücken, und hinter dem Fenster ist dann das Klo. Und wenn er den Arm ausstreckt, erreicht er die Klobrille, und unter der Klobrille klebt der Ersatzschlüssel.

»Ein etwas appetitlicheres Versteck hättest du dir nicht ausdenken können?«

»Ich benutze dieses Klo eh nur selten, weil ich lieber in der Küche in das Waschbecken brunze.«

»Verstehe«, hat der Brenner gesagt, im Sinn von das ist bei mir genauso.

»Wegen den Nachbarn brauchst du keine Sorgen haben. Es gibt keine. Der Hauseigentümer versucht ja seit Jahren, das Haus leer zu kriegen. Nur mich bringt er nicht hinaus.«

Jetzt gute Nachricht. Der Brenner hat sich gar nicht nach dem Ersatzschlüssel unter der Klobrille strecken müssen. Weil die Tür war schon offen. Einfach eingetreten. Ausgesehen hat es, als wäre ein wildgewordener Stier einfach durch die Tür marschiert! Drinnen alles verwüstet, das kannst du dir nicht vorstellen. Alle Schubladen umgedreht, fürchterlich. Fotos, Rechnungen, alles über den Boden verstreut. Und das Fensterbrett natürlich herausgerissen. Da hat jemand etwas unbedingt finden wollen.

Der Brenner hat eine Zeit lang herumgesucht, ein bisschen aufgeräumt. Aber weit kommst du natürlich mit dem Aufräumen nicht, wenn du jedes Foto anschaust, das auf dem Boden ausgestreut liegt. Der Infra als Schulkind, der Infra als Ministrant, der Infra als junger Bergsteiger, der Infra als immer noch untätowierter Indienfahrer, der biertrinkende Infra mit einer tätowierten Frau im Arm, die mit einer Zahnlücke übermütig in die Kamera gegrinst hat, sprich Partyfoto. Irgendwann hat der Brenner sich doch zusammengerissen und den ganzen Haufen in eine Schublade geworfen und die Schublade zurück in die Kommode geschoben.

Er hat eingesehen, dass es aussichtslos war, hier auch nur eine oberflächliche Ordnung herzustellen. Von so einem Ort will man einfach nur weg und die Tür fest hinter sich zumachen. Aber die Tür hat sich ja nicht einmal provisorisch schließen lassen, so wild haben diese Vandalen gearbeitet. Er hat sich gefragt, ob er dem Infra überhaupt sagen soll, dass sie auch noch in seine Wohnung eingebrochen haben. Lieber hätte er es ihm verschwiegen. Ich könnte es ihm ja ein bisschen weniger schlimm darstellen, hat er überlegt. Aber was nützt ihm das, wenn er dann heimkommt, und die verwüstete Wohnung empfängt ihn? Er hat sogar überlegt, ob er mit den Ärzten im Krankenhaus reden soll, dass sie ihn nicht entlassen dürfen, solang die Wohnung so ausschaut.

Und dann hat er eine wahnsinnig nette Idee gehabt, da muss ich schon sagen, der Umgang mit den beiden Frauen hat im Lauf der Zeit auf ihn abgefärbt, quasi Zivilisationserscheinung. Weil er hat sich gedacht, er könnte doch von der Hausverwaltung verlangen, dass sie zumindest die zerstörte Tür wieder in Ordnung bringen. Damit der Infra, wenn er in zwei Wochen heimkommt, wenigstens eine Tür in der Wohnung hat.

Aber beim Hauseingang war keine Hausverwaltung angeschlagen, es war ja überhaupt ein Haus ohne Türklingeln und ohne alles, ein Spekulationsobjekt eben, und es hätte den Brenner nicht gewundert, wenn es gar nicht der Wu Tan Clan gewesen wäre, sondern der Hauseigentümer selber, der dem Infra während seiner Abwesenheit die Wohnung umdekoriert hat. Den geschwächten Infra hätte er damit vielleicht nach seinem Krankenhausaufenthalt einschüchtern und fertigmachen können. Aber er hat nicht mit dem Brenner gerechnet. Weil mit dem ist jetzt der Gerechtigkeitssinn durchgegangen, frage nicht. Er ist zum Bezirksamt gefahren und hat sich einen Grundbuchauszug geholt. Fünfzehn Euro, und schon hat er gewusst, wem das Haus am Gürtel gehört.

Dann natürlich große Überraschung. Wie er den Namen des Eigentümers im Grundbuchauszug gelesen hat, hätte er viel darum gegeben, nicht nachgeschaut zu haben. Aber das ist das Problem beim menschlichen Gehirn, du kannst etwas, das du einmal weißt, nicht mehr so leicht loswerden. Und noch etwas ist interessant am Gehirn. Auf einmal erinnert es dich an etwas, das du schon vollkommen vergessen gehabt hast. Weil durch den Schock, den der Grundbuchauszug in ihm ausgelöst hat, ist ihm das fröhliche Foto wieder eingefallen, das er vom Boden aufgehoben hat. Wo der Infra mit einem Bierglas in die Kamera geprostet hat, während die Frau in seinem Arm strahlend gelacht hat mit vielen weißen Zähnen links und rechts von ihrer Zahnlücke.

Zuerst hat er es als Einbildung abgetan, er hat sich selber als Gespensterseher hingestellt und sich auf den Heimweg gemacht. Aber weiter als hundert Meter ist er nicht gekommen. Dann hat er umgedreht und ist doch noch einmal in die verwüstete Wohnung zurück.

Natürlich hat er das Foto mit der über und über tätowierten Zahnlückenfrau eine Ewigkeit nicht gefunden, weil das ist der große Nachteil vom Aufräumen, man findet hinterher nichts. Er hat sich nicht erinnert, wo er das Bild hingesteckt hat. Aber er hat nicht aufgehört, in der Wohnung umzurühren, bis es wieder obenauf geschwommen ist und die Frau ihn wieder mit ihrer Zahnlücke frech angegrinst hat.

Pass auf, hundertprozentig sicher kannst du dir bei so etwas nie sein, bei überhaupt nichts im Leben kannst du das sein. Nur die Leute, die sich immer überall hundertprozentig sicher sind, irren sich hundertprozentig, das ist die einzige Ausnahme. Aber je länger der Brenner das Foto mit der Frau im Arm des Infra angeschaut hat, umso sicherer ist er geworden, dass die Tätowierungen auf ihrer Schulter wirklich die waren, die der Gruntner im Fernsehen analysiert hat. Und die Schlange auf ihrem Hals, die zu ihrem Ohr hinaufgezüngelt hat. Der Brenner hat es förmlich vor sich gesehen und gehört, wie der Gruntner im Fernsehen erklärt hat, dass die Schlange »sozusagen mit der Frau enthauptet worden« ist.

Er hat das Foto eingesteckt und ist damit noch einmal Richtung Krankenhaus. Aber an jeder Kreuzung hat er sich gefragt, ob er nicht dringend abbiegen soll und das Foto zum Vögele bringen, weil wahnsinniger Verdacht. Ich glaube fast, wenn der Vögele ihn nicht erpresst hätte, für ihn den Infra zu bespitzeln, hätte er es sogar getan. Aber so hat sich alles in ihm dagegen gewehrt. Und jedes Mal hat er die Entscheidung bis zur nächsten Kreuzung verschoben. Bis er beim Krankenhaus war.

Er hat dem Infra gleich die volle Wahrheit erzählt, sprich Wohnung verwüstet, Fensterbrett herausgerissen.

»Und die Pistole ist auch weg?«

»So ist es.«

»Hast du genau geschaut?«

Der Brenner hat genickt.

»Und unten im Studio? Haben sie das auch aufgebrochen?«

»Da hat man nichts von einem Einbruch gesehen.«

»Hast du genau geschaut?«

»Ich hab mir gedacht, du brauchst was zur Aufheiterung«, hat der Brenner gesagt und ihm das Foto hingelegt. Der Infra hat das Foto ruhig angeschaut und gesagt: »Das ist auch schon wieder lang her.«

Aber er hat sich absolut nichts anmerken lassen. Jetzt ist der Brenner auch wieder ein bisschen unsicher geworden, ob die Frau auf dem Foto wirklich die Wasserleiche aus dem Fernsehen war. Am liebsten hätte er ihn gefragt, ob sein tätowiertes »S. J.« für ihren Namen gestanden ist. Aber er hat jetzt keine Geduld mehr für Umwege gehabt.

»Ich wollte den Hausherrn verständigen, damit er die Tür reparieren lässt«, hat er noch versucht, es elegant zu servieren, aber dann sofort: »Blöderweise bist du das ja selber.«

»Nicht schlecht«, hat der Infra gelächelt. »Nicht schlecht.« Er hat zum Plafond geschaut und überlegt. »Gar nicht schlecht.« Und dabei ist ihm das eingefallen, was er als Nächstes gesagt hat: »Gar nicht schlecht, Brenner.«

Aber dann hat er etwas getan, was den Brenner vollkommen überrascht hat. Pass auf. Er hat mit furchtbar langsamen Bewegungen sein Telefon genommen, also notdürftig zwischen den bandagierten Handgelenken eingeklemmt und zu sich hergezogen. Und eine halbe Stunde lang gewählt. Er hat zwar mit dem Zeigefinger getippt, aber ohne ihn zu bewegen. Wie einen geschnitzten Pinocchiozeigefinger hat er den vom Ellbogen aus dirigiert und den Unterarm samt Hand und Zeigefinger als Tippkrücke verwendet. Das hat nicht schön ausgeschaut. Aber der Brenner hat gewusst, er darf es ihm nicht abnehmen. Sonst lernt er es nie.

Der Infra hat das Telefon mit seinem hölzernen Gestocher auf laut gestellt und gewartet, bis sich jemand gemeldet hat. Ob du es glaubst oder nicht, die Polizei. Dann hat er den Einbruch angezeigt. »Die auf mich registrierte Faustfeuerwaffe ist dabei entwendet worden.«

Und nachdem er aufgelegt hat, ist er eine Zeit lang so ruhig dagelegen, als würde er gleich einschlafen, sprich A und Ω.

Aber dann hat er die Augen wieder aufgeschlagen und dem Brenner erzählt, wie es wirklich war.

# 23

Aber interessant. In siebentausend Kilometer Entfernung ist die Herta auch in eine neue Phase gekommen. Seit der Rückkehr von ihrer letzten Reise ist sie nicht mehr aufgebrochen. Du musst wissen, eine Zeit lang hat der Ochse sie wunderbar sanft getragen, alle Türen haben sich vor ihnen geöffnet, und die Herta ist vollkommen mühelos immer tiefer in die Unterwelt vorgedrungen. Aber ohne Grund ist der Ochse einmal durch eine geschlossene Tür gestürmt! Und alles zertrampelt. Das war ein Horrortrip für die Herta, und sie hat sich immer noch gewundert, dass sie überhaupt lebendig zurückgekommen ist.

Seither ist sie lieber daheim geblieben, weil sie hat sich gefürchtet vor dem wildgewordenen Ochsen. Eine gewisse Rolle hat natürlich auch gespielt, dass der Nurejew ihr einen Posten angeboten hat. Dem hat das gefallen, dass die Herta immer so ruhig war, nie herumgemeckert hat wie die anderen. Insgeheim hat die Herta ihrer alten Freundin Anna Elisabeth Abbitte geleistet. Du musst wissen, einmal haben sie gestritten, weil die Anna Elisabeth gesagt hat, im Krankenhaus sind die Männer viel angenehmere Patienten als die Frauen. Und die Herta hat ein bisschen säuerlich geantwortet, sehr feministisch ist das aber nicht, was du da sagst, und die Anna Elisabeth hat gesagt, da kannst du jeden fragen, egal wen, das wird dir jeder bestätigen, und die Herta hat gesagt, bei meinen Schülern ist es aber umgekehrt, da sind mir die Mädchen viel lieber, und die Anna Elisabeth hat gesagt, aber wie ist es mit den Kolleginnen, weil da hat die Herta sich einfach zu oft bei ihr ausgeweint über diverse Kolleginnen, die ihr das Leben schwer gemacht haben, aber die Herta hat gesagt, das ist doch nur, weil es fast nur Frauen gibt bei den Lehrern, und ein Wort hat das andere ergeben, und dann haben sie zwei Monate nicht mehr miteinander geredet.

Das war Jahre her, und jetzt, mitten in der Mongolei ist ihr das wieder eingefallen, und sie hat sich ganz im Sinn der Anna Elisabeth gedacht, als Geiselnehmer bist du im Grunde mit männlichen Geiseln besser dran. Das ist genau, wie die Anna Elisabeth es beschrieben hat. Einmal ist der Tee zu warm, einmal ist der Tee zu kalt. So etwas gibt es bei männlichen Geiseln nicht! Denen ist das wurscht, ob der Tee ein bisschen wärmer oder kälter ist, mit oder ohne Zucker, weißer oder brauner Zucker oder Süßstoff, richtig lang gezogen, damit er beruhigend oder aufputschend ist, das ist bei einer männlichen Geisel kein Thema. Aber bei einer rein weiblichen Geiselgruppe natürlich. Da hat die Herta schon verstanden, dass der Nurejew langsam ans Ende seiner Geduld gekommen ist. Und dass er dann endlich Konsequenzen gezogen hat. Der Nurejew hat sich gesagt, so geht das nicht weiter, mein Vater ist an einem Magengeschwür gestorben, weil er immer alles in sich hineingefressen hat, ich muss eine Lösung finden.

Und die Lösung war die Herta. Weil Geiselsprecherin. Da hat er nicht lang eine Wahl abgehalten, sondern einfach von oben diktiert: Du bist jetzt die Geiselsprecherin. Den Eintopf hat er jetzt die Herta verteilen lassen, und selber hat er nur noch mit seiner Geiselsprecherin geredet, mit den anderen überhaupt nicht mehr. Und wie hat er die anderen dazu gebracht, dass sie die Herta akzeptiert haben? Dass die nicht gesagt haben, wir sehen das nicht ein, die Herta hat nicht mehr Geiselerfahrung als wir, warum soll sie unsere Vorgesetzte sein? Ganz einfach. Mit dem alten Schamanentrick, sprich Tür. Weil die Herta hat ein eigenes kleines Zelt direkt vor dem Geiselzelt bekommen, Chefbüro Hilfsausdruck. Die hat sich mehr oder weniger frei bewegen können, das war herrlich. Weil der Nurejew hat genau gespürt, die Herta wird ihm nicht davonlaufen, die ist wie magnetisch mit dem Kraftplatz verbunden, und er hat sich schon gefürchtet vor dem Tag, wo die Regierungen endlich das Geld überweisen, und die Herta dann wieder dieser typische Fall, den du nicht loswirst, Abschiedstränen, enttäuschte Blicke, und gib doch zu, dass es für dich auch mehr war als nur oberflächliche Geiselnahme.

Die Herta war wahnsinnig erleichtert, dass sie nicht mehr Tag und Nacht mit den anderen zusammengesperrt war. Nach ein paar Tagen hat sie die Gruppe gut im Griff gehabt. Für meinen Geschmack war sie sogar ein bisschen strenger zu den anderen, als unbedingt notwendig gewesen wäre, aber bitte, da soll man sich kein Urteil erlauben, wenn man selber nie in der Situation war, und die Streitereien haben sie einfach entnervt.

Ganz gerecht war es jedenfalls nicht, wenn sie getan hat, als wäre eine männliche Geiselgruppe der Himmel auf Erden. Weil da sage ich nur, sie hätte sich einmal die Streitereien anschauen sollen, die zwischen dem Brenner und dem Infra losgegangen sind. Altes Ehepaar nichts dagegen.

# 24

Der Hauptgrund dafür, dass es zwischen dem Brenner und dem Infra schwieriger geworden ist, war natürlich die Fernsehsendung. Weil ob du es glaubst oder nicht. Der Infra zu einer Fernsehsendung eingeladen, sprich Talkshow. Das Opfer der Säbelattacke, und wie haben Sie sich gefühlt beim Händeabhacken, Herr Inreiter, das würde meine Zuschauer sehr interessieren.

Am Anfang hat der Brenner sich noch gefreut, dass er mit dem Infra über die Fernsehtante lästern kann, weil furchtbar dumme Frau, und da kann man sich so richtig gut das Maul zerreißen über jemanden, der sich so gern das Maul zerreißt über andere. Und auf einmal, mitten im Lästern, sagt der Infra: »Ich frag einmal, was sie zahlen.«

Dem Brenner hat es richtig die Sprache verschlagen. Das musst du dir vorstellen, ein Infra, der sein Leben lang gegen die Verführungen immun war, Geld und Karriere komplett uninteressant, halb Hippie, halb Yeti, sagt: Ich frage einmal, was sie zahlen. Der Brenner hat sich selber gewundert, dass ihm das so einen Stich gibt. Ich muss schon sagen, mich wundert es auch, schließlich war der Infra kein Heiliger, und wieso soll er nicht fragen, was sie zahlen. Er kann ja dann immer noch sagen, zu wenig, ich geh nicht hin. Aber da dürfte der Brenner ihn ein bisschen idealisiert haben. Das ist zumindest die eine Möglichkeit. Und die andere natürlich auch nicht viel schmeichelhafter. Weil ich persönlich könnte mir sogar vorstellen, dass der Brenner ein bisschen neidig war oder eifersüchtig, wie soll ich es nennen. Also nicht dass er gern in diese Sendung eingeladen worden wäre, absolut nicht, so etwas wäre dem gar nie in den Sinn gekommen. Aber in dem Moment, wo sie den Infra eingeladen haben, hat er sich so insgeheim, dass es ihm selber nicht bewusst geworden ist, gefragt: Ist es so viel weniger wert, dass meine Lebensgefährtin entführt worden ist? Ist das Händeabhacken so viel besser heutzutage, als wenn dir ein geliebter Mensch entrissen wird? Und noch dazu, wo die Hände schon wieder dran waren, aber die Herta immer noch nicht daheim.

Da siehst du schon, dass die Entführung dem Brenner mehr zugesetzt hat, als es ihm von außen anzusehen war. Weil interessant ist das schon. Wer den Brenner in diesen Tagen gesehen hat, hätte sich nie träumen lassen, dass diesem Menschen gerade die Lebensgefährtin entführt worden ist. Er hat auch die Nadeshda immer getröstet, dass bestimmt alles gut ausgeht und nur eine Frage der Zeit, bis das Lösegeld bezahlt wird. Aber jetzt auf einmal hysterisch. Dass es so was gibt! Wegen dem Fernsehen. Die Herta werden die Fernsehleute dann auch einladen, wenn sie wieder da ist, hat er überlegt. Da muss ich aufpassen, dass mir das Fernsehgesindel meine Freundin nicht schon am Flughafen wieder entführt. Und wenn ich das auch gerade noch verhindern kann, dann wird dauernd das Telefon läuten, weil das Fernsehen gnadenlos neugierig. Womöglich nicht nur der Österreicher, sondern auch noch der Deutsche, der Schweizer, der Private, der Amerikaner. Der Brenner hat sich jetzt so hineingesteigert, als wäre all das, was er sich gerade ausgedacht hat, wirklich schon passiert.

Aber die Herta wird nicht hingehen, hat er sich zu beruhigen versucht. Ich muss schon sagen, in seiner Wut auf den Infra hat er es fast ein bisschen übertrieben mit der Hertaheiligsprechung. Weil wieso sollte eine Herta da auf keinen Fall hingehen. Ich sage, je nachdem, was sie zahlen. Vielleicht denkt sie sich, sie spendet das Geld nachher. Da gibt es viele Varianten. Oder man spendet die Hälfte. Oder man nimmt sich vor, dass man es spendet, zwanzig Prozent vielleicht, aber dann verschiebt man es, weil man das Geld gerade selber gut brauchen kann.

Jetzt wie viel haben sie dem Infra bezahlt? Ich weiß es nicht. Und der Brenner hat ihn nie gefragt, weil er war einfach enttäuscht, dass der Infra wirklich zugesagt hat. Für den letzten Krankenhaustag war die Sendung geplant, das haben sie extra so gelegt, damit der Infra noch eine medizinische Betreuung im Studio hat. Darum hat der Brenner dann den Infra gar nicht mehr besucht in der letzten Krankenhauswoche. Einerseits hat es ihn gewurmt, dass der wirklich hingeht, andererseits genug eigene Sorgen, sprich Herta. Und du darfst eines nicht vergessen. Durch die Wut auf den Infra ist im Brenner so viel Energie frei geworden, dass er beschlossen hat, die Herta auf eigene Faust herauszuholen.

# 25

Bei den Verhandlungen mit den Entführern ist überhaupt nichts weitergegangen! Da waren die Nerven in den Infrahänden mit ihrem einen Millimeter Wachstum pro Tag noch dreimal so schnell unterwegs wie die österreichischen Diplomaten. Bis der Brenner eingesehen hat, dass er es selber machen muss. Natürlich hat er genau gewusst, wie schwierig so etwas ist, weil nach neunzehn Polizeijahren machst du dir da keine falschen Vorstellungen. Und man darf unter keinen Umständen die Geiseln in Gefahr bringen. Aber du kannst ja nicht nur tatenlos zuschauen, wie die Zuständigen nichts tun! Jetzt hat er zuerst einmal ganz konkret durchkalkuliert, wie es gehen könnte.

Er hat sich ausgemalt, wie er mit der Nadeshda als Dolmetscherin hinfliegt und sich mit einem gemieteten Jeep zum Geisellager durchschlägt. Zuerst muss ich mir in Moskau eine Halbautomatische kaufen, das ist klar, hat er überlegt, weil nicht mit der Waffe über die Grenze. Aber das kann in Moskau kein Problem sein, weil an jeder Straßenecke die Angebote. Dann mit dem Flugzeug weiter nach Ulan Bator. Oder die Halbautomatische doch erst in Ulan Bator. Die Nadeshda muss mitkommen. Die war sein großer Trumpf. Weil ohne

Sprache kommst du nie zu dem Punkt, wo du die Halbautomatische einsetzen kannst. Mit diesen Gedanken ist der Brenner eingeschlafen.

Gut geschlafen, aber am nächsten Morgen ist er vom Telefon aufgeweckt worden. Der Hofrat Rumstettn war dran. Wo der Brenner sich schon seit Tagen bemüht hat, dass er einen Termin bei ihm kriegt. Auf einmal ruft der von selber an! Gute Nachricht, sie haben den Brenner endlich als Angehörigen akzeptiert, nicht mehr erweiterter Kreis, sondern Vollmitgliedschaft und alle Informationen. Schlechte Nachricht: Die Informationen. Pass auf. Sie sind vor ein paar Tagen schon knapp vor einer Einigung mit den Entführern gestanden. Und gestern, unmittelbar vor der geplanten Freilassung, hat der Schweizer Geiselehemann zusammen mit drei russischen Söldnern das Lager überfallen.

»Und jetzt?«, hat der Brenner gefragt.

»Jetzt haben wir eine zusätzliche Geisel.«

»Und die russischen Söldner?«

»Herr Brenner, von denen wissen wir nichts.«

Oder wollen wir nichts wissen, hätte der Brenner fast gesagt, wenn nicht der Hofrat geklagt hätte: »Jetzt können wir mit dem Verhandeln wieder von vorn anfangen.«

»Das ist wieder einmal typisch«, hat der Brenner ins Telefon gegrantelt. »Die Helden! Da könnte ich Ihnen Geschichten erzählen. Die richten mehr Schaden an als die Gauner selber. Der kleinste Amateurüberfall auf eine Dorfbank kann sich durch einen anwesenden Helden in ein Massaker verwandeln.«

»Herr Brenner, die Schweizer mit ihrer Wehrhaftigkeit und ihrem Gewehr im Schrank, das ist auch nicht immer das beste Rezept.«

Da siehst du schon, wie wahnsinnig den Rumstettn die

Aktion aufgeregt hat, dass er sich einem Fremden gegenüber so undiplomatisch aus dem Fenster gelehnt hat.

»Er wird ja wohl nicht mit seinem eigenen Militärgewehr nach Russland geflogen sein?«

»Herr Brenner, er hat sich dort eine halbautomatische Maschinenpistole besorgt. Ich bin aber zuversichtlich, dass wir in ein paar Tagen wieder so weit sind, wie wir schon einmal waren.«

Der Brenner hat sich gefragt, an wen ihn die sonore Stimme vom Hofrat erinnert. Oder weniger die Stimme als die Art, wie er sich jedes Wort auf der Zunge zergehen hat lassen. Und immer dieses »Herr Brenner«, als würde danach ein Gongschlag ertönen.

»Warum haben Sie mich eigentlich jetzt auf einmal als Angehörigen akzeptiert?«

»Herr Brenner, Ihre Freundin hat bestätigt, dass Sie und Ihre Frau Nadeshda ihre nächsten Angehörigen sind.«

»Was?« Wenn der Brenner etwas in der Polizeischule gelernt hat, dann, dass es »Wie bitte« und nicht »Was« heißt, und jetzt rutscht ihm ausgerechnet einem hohen Diplomaten gegenüber ein »Was« heraus vor lauter Aufregung. »Sie haben Kontakt zu ihr?«

»Natürlich, sie ist doch die Geiselsprecherin.«

Mein lieber Schwan! In dem Moment ist es dem Brenner eingefallen. An wen ihn der Rumstettn erinnert hat. Hör zu, an den Nachrichtensprecher Josef Wenzel Hnatek. Wie der am Anfang der Mitternachtsnachrichten immer gesagt hat: *Die Zeit. Es ist 24 Uhr. Zugleich null Uhr.* Das war immer ein bisschen ding, schamanischer Zeitzauber nichts dagegen. Und diese Stimme hat jetzt zum Brenner gesagt: »Herr Brenner, ohne Ihre Freundin wären wir nicht halb so weit in den Verhandlungen.«

»Und geht es ihr gut?«

»Herr Brenner, laut ihrer Aussage hat sie keinerlei gesundheitliche Probleme.«

»Wie meinen Sie das? Warum betonen Sie das so: Laut ihrer Aussage?«

»Herr Brenner, Ferndiagnosen sind natürlich immer schwierig.«

»Herr Hofrat, wir sind hier nicht bei der UNO, sagen Sie mir einfach, was Sie denken.«

»Haben Sie schon einmal vom Stockholmsyndrom gehört?«

»Ja sicher. Ich war zwanzig Jahre Polizist. Aber bei uns hat es Knäckebrotsyndrom geheißen.«

Das war aber reine Angeberei vom Brenner, das muss ich schon sagen. Erstens war er nur neunzehn Jahre bei der Polizei, und zweitens war das damals nur so ein Witz über den Kollegen Pichler. Du musst wissen, der Pichler hat eine Zeit lang eine schwedische Freundin gehabt, die Linda, und wie die ihn dann verlassen hat, war der Pichler eine Zeit lang recht deprimiert, und da haben sie seinen Zustand eben Knäckebrotsyndrom getauft. Aber interessant, weil es immer heißt, die Schwedinnen, aber die Linda hat gar nicht besonders ausgesehen, nicht einmal blond war die, und ganz ein rundes Vollmondgesicht, da haben alle gesagt, wir verstehen den Pichler nicht, dass er der Linda so nachweint.

»Es ist nicht auszuschließen«, hat der Hofrat dem Brenner erklärt, »dass Ihre Freundin zu den Geiselnehmern übergelaufen ist. Unsere Psychologin glaubt, dass es bei ihr Anzeichen für das Stockholmsyndrom gibt.«

»Es ist 24 Uhr. Zugleich null Uhr. Hier ist der österreichische Rundfunk. Die Nachrichten.«

Der Brenner hätte schwören können, dass er das in der

Telefonleitung gehört hat. Andererseits der Josef Wenzel Hnatek schon verstorben, und der Hofrat Rumstettn wird es nicht gesagt haben um neun in der Früh. Der Brenner hat ein bisschen zu zittern angefangen, weil ihm ist aufgefallen, dass er sich jetzt zusammenreißen muss, um sein Hirn wieder in seinen Schädel zurückzupfeifen.

»Und soll ich Ihnen vielleicht eine Ferndiagnose für Ihre Psychologin geben?«, hat er den Hofrat angegrantelt.

»Lieber nicht«, hat der Hofrat Rumstettn freundlich gesagt und dem Brenner versprochen, dass er sich bei ihm melden wird, sobald es etwas Neues gibt.

Er hat sich dann aber nicht mehr gemeldet bis nach dem Abend, wo der Infra im Fernsehen aufgetreten ist.

# 26

Zuerst wollte der Brenner gar nicht schauen, weil erstens Fernsehen sowieso immer deprimierend, und dann auch noch mit dem Infra als Gesprächsgast. Aber die Nadeshda. Die wollte unbedingt schauen. Und wie der Brenner eine Ewigkeit in der Küche herumgeräumt hat, obwohl die Sendung schon losgegangen ist, hat sie ihn so lange sekkiert, bis er sich doch zu ihr gesetzt hat. Natürlich betont uninteressiert, ungefähr mit so viel Begeisterung, wie er in einem früheren Leben den Auftritt vom Gruntner im Fernsehen verfolgt hat.

Er hat gerade noch gesehen, wie die Moderatorin den Infra zur Begrüßung einfach herzlich umarmt hat, weil das Händeschütteln bei diesem Gast noch nicht recht gegangen ist.

»Wahnsinn, das ist die gerechte Strafe«, hat der Brenner gelacht.

Die Nadeshda hat den Kommentar vom Brenner ignoriert. »Er sieht gut aus«, hat sie gesagt, während der Infra schon die erste Frage der Moderatorin beantwortet hat.

»Mhm«, hat der Brenner mit zusammengebissenen Zähnen gebrummt.

Es hat ihn gewurmt, dass der Infra aufgetreten ist wie der Supermann persönlich.

»Er spricht gut«, hat die Nadeshda gesagt.

Ehrlich gesagt hat die Nadeshda die Situation besser verstanden als der Brenner. Weil gut ausgesehen und gut gesprochen hat der Infra, und wie ein Superheld aufgespielt hat er sich überhaupt nicht. Im Gegenteil, die Moderatorin hat sogar das Unterbrechen bald aufgegeben, so spannend hat der Infra erzählt.

»Warum sagst du nichts? Findest du ihn nicht gut?«, hat die Nadeshda das Schweigen vom Brenner unterbrochen und ihren Kopf auf seine Schulter gelegt. Ich glaube, instinktiv hat sie gewusst, dass es ein schwieriger Moment für ihn war, und ein bisschen schmeicheln, das hilft bei den Männern immer am meisten.

»Wenn er dir so gefällt, solltest du zu ihm ziehen«, hat der Brenner gesagt. »Er braucht eh eine Pflegerin.«

»Hör lieber zu, das ist so interessant, was er sagt.«

Und ich muss auch sagen, das war wirklich hochinteressant. Der Infra hat Sachen erzählt, die dem Brenner vollkommen neu waren. Das mit den Drogen war nicht neu für ihn, aber das, was der Infra davor gemacht hat. Ob du es glaubst oder nicht. In seiner Jugend drei Jahre lang in einem Kloster gewesen!

»Was sind Jesuiten?«, hat die Nadeshda gefragt.

»Pscht!«

Er hat jetzt einfach in Ruhe zuhören wollen. Und die Nadeshda hat sich so auch ausgekannt, weil die Moderatorin hat wieder ein bisschen mitgetan bei der Sendung.

»Und ich hab immer geglaubt, die zwei Buchstaben stehen für *Sozialistische Jugend* oder für den Namen einer Verflossenen«, hat der Brenner dann auch wieder mit dem Dazwischenreden angefangen.

»Wieso?«

»Er hat ein S und ein J tätowiert.«

»Ja, ich weiß«, hat die Nadeshda gesagt.

»Wieso weißt du das?«

»Ich hab ihn doch im Krankenhaus ein paarmal gesehen. Ich kenne seine Tattoos!«

»Ein paar Mal?«

»Du warst doch dabei! Hast du das vergessen?«

»Es bedeutet *Societas Jesu*«, hat der Brenner ihr erklärt, »nicht *Sozialistische Jugend*!«

»Ja, ich weiß.«

»Das weißt du auch? Ihr habt euch aber gut unterhalten.«

»Das hat er doch gerade erklärt! Vor einer halben Minute!«

»Ich kann es nicht glauben, dass der bei den Jesuiten gewesen ist. Weißt du, was das heißt?«

»Ja sicher. Kirche.«

»Mehr als Kirche! Das sind die Zweihundertprozentigen. Das ist die Kirche und der KGB in einem.«

»Ein interessanter Mann«, hat die Nadeshda gesagt. »Bist du eifersüchtig?«

»Warum soll ich eifersüchtig sein?«

»Weil du vorher gesagt hast, ich soll zu ihm gehen. Als Pflegerin.«

»Tut leid.«

»Tut leid sagen nur Idioten.«

»Stimmt«, hat der Brenner gesagt, weil im Vergleich zum Infra ist er sich wirklich langsam wie ein Idiot vorgekommen.

»Ist nicht so schlimm«, hat die Nadeshda geantwortet. »Wenn er wirklich eine Pflegerin braucht. Ich bin froh, wenn ich etwas arbeiten kann.«

»Er braucht keine Pflegerin.«

Das war so ein abgedrehter Hund, dass der Brenner ihn

fast dafür bewundert hat. Sein Projekt wollte der im Fernsehen vorstellen, sonst gar nichts!

»Der hat das alles ganz genau geplant!«, hat er der Nadeshda erklärt. Weil der Mann begreift leichter, wenn er es gleich einer Frau erklären kann. Und eigentlich war es mehr er selber, dem er es vorgesagt hat, damit er es glaubt. Alles genau geplant, der Hund! Und stellt sich da als Jesuit vor, obwohl er schon vor Jahrzehnten ausgetreten ist, und präsentiert sein Projekt. Wahrscheinlich hat der Gruntner diese Idee mit dem staatlichen Schutzhaus nur dem Infra nachgeplappert. Dem Brenner ist vorgekommen, dass er überhaupt noch nie so einem Hundianer wie dem Infra begegnet ist. Der hat jetzt einfach alles im Fernsehen erzählt. Dass er vor Jahrzehnten, als einem in Wien die Häuser noch nachgeschmissen worden sind, diese Bruchbude am Gürtel gekauft hat, als Selbstschutz, damit er nicht seine ganze Erbschaft in einem halben Jahr durchbringt.

»Erbschaft«, hat der Brenner gelacht. »Wahrscheinlich hat er eine Ladung Gift günstig verkauft. Und jetzt stellt er sich als der barmherzige Samariter hin.«

»Hör doch einmal zu!«

Der Infra hat geschildert, wie er Probleme mit dem Wu Tan Clan gekriegt hat, weil er ein paar Huren erlaubt hat, in seinem leerstehenden Haus zu arbeiten. Also genau das, was er dem Brenner im Krankenhaus erzählt hat, wie er mit dem Foto gekommen ist. Er hat es als eine Art Schutzhaus hingestellt, weil er nichts von ihnen verlangt hat. Nicht einmal Miete. Da haben die Kapos angefangen, ihn zu sekkieren.

»Der will es wissen«, hat der Brenner halb fassungslos, halb bewundernd gemurmelt.

»Was will er wissen?«

»Nichts.«

»Aber du hast gesagt, er will es wissen.«

»Dem sein Problem ist eher, dass er zu viel weiß.«

»Warum sagst du dann, er will es wissen?«

»Das sagt man so. Er fordert es heraus. Er will es wissen, wie weit er gehen kann, bis der Wu Tan Clan ihn endgültig um die Ecke bringt.«

»Um welche Ecke?«

»Pscht!«

Der Infra hat geschildert, wie der Wu Tan Clan ihm ein Angebot für das Haus am Gürtel gemacht hat, weil es sich in dieser Lage ideal für ein Laufhaus eignet. Und natürlich in Wien gerade der Straßenstrich verboten, haben die Zuhälter an ihre Zukunft denken müssen.

»Was heißt, um die Ecke bringen?«

»Umbringen.«

»Aber wieso sollen sie ihn umbringen?«

»Hör zu!«

Ich muss auch sagen, umbringen wäre für den Wu Tan Clan die schlechteste Lösung gewesen. Du musst wissen, der Lupescu war gerade in der Phase, in die jeder erfolgreiche Kriminelle einmal kommt. Das ist überall auf der Welt das Gleiche. Früher oder später will der erfolgreiche Kriminelle sich in die Legalität hineininvestieren. Spätestens mit den Kindern kommt das. Und da bist du als reiner Immobiliendienstleister, der die Studios an die Damen vermietet, schon auf dem besten Weg. In die Gesellschaft hinein. Der Lupescu hat dem Infra angeboten, die Bruchbude auf seine Kosten zu sanieren und in das modernste Laufhaus von Europa zu verwandeln. Zusätzlich zur kostenlosen Sanierung hätte der Infra auch noch eine prozentuelle Einnahmenbeteiligung bekommen. Er hat das Angebot aber abgelehnt, und bald darauf ist eine der Prostituierten, denen er Unterschlupf gewährt hat, verschwunden und in der Donau wieder aufgetaucht. Er hat sie nur an den Tätowierungen wiedererkannt, die im Fernsehen gezeigt worden sind.

»Das gibts ja nicht«, ist dem Brenner herausgerutscht. »Jetzt verrät er das auch noch!«

»Aber sie können ihn nicht um die Ecke bringen. Sonst weiß jeder, wer es war«, hat die Nadeshda in einer Mischung aus Panik und Hoffnung gesagt.

»Darauf würde ich mich lieber nicht verlassen.«

Der Infra hat erzählt, dass der Wu Tan Clan in Person des Lupescu und seines Leibwächters am frühen Morgen, nachdem man die Überreste der Prostituierten mit der geköpften Schlange im Fernsehen gesehen hat, wieder bei ihm aufgetaucht ist. Sie haben ihr Angebot für die Immobilie erneuert und dem Infra einen Tag Bedenkzeit gegeben. Die aus der Donau gefischte Infrafreundin hat der Lupescu gar nicht erwähnen müssen, es war dem Infra auch so klar. Der Lupescu hat ihm noch angekündigt, dass er sich zur Feier des Vertragsabschlusses etwas vom Infra auf den Rücken stechen lassen wird.

»Und welches Motiv?«, hat die Moderatorin halb fasziniert, halb angeekelt gefragt.

»Den Gesetzestext des Hammurabi. Aug um Aug, Zahn um Zahn.«

»Sehr passend.«

»Natürlich in der Originalschrift.«

»Also nicht auf Rumänisch«, hat die Moderatorin versucht, sich um ihre Bildungslücke herumzuscherzen.

»Nein. In Keilschrift.«

»So feinsinnig sind die Herrschaften vom Wu Tan Clan?«

»Exotische Zeichen sind beliebt bei Tätowierungen. Er hat es bei mir im Katalog gesehen.«

»Herr Inreiter. Sie haben ihm dann aber stattdessen etwas anderes – «

»Jaja, da hat es in der Szene viele Gerüchte gegeben, was ich ihm alles tätowiert haben soll. Aber es war nicht im wortwörtlichen Sinn ein – «

»Kein Penis?«

»Nein. In Wirklichkeit war es so. Ich hab den Tag genutzt, um das Haus für den Fall meines Todes der Kirche zu vermachen. Das war meine Lebensversicherung. Und wie sie eine Minute nach Mitternacht zu mir gekommen sind, sagt der Lupescu strahlend: Und krieg ich jetzt mein Tattoo oder nicht?«

»Also das war die verklausulierte Frage, ob Sie unterschreiben.«

»Und ich hab gesagt, er soll sein Hemd ausziehen. Ich hab ihm das Testament, das ich gerade beim Notar unterschrieben habe, in Spiegelschrift auf den Rücken geschrieben. Das hat exotisch genug ausgesehen, und sein Kettenhund, der zugeschaut hat, ist irgendwann eingeschlafen. Erst beim Blick in den Spiegel ist ihm aufgefallen, dass er es lesen kann: Für den Fall meines Ablebens bestimme ich die Caritas als meine Alleinerbin. Datum und Unterschrift.«

»Und dann?«

»Der Lupescu ist ein extrem kontrollierter Typ. Er hat einfach gesagt, morgen ist der Termin beim Notar, der Kaufpreis beträgt nur noch einen Euro. Und danach darf ich ihm eine Muttergottes über die Schrift auf seinem Rücken stechen.«

»Eine Muttergottes?«, hat die Moderatorin leichenblass wiederholt, als wäre das das Schlimme an der Geschichte.

»Wahrscheinlich wäre ich so noch davongekommen. Wenn der Gruntner nicht über die Demütigung geschrieben hätte. Danach hat der Lupescu natürlich reagieren müssen.«

»Und hat die Hände, die ihn gedemütigt haben, abgehackt«, hat die Moderatorin gesagt, während die Kamera seine Hände in Großaufnahme gezeigt hat.

»Ganz im Sinn vom Hammurabi«, hat der Infra gelächelt.

Für einen sehr langen Moment war nicht sicher, ob die unter ihrer Schminke leichenblass gewordene Moderatorin vor laufender Kamera ins Studio kotzt. »Herr, äh, Inreiter, warum haben Sie das nicht alles der Polizei erzählt? Sie haben immer behauptet, die Täter seien vermummt gewesen.«

»Die waren natürlich nicht vermummt«, hat er fast lachen müssen. »Aber wenn ich sie verpfiffen hätte, würde ich jetzt nicht mehr hier sitzen. Das sind sehr konsequente Leute. Vorher haben sie es nur nicht getan, weil sie das Haus haben wollten. Das war meine Lebensversicherung.«

»Und warum erzählen Sie es jetzt?«

»Weil sie jetzt auch noch ein paar Tage vor meiner Entlassung aus dem Krankenhaus bei mir eingebrochen sind und meine Waffe gestohlen haben. Der Einbruch ergibt nur einen Sinn, wenn sie wen mit der Waffe töten und mich dadurch zum Mordverdächtigen machen. Sie wollen mich eben so lange zermürben, bis ich verkaufe.«

Und dann hat der Infra die Bombe platzen lassen und gesagt, dass er sein Haus verschenkt, wenn die Stadt Wien es als Schutzhaus für Prostituierte betreibt. Ohne jegliches finanzielle Interesse seinerseits.

»Ich stelle das Haus gratis zur Verfügung. Wenn die Stadt das Projekt finanziell unterstützt. Oder die Frauenministerin.«

»Ich hab's ja gesagt«, hat der Brenner gestaunt, dass es jetzt wirklich so gekommen ist.

»Gar nichts hast du gesagt.«

»Aber gedacht hab ich's mir.«

Vor lauter Aufregung ist es ihm nicht einmal aufgefallen, dass die Nadeshda ihre Hand nicht mehr von seinem Unterarm weggenommen hat, aber ich sage, das war im Grunde ein Glück, weil sonst wäre ihm womöglich auch aufgefallen, dass die Zärtlichkeit weniger ihm als dem Mann im Fernseher gegolten hat.

»Jetzt geht diese Leier wieder los«, hat er geschimpft, wie der Infra die Vorteile eines staatlichen Hauses ausgeführt hat. Der Brenner hätte schon mitreden können, so oft hat er das schon gehört vom Gruntner und von der Herta, sprich Bekämpfung der Kriminalität zugunsten der Frauen.

Aber interessant. Nach der Sendung war irgendwie ein flaues Gefühl im Raum, weil was tust du in dem Moment, wo du einen guten Bekannten mit der Fernbedienung weggeschaltet hast. Und vielleicht war diese plötzliche Leere der Grund, dass er der Nadeshda endlich von der Serafima erzählt hat. Die Nadeshda war aber viel weniger erschüttert von der Neuigkeit, dass ihre Schwester keinen Kontakt zu ihr wollte, als er erwartet hat.

»Die war immer schon ein bisschen komisch«, hat sie nur gesagt und die Augen verdreht. »Sie ist eben noch jung. Hauptsache, ich weiß, dass es ihr gut geht.«

Aber erst wie der Brenner den Namen Rebekka Böhm erwähnt hat, ist sie mit der ganzen Wahrheit herausgerückt. Ob du es glaubst oder nicht. Ursprünglich war es die Nadeshda, die von dem Fotografen Mike entdeckt worden ist.

»Ich habe schon als Mädchen von so einem Leben geträumt und mir den Namen Rebekka ausgedacht. Darum das heimliche Tattoo. Mein Modelname.«

»Wieso ausgerechnet Rebekka?«

»Klingt einfach gut. Da war meine Schwester noch ein kleines Kind und hat meine Tätowierung immer bewundert. Sie wollte immer so werden wie ich. Ich war ihr Vorbild. Und als ich Mike kennengelernt habe, war sie schon siebzehn. Sie hat mir den Vertrag vor der Nase weggeschnappt.«

»Du hast gar nie geglaubt, dass sie entführt worden ist.«

»In gewissem Sinn ist sie schon entführt worden. Ich wollte sie nur finden. Sie hat sich vor mir versteckt. Ich wusste nicht, dass sie auch noch meinen Namen gestohlen hat.«

»Und die Pulsadern hast du dir nicht wegen der Fremdenpolizei aufgeschnitten. Sondern du hast das Plakat gesehen.«

Die Nadeshda hat darauf nichts gesagt. Nicht den Kopf geschüttelt und nicht genickt, sondern ihm nur in die Augen geschaut. Und dieser Blick hat dem Brenner genügt, mehr wollte er gar nicht wissen, weil Schwester gegen Schwester, Kain und Abel nichts dagegen.

Er hat sich gedacht, dass er langsam zu alt wird für diesen Job. Dabei hat er da noch gar nicht gewusst, dass die Polizei gerade die zwei Leichen gefunden hat, die von der Glock 36 des Infra getötet worden sind.

# 27

Am nächsten Tag haben sich die Zeitungen mit Kommentaren überschlagen, ja was glaubst du. »Hurenpfarrer will Zuhälter vertreiben«, ist in der einen gestanden, »Staatliches Fernsehen in den ›Händen‹ des Rotlichtmönchs« in der anderen. Der Infra hat wirklich mit einem einzigen Auftritt das Land verrückt gemacht. Und richtig drunter und drüber gegangen ist es erst am Tag darauf, wie der Lupescu und sein Leibwächter in ihrer abgeschirmten Garage erschossen aufgefunden worden sind. Die Ledersitze vom Bentley farblich neue Note, frage nicht.

In diesem Punkt hat der Infra sich gewaltig getäuscht. Weil seine Pistole ist nicht beim Wu Tan Clan gefunden worden. Dreihundertzwölf Faustfeuerwaffen hat die Polizei in dem Haus gefunden, dreieinhalb Kilo Kokain, vierhundert Gramm Heroin, aber nicht die Glock vom Infra. Das Einzige, was man jemals von der Glock gefunden hat, waren die Kugeln in den Köpfen vom Lupescu und seinem Beschützer, der den Brenner nach dem Gruntnerbegräbnis abtransportiert hat, aber auf dem Rücksitz vom Hummer hätte er nicht viel darauf gewettet, dass dieser Dickwanst vor ihm krepiert. Und ich bezweifle, dass die Glock jemals gefunden wird, weil als

Waffe trittst du nach so einer Tat im Normalfall auch deine schamanische Reise an, sprich Donauschlamm.

Ich muss schon sagen, das hätte sich im Krankenhaus auch keiner träumen lassen, nicht die Anna Elisabeth, nicht die Physiotherapeutin und nicht der Scherübl. Dass sich der schlechte Heilungsverlauf seiner Hände noch einmal als Glück für den Infra erweist. Weil wenn seine Finger nicht immer noch so steif gewesen wären, hätte die Polizei ihn womöglich noch für den Täter gehalten. Aber so haben sie ihm natürlich nichts anhängen können, weil aus dem Scherüblgutachten ist deutlich hervorgegangen, wenn der Infra nicht mit der großen Zehe abgedrückt hat, war er es nicht.

Der Zeugenaussage des Krankenhausportiers ist da gar keine Bedeutung mehr zugekommen. Du musst wissen, der Portier hat sich erinnert, dass der Infra sich einmal in der Nacht aus dem Krankenhaus geschlichen hat. Aber, mein Gott, der wird sich Zigaretten gekauft haben, vielleicht ein kleiner Spaziergang gegen den Krankenhauskoller. Die Kripo hat das nicht interessiert. Dem Brenner hat es mehr zu denken gegeben, sprich: Womöglich hat mich der nur in die Wohnung geschickt, damit er den Verlust der Waffe anzeigen kann, nachdem er sie in der Nacht davor selber geholt hat. Und einen Einbruch hast du auch als Handpatient schnell fingiert, die Tür trittst du ein, Hände komplett uninteressant, eher noch Schulter.

Mehr als gestreift hat ihn der Gedanke aber nicht, weil du kannst nicht auf einem nächtlichen Spaziergang einen Mordverdacht aufbauen, Motiv hin oder her. Die Kripo noch eine Zeit lang im Milieu herumgeforscht, und weil keine Beweise aufgetaucht sind und kein Informant etwas gewusst hat, haben sie den einzigen verbliebenen Konkurrenten vom Lupescu für ein paar alte Einbrüche verhaftet, die sie ihm lieber geschenkt hätten, sprich gegen ein paar wertvolle Informationen eingetauscht. Das war der Einzige, der sich in den letzten Jahren noch gegen den Lupescu aufmucken getraut hat, und das hat er jetzt davon gehabt. Dann ist auch noch eine uralte DNA-Spur in seiner ehemaligen Heimat aufgetaucht, jetzt ist er sofort ausgeliefert worden und hat den österreichischen Steuerzahler gar nichts gekostet. Nur die älteren Polizisten haben den jungen gesagt, freut euch nicht zu früh, weil ein Machtvakuum auf dem Gürtel ist das Schlimmste, was uns passieren kann. Wenn es so weitergeht, haben wir bald jede Woche eine Schießerei oder eine Messerstecherei im Rotlicht.

Und du darfst eines nicht vergessen. Der Inreiter war für die erfahrenen Polizisten überhaupt nur ein Spinner. Die waren sich einig, dass es nur zwei Möglichkeiten für den Infra gibt. Entweder er verzieht sich ganz schnell und begräbt seine Rotlichtverbesserungspläne. Oder er selber wird begraben. Weil zumindest eine Kugel wird ja noch drinnen sein in der Pistole, die sie ihm gestohlen haben, so haben die erfahrenen Kripomänner geredet.

Richtige Sorgen um den Infra hat sich natürlich nur der Brenner gemacht. Er wollte nicht, dass ihn irgendein aufstrebender Drogenpsychopath mit Rotlichtambitionen aus dem Weg räumt. Blöderweise hat eine Art Funkstille zwischen dem Infra und dem Brenner geherrscht. Er hat eine Zeit lang überlegt, wie er den Kontakt wiederherstellen könnte, und dreimal darfst du raten. Die Nadeshda soll es einfädeln, quasi höhere Diplomatie.

Aber es ist dann nicht mehr dazu gekommen, und schuld daran war ein anderer Diplomat. Weil der Hofrat Rumstettn hat bei ihm angerufen. Die einschüchternde Stimme vom Josef Wenzel Hnatek, wo der Brenner sein halbes Leben lang darauf gefasst war, dass ihm der Abwurf der Atombombe von dieser Stimme mitgeteilt wird. Und der Rumstettn auch ein bisschen Atombombe im Tonfall. Er hat eine wichtige Nachricht für den Brenner. Die kann er ihm aber nicht am Telefon sagen.

Eine halbe Stunde später ist der Brenner schon im Außenministerium gesessen. Stell dir vor, auf einmal war es so eilig, dass der Hofrat ihm sogar einen Wagen geschickt hat! Da hat der Brenner sich schon denken können, dass sich was gerührt hat bei den Verhandlungen. Er war sogar auf eine Überraschung gefasst. Aber sagen wir einmal so. Wie der Rumstettn ihm dann eröffnet hat, dass sie den Brenner gern als Geldboten mit dem Lösegeld in die Mongolei schicken würden, ist ihm doch einmal kurz ein bisschen anders geworden.

Pass auf. Die Geiselsprecherin hat gefordert, dass der Brenner das Geld überbringt. Obwohl ihm der Rumstettn direkt gegenübergesessen ist, hat der Brenner ihn aus weiter Ferne *Geiselsprecherin* sagen und erklären gehört, dass es die Herta war, mit der sie die Verhandlungen geführt haben. Rechts vom Rumstettn ist sein Stellvertreter gesessen, der Hofmannswaldau, und links vom Rumstettn der Herr Maly, ein blasser Schnösel mit einer blonden Schmalzlocke und einer Nase, an der du dich schneiden hättest können. Und obwohl keiner von ihnen das Wort *Stockholmsyndrom* ausgesprochen hat, ist dieses Wort wie ein fünfter, ununterbrochen dazwischenschweigender Besprechungsteilnehmer am Tisch gesessen.

Zuerst hat der Brenner sich natürlich gewehrt, weil fahr du einmal mit einem Geldkoffer zu Entführern in die Mongolei. Der Hofrat Rumstettn volles Verständnis für den Brenner, und er soll es sich gründlich überlegen. Gründlich, aber nicht zu lange, hat der Hofmannswaldau ergänzt. Aber der Hofmannswaldau war dem Brenner nicht so unsympathisch wie der Herr Maly, der gar nichts gesagt und nur blöd geschaut hat. Der hat ihn auch an wen erinnert, nicht stimmlich, sondern äußerlich, und er hat sich gefragt, ob das am Diplomatenberuf liegt, dass die einen immer an wen anderen erinnern. Wenn wir zu lange warten, hat der Hofmannswaldau erklärt, könnte das *window of opportunity* sich wieder schließen. Im Grunde war der Brenner innerlich schon bereit, aber wie der Hofmannswaldau *window of opportunity* gesagt hat, ist er wieder trotzig geworden. Der Herr Maly hat den Brenner groß angeschaut, als wäre er neugierig, ob er *window of opportunity* überhaupt versteht, oder ob er ihm durch seine Nase eine Übersetzung herunterlassen soll. Stürzt euch doch selber aus eurem *window of opportunity*, hätte er dem Trio am liebsten gesagt und sich aus dem Staub gemacht.

Aber interessant. Da erkennst du den Spitzendiplomaten. Weil im entscheidenden Moment, wo dem Brenner diese Antwort schon auf der Zunge gelegen ist, hat der Hofrat Rumstettn ganz klein und bescheiden zugegeben, dass der Brenner im Grunde ihre einzige Hoffnung ist.

Ich muss ehrlich zugeben, der Rumstettn hat ihn nach allen Regeln der Kunst bearbeitet. Er hat es so hingestellt, dass der ganze Verhandlungserfolg null und nichtig ist, wenn der Brenner jetzt nicht mitspielt. Die Entführer hätten zehn Millionen verlangt, plus eine Million für den Schweizer Geiselehemann. Aber seine Mitarbeiter haben sie durch ihr Verhandlungsgeschick auf zwei Millionen runtergehandelt, hat der Rumstettn ihm erzählt und anklingen lassen, dass der Brenner es ist, der den ganzen Verhandlungserfolg zerstört, wenn er jetzt nicht mitspielt.

»Die acht und letzten Endes neun Millionen Nachlass waren ein großer Verhandlungserfolg vom Kollegen Hofmannswaldau, der federführend bei den Verhandlungen war«, hat er dem Brenner ins Gewissen geredet. Und der Kollege Hofmannswaldau die Bescheidenheit in Person, der hat gesagt, im Grunde war es das Verdienst der Geiselsprecherin, weil wahnsinnig klug und kooperativ, und angeblich war sie es, die ihm geholfen hat, die Entführer herunterzuhandeln.

Der Brenner hat genau gewusst, dass der das nur sagt, damit er ihnen hertamäßig auf den Leim geht, und wenn er aus dem Zimmer ist, wird der Hofrat Rumstettn den Hofmannswaldau belobigen, wie geschickt er das mit der kooperativen Geiselsprecherin eingebracht hat. Aber nicht geschickt genug für einen Brenner. Es hat ihn geärgert, dass sie es so hinstellen, als hätten sie die eingesparten Millionen ihm persönlich auf das Konto überwiesen, und jetzt ist eine kleine Gegenleistung fällig. Er hat ihnen erzählt, dass er einen Überfall in Moskau nur mit viel Glück überlebt hat. Aber da haben die Verhandlungsweltmeister sofort abgewunken, Moskau siehst du gar nicht, haben sie gesagt, da steigst du nur um in den Ulan-Bator-Flieger, und dort wartet schon der Jeep auf dich, mit dem du dann die Geiseln zum Flugplatz bringen kannst.

Dann haben sie noch gesagt, dass ein Beamter ihn bis Ulan Bator begleitet mit dem Geldkoffer.

»Und wann?«

»Heute noch.«

Mein lieber Schwan. Von einem Diplomaten überrumpelt, das hätte sich der Brenner auch nie träumen lassen.

# 28

Leider hat der Brenner zu spät kapiert, wer der Beamte ist, der ihn begleitet. Ob du es glaubst oder nicht, der Herr Maly.

Dieser blonde Schnösel hat den Brenner schon eine Stunde nach der Besprechung zum Flughafen gefahren. Während der Fahrt zum Flughafen ist ihm endlich eingefallen, an wen der Herr Maly ihn schon die ganze Zeit erinnert hat. Pass auf, an die Lady Diana. Der hat genau so ausgesehen, als hätten sie die Prinzessin auf einen Mann umoperiert. Der Unfall und alles nur inszeniert, damit sie in Ruhe weiterleben kann, und zwar als Herr Maly im österreichischen Außenministerium. Mit dem Diplomatenpass hat er den grantigen Geldboten samt Geldkoffer vollkommen problemlos durchgeschleust, dann der Flug erste Klasse, da hat der Brenner dumm geschaut.

Sogar der Anschlussflieger nach Ulan Bator war nicht so eine Todesmaschine, wie er erwartet hat. Am Flughafen in Ulan Bator hat der Herr Maly dem Brenner dann viel Glück gewünscht und sich wieder in den Retourflieger gesetzt. Weil das war auch eine der Forderungen von den Terroristen, das hat die Herta alles für die ausgemacht. Ab Ulan Bator muss der Brenner allein sein. Der Jeep steht auf dem Parkplatz, hat es geheißen. Natürlich dann kein Jeep da, und dahergekommen ist auch keiner. Zwei Millionen Dollar hat er dabeigehabt, und er hat sich gefragt, was er jetzt tun soll mit dem Koffer, und kein Jeep weit und breit.

Er ist dagestanden und hat darauf gewartet, dass ihm jemand eine über den Schädel zieht und ihm den Koffer wegnimmt. Im Grunde hat er nur noch gehofft, dass ihn die Richtigen bewusstlos schlagen, also die Entführer, die dann zufrieden sind und die Geiseln heimschicken, und nicht unbefugte Bewusstlosschlager, quasi Räuber zweiten Grades. Bestimmt fünf Minuten ist er so gestanden und hat gewartet. Aber so ist es im Leben. Wenn du auf das Überfallenwerden wartest, kannst du stundenlang an der gefährlichsten Kreuzung stehen, und es kommt keiner daher.

Das Einzige, was sich gerührt hat, war ein Kind, das sich vor ihm aufgepflanzt und die Hand aufgehalten hat. Der Brenner natürlich sofort alarmiert, weil ein zweites Mal passiert ihm so etwas nicht. Und während er den kleinen Bettler noch abschütteln wollte, hat er überrissen, dass der ihn gar nicht anbettelt, sondern ihm etwas gibt! Der Zettel war eine Nachricht für den Brenner, hör zu. Der Jeep wartet nicht am Flughafen auf ihn, sondern am Bahnhof. Die Handschrift der Herta hat er sofort erkannt, weil das hat ihn schon immer geärgert, dass die so schwer zu entziffern war. Und darunter noch ein paar Zeilen auf Russisch, dick eingerahmt. Unter den eingerahmten russischen Zeilen ist wieder auf Deutsch gestanden: »Brenner, frag bei der Verladestelle nach Sergej, und halte ihm diesen Zettel unter die Nase.«

Der Brenner hat zuerst eine wahnsinnige Wut auf die Herta gekriegt, dass sie nicht wenigstens ein nettes Wort dazugeschrieben hat, eine kleine Aufmunterung. Stattdessen nur, er soll sich ja nicht spielen, weil er auf dem Weg beobachtet wird. Aber dann hat er gleich die Schuld auf die Entführer geschoben, die haben ihr wahrscheinlich kein überflüssiges Wort erlaubt, und die Herta wollte kein Risiko eingehen. Da war der Brenner gleich wieder gut mit der Herta, weil unleserlich hin oder her, so eine Handschrift von wem, der seit Monaten in Lebensgefahr ist, das ist fast wie eine Botschaft aus dem Jenseits. Und dass der Zettel in seiner Hand so gezittert hat, war ja auch ein eindeutiges Zeichen, sprich, der Brenner hat aufpassen müssen, dass er nicht von der ersten Wut direkt in eine gewaltige Rührung abbiegt.

Jetzt nichts wie hin zum Bahnhof, ein Taxi hat er schnell gefunden, und er muss dem Fahrer irgendwie sympathisch gewesen sein, weil der hat ihm nur das Doppelte auf den Preis draufgeschlagen.

Am Bahnhof dann noch zwei Stunden herumgefragt, *wo sein Verladestelle, wo sein Jeep, wo sein Sergej,* mit Händen und Füßen hat er sich verständigt, tausendmal haben sie ihn im Kreis geschickt, bis er endlich was erfahren hat. Der Sergej ist gerade auf Mittagspause, so hat der Brenner die Geste vom Kollegen interpretiert. Mittagspause um vier am Nachmittag, hat er gemurrt, aber eine Stunde später ist der Sergej aufgetaucht, und es hat sich herausgestellt, dass wirklich etwas für den Herrn Brenner da war. Der Sergej hat ihn durch ein paar Lagerhallen geführt und dann auf eine Plane gedeutet. Die Plane hätte alles Mögliche bedecken können, nur keinen Jeep, das hat der Brenner jetzt schon erkannt, weil es hat sich mehr so ein Haufen abgezeichnet, der nur halb so hoch war wie ein Jeep. Oder wenn schon, hätte es ein Jeep sein müssen, der frontal mit einem Sattelschlepper zusammengekracht ist, so niedrig und unförmig war der Haufen unter der Plane. In dem Moment, wo der Sergej nach der Plane gegriffen hat, der

Brenner kurz Panik, dass jetzt gleich die erschossenen Geiseln zum Vorschein kommen.

Und vielleicht war diese furchtbare Angst der Grund, dass er dann vor lauter Erleichterung gleich in das Gegenteil gekippt ist, quasi positive Panik. Weil anders lässt sich die Begeisterung vom Brenner für die Ural, die unter der Plane zum Vorschein gekommen ist, nicht erklären. Für ihn war es einfach das schönste Motorrad, das er jemals gesehen hat. Die Ural ist ihm vorgekommen wie etwas, das ihm die Götter persönlich zu seiner Rettung vorbeigeschickt haben. Und dann erst der Beiwagen! Jetzt hat der Brenner verstanden, warum die Geiselsprecherin dem Hofmannswaldau zentimetergenaue Maße für den Geldkoffer diktiert hat. Pass auf, die Lücke im doppelten Boden unter dem Beiwagensitz war genau so groß, dass der Koffer exakt hineingepasst hat, Handschuh nichts dagegen. Auf der Unterseite vom hochgeklappten Sitz ist die Anweisung für den Brenner geklebt, wieder die Hertaschrift, aber jetzt hat es ihn schon nicht mehr so gerührt, weil jetzt war er gefühlsmäßig schon an die Ural gebunden.

Der Sergej hat den Lagerraum verlassen, der hat nicht zu viel wissen wollen, und der Brenner hat sich in Ruhe mit der Ural anfreunden können. Reservekanister, Straßenplan, Proviant, Notfallzelt, alles perfekt gepackt, da hat er schon wieder die Handschrift der Herta erkannt. Dann nichts wie hinaus aus dem Bahnhof, die ersten paar Kurven war es natürlich noch fifty-fifty, ob er irgendwo hineinkracht oder nicht, einmal ist er an einem Lastwagen gestreift, aber der Fahrer hat nur gelacht, und der Brenner und die Ural haben sich schnell zusammengestritten und sind wunderbar aus der Stadt hinausgekommen.

Dann natürlich die freie Fahrt, das ist ein unbeschreibliches

Gefühl. Der Brenner hat schon überlegt, ob der Sergej ihm irgendwas in sein Trinkwasser hineingemischt hat, quasi Drogenrausch. Aber das ist nicht lange gegangen. Ich möchte fast sagen, so brutal ist noch nie ein Mensch aus dem Drogenfrieden herausgerissen worden.

Du musst wissen, Mongolei Land ohne Straßen. In der Stadt natürlich schon halbwegs asphaltiert, wenn man da die Flickstellen zwischen den Löchern zusammenzählt, könnte man sogar auf ein paar Kilometer Straße kommen, aber je weiter die Ural sich von der Hauptstadt entfernt hat, umso schlechter ist der Asphalt geworden. Und dann waren die Straßen ganz aus, das waren nur noch so Pisten, Dreckpisten, anders kann ich es nicht sagen. Das Gerumpel kannst du dir nicht vorstellen.

Aber der Brenner hat sich davon die Laune nicht verderben lassen. Ob du es glaubst oder nicht, er ist einfach langsamer gefahren. In seiner Jugend wäre ihm das unmöglich gewesen, da hätte er die Ural über die Piste getrieben, weil jugendliche Freude an der Erschütterung. Aber jetzt sanft. Wie ein gebrechliches Lebewesen hat er die Ural über die Rutschbahn getragen, Hilfsschamane Hilfsausdruck. Weil in so einer Situation erreichst du mit Gewalt gar nichts. Sondern schön nachgeben. Sich an die Piste anschmiegen. Mit der Landschaft schwingen. Zwischen der Landschaft und dem Motorrad eine Einheit herstellen. Anpassen. Bodenwelle werden. Gefühle und alles.

Und du darfst eines nicht vergessen. Wir reden hier nicht von normalem Langsamfahren, dass man sagt, okay, da gehe ich von hundertsiebzig auf einen Stehhunderter herunter. Wir reden nicht von hundert, und wir reden nicht von achtzig. Fünfzig wäre schon ein irrwitziges Rodeo gewesen. Aber die Tachonadel vom Brenner ist zwischen zwanzig und dreißig gependelt, in so einem beschissenen Zustand war diese Piste. Nur an den besten Stellen hat er die Ural auf vierzig hinaufgetrieben. Aber das hat er gleich wieder bereut, weil die Bandscheiben.

Nachdem er drei Stunden so auf der Erdoberfläche dahinbalanciert ist, hat er endlich gewusst, wie viele Stellen der menschliche Körper besitzt, die weh tun können. Aber er hat sich zum Weiterfahren gezwungen. Das Risiko war einfach zu groß. Womöglich fangen die wirklich an, die Geiseln zu erschießen, wie sie gedroht haben. Wenn er nicht rechtzeitig da ist. Zumindest den ersten größeren Fluss auf der Landkarte wollte er noch überqueren, bevor er sein Zelt aufstellt.

Und dann ist er zu dem Fluss gekommen, und dann natürlich große Überraschung. Weil Fluss ohne Brücke.

Jetzt nicht dass du glaubst, der Brenner hat sich verfahren, quasi Autobahn gleich nebenan. Er war auf der Autobahn! Diese Sandpiste ohne Brücken war die einzige Verbindung. Das hat ihm ja der Lkw-Fahrer auch erklärt, der nach einer halben Stunde dahergekommen ist. Das war jetzt schon der zweite freundliche Lkw-Fahrer an einem Tag, und wenn der nicht ein ganz anderer Typ gewesen wäre als der, den er am Bahnhof gestreift hat, hätte der Brenner sich von ihm verfolgt gefühlt. Weil winke einmal bei uns einem Lastwagenfahrer auf der Autobahn, und der bleibt gleich stehen. Und ein bisschen Englisch hat er auch gekonnt, weil als Lastwagenfahrer kommst du herum. Jetzt hat er dem Brenner auf Englisch ausgedeutscht, dass er ihn samt seiner Ural mit dem Laster über den Fluss bringt.

Der Brenner natürlich misstrauisch, weil womöglich stelle ich dem meine Ural auf die Ladefläche, und dann gibt er Gas. Da kannst du mit zwei Millionen im Gepäck und elf Geiseln am Buckel und einer Horde Entführern im Genick nicht nur nach dem gutmütigen Eindruck gehen, den so ein Fahrer macht. Und dann noch die fremde Kultur, ungewohnte Augenform, da täuschst du dich womöglich. Er hat mit dem Lastwagenfahrer diskutiert, ob es nicht vielleicht eine seichte Stelle gibt, wo er doch mit der Ural durchfahren kann. Aber der Lastwagenfahrer hat den Kopf geschüttelt und ihm irgendetwas erklärt, das der Brenner nicht verstanden hat. Vielleicht hat es geheißen, die nächste seichte Stelle ist zwei Stunden flussaufwärts, vielleicht hat es geheißen, wehr dich nicht lange, die Ural gehört mir, vielleicht hat es geheißen, jeder Motorradfahrer macht das so, dass er auf einen Lastwagenfahrer wartet, vielleicht hat es aber auch ganz was anderes geheißen. Was soll ich dazu sagen, der Brenner hat im Grunde keine Wahl gehabt, und wie ihm der Mongole dann auch noch freundlich die Beifahrertür aufgehalten hat, nachdem sie mit vereinten Kräften die Maschine aufgeladen haben, hat der Brenner sich schon ein bisschen geschämt für sein Misstrauen.

Oder sagen wir einmal so. Nicht viel Zeit gehabt zum Schämen. Der Fahrer hat mitten im Fluss zum fluchen angefangen, dass sein Beifahrer es mit der Angst zu tun bekommen hat. Und dazu immer noch der gutmütige Gesichtsausdruck! Während der Brenner sich noch gefragt hat, warum es aus dem Mund unter den freundlichen Augen so furchtbar herausflucht, hat er begriffen, dass der Fahrer einen sehr guten Grund zum Fluchen gehabt hat. Weil ob du es glaubst oder nicht. Das Wasser war an der Stelle sogar für den Lastwagen ein bisschen zu tief, sprich, sie sind abgetrieben worden.

Aber das war ein wahnsinnig guter Lastwagenfahrer, so etwas hat der Brenner in seinem Leben noch nicht gesehen. Nach fünf, sechs Metern sind sie zu einer Stelle geschwemmt worden, wo die Räder wieder gegriffen haben, und der Fahrer hat immer noch gelächelt und gekurbelt und geflucht und gelästert und Gas gegeben und gekuppelt und gejodelt und geschimpft und gegengelenkt und seinen Lastwagen samt Ural und Brenner aus dem Wasser hinaus ans gegenüberliegende Ufer gezaubert. Und so seelenruhig, wie er dann weitergefahren ist, hat sich im Brenner langsam der Verdacht breitgemacht, dass es gar keine besondere Aufregung war, sondern du lässt dich ein bisschen abtreiben, fluchst ein bisschen, steigst aufs Gas, ganz normale Flussüberquerung, nur eben ohne Brücke.

Gewundert hat der Brenner sich natürlich schon, dass der Fahrer ihn auf der anderen Seite nicht wieder abgeladen hat. Einerseits natürlich froh, weil im Vergleich zur Ural im Lastwagen bequem wie in einem Bentley. Aber auch wieder nicht so bequem, dass der Brenner nicht mehr zum Denken fähig gewesen wäre. Jetzt zwei Möglichkeiten. Entweder der Fahrer gehört zu den Entführern, und sie haben es so schlau eingefädelt, dass die Übergabe in einem Moment stattgefunden hat, wo der Brenner es gar nicht bemerkt hat, und der fährt mit ihm ins Lager und bringt ihn dann zusammen mit den Geiseln im Lastwagen zurück. Oder er gehört nicht zu den Entführern, sondern hat es einfach auf die Ural abgesehen, fährt nur vorher in sein Dorf, wo er den Brenner gemeinsam mit ein paar Mitmongolen leichter überwältigen kann als allein.

Schau, man darf dem Brenner nicht böse sein für seine Skepsis. Als Geldbote wirst du einfach mit jedem Dollar im Gepäck misstrauischer. Und du darfst eines nicht vergessen. Das Land war ihm schon unsympathisch, seit sie ihn in Moskau zusammengeschlagen haben, auch wenn das ein anderes Land war.

»Ayrak! Ayrak!«, hat der Fahrer ihn aus seinen Gedanken gerissen und ihm eine ekelhafte Plastikflasche unter die Nase gehalten. »Ayrak!«

Weil das muss der Name von dem Fusel in der Flasche gewesen sein. Der Brenner hätte lieber nichts davon getrunken, weil erstens grausige Flasche, zweitens entsetzlicher Geruch. Wenn du dir den Geruch vorstellst, der die Putzfrau empfängt, die nach den anstrengenden Pornofilmaufnahmen das Studio aufräumt, dann hast du eine ungefähre Vorstellung.

»Good!«, hat der Fahrer nicht lockergelassen, »Drink! Ayrak! Good!«.

Was soll's, hat der Brenner sich gedacht und einen Schluck genommen. Dann hat er zu zählen angefangen und war gespannt, ob er schon bei drei ins Koma fällt oder erst bei fünf oder überhaupt erst bei zehn.

»Drink more«, hat der Fahrer gestrahlt. »Good! Ayrak!«

Beim zweiten Schluck hat es dem Brenner schon ein bisschen geschmeckt. Beim dritten hat er sich schon mit dem Gedanken angefreundet, dass er nicht mehr auf der wunderbaren Ural fahren wird, weil die Lastwagenfahrt mit dem guten Getränk eigentlich viel gemütlicher.

Aber mit den Mongolen soll sich einer auskennen! Ausgerechnet in dem Moment bremst der Fahrer und lässt seinen Gast wieder aussteigen. Unsereiner würde sagen, entweder er überlässt ihn gleich nach der Flussüberquerung wieder seinem Elend, oder er nimmt ihn die ganze Strecke mit. Aber nein, der Mongole sieht das anders. Der hat sich gedacht, eine halbe Stunde nehme ich den Fremden mit, biete ihm ein Getränk an, wir lachen uns ein bisschen an, und dann lasse ich ihn wieder mit dem Motorrad weiterfahren.

Der Brenner hat sich tausendmal bedankt, und beim Weiterfahren hat er bemerkt, dass er den Ayrak ein bisschen spürt. Aber interessant. Bei uns heißt es, alkoholisiert soll man nicht fahren, weil man ist nicht mehr so gut. Aber in der Mongolei muss das die gegenteilige Wirkung haben. Er ist viel besser gefahren mit der Auffrischung im Blut. Er hat sich auf der Rumpelpiste schon richtig wohlgefühlt. Im Grunde hat die Ural jetzt ihren Weg selber gefunden. So, wie ein treues Pferd mit seinem stockbesoffenen Reiter nach Hause trottet, hat die Ural den Brenner über die Piste getragen. Einmal hat es ihn geschmissen, aber nicht der Rede wert, nur ein kleiner Ausrutscher. Und wie er nach einer Stunde wieder zu einem Fluss gekommen ist, hat er sich schon so gut auf das Mongolische eingeschaukelt gehabt, dass ihm die Brücke gar nicht richtig gefehlt hat.

Zuerst hat er die Ural einmal abgestellt, sich ein bisschen gestreckt, ist am Ufer auf und ab spaziert und hat genau geschaut, wo es am seichtesten ist. Weil wäre blöd, wenn dir das Wasser hineinkommt in den Motor. Und dann hat er es riskiert, ein bisschen seitlich von der Stelle, wo schon eine Spur hineingeführt hat. Er war stolz wie ein Pfadfinder, dass er noch eine seichtere Stelle als sein Vorgänger gefunden hat. Nicht zu viel Schwung und nicht zu wenig, klare Angelegenheit. Wenn du aus Österreich kommst, hast du eisige Straßenverhältnisse mit der Muttermilch eingesogen, du hast gehen gelernt beim Autoanschieben, du hast sprechen gelernt beim *Jetztgasgeben!*-Brüllen, und du weißt für alle Ewigkeit, wie du in ein unsicheres Element hineinfährst. Mit Gefühl!

Bis zur Mitte ist er gefahren, als wäre das gar kein Fluss, sondern nur eine bessere Fata Morgana. Und wenn die Verhältnisse ab der Mitte gleich geblieben wären, dann hätte es auch überhaupt keine Probleme gegeben. Aber ab der Mitte die Verhältnisse immer schlechter, sprich, das Wasser immer tiefer. Natürlich rechnest du damit, dass es in der Mitte tiefer wird, aber so tief hat der Brenner nicht gerechnet. Und die Tiefe allein ist es nicht. Weil du darfst die Strömung nicht vergessen! Jetzt hat er gewusst, wenn mir der Motor abstirbt, ist es aus. Und wenn mir Wasser hineinkommt, stirbt der Motor ab. Andererseits auf keinen Fall vor lauter Motor-absterbensangst zu viel oder zu wenig Gas geben. Nicht zu forsch, aber auch keine Sekunde zögern. Immer wieder nachgeben, aber immer weiter hinein in das Wasser. Und auf keinen Fall den Bodenkontakt verlieren! Weil wenn der Bodenkontakt weg ist, ist es aus.

Dann war auf einmal der Bodenkontakt weg. In den Beiwagen ist schon das Wasser hineingelaufen, das war eine wahnsinnige Schweinerei. Durch das Wasser im Beiwagen hat das Gespann Übergewicht gekriegt, nicht viel, aber genug, dass es ein bisschen gekippt ist. Ein bisschen Kippen wäre noch nicht das Problem. Aber wenn du ein bisschen kippst, rinnt noch mehr Wasser in den Beiwagen hinein. Dann kippst du noch ein bisschen. So schnell schaust du gar nicht, wie sich ein Beiwagen in ein sinkendes Rettungsboot verwandelt. Der Brenner hat sich einen Meter über dem Wasserspiegel an die Ural geklammert, weil wenn der Beiwagen sinkt, steigt der Fahrer, zumindest am Anfang, bevor er dich mit hinunterzieht, da hast du in deiner letzten Sekunde eine bessere Sicht über die Landschaft, als du dir wünschst. Und in dem Moment, wo er sich gefragt hat, ob dieser herrliche Ausblick noch von dieser Welt ist, oder ob er den Jordan schon überschritten hat, ist dem Beiwagen eine Welle in die Quere gekommen, hat ihn von der anderen Seite ein bisschen hinaufgehoben, und das Gespann ist zwanzig Meter mit der Strömung geschwommen wie das reinste Luftkissenboot.

Und ob du es glaubst oder nicht. Auf einmal war der Bodenkontakt wieder da. Die Ural ist nicht abgestorben! Jetzt fährt die Ural mit dem Brenner zum Ufer hinüber, als wäre überhaupt nichts gewesen. Auf der anderen Seite hätte er am liebsten einen Tanz aufgeführt. Aber ihm ist vorgekommen, die Ural möchte jetzt weiterfahren.

Die nächsten Flüsse hat sie einfach durchpflügt, als wäre sie genau dafür gebaut worden. Dass er immer weiter hinter die Marschroute zurückgefallen ist, hat ihm jetzt keine Sorgen gemacht. Weil natürlich viel weniger Kilometer gemacht, als ihm die Herta vorgegeben hat. Aber ihre Drohung, dass er beobachtet wird, war jetzt für den Brenner die größte Hoffnung. Gerade von der Drohung hat er sich beschützt gefühlt. Und wenn du glaubst, dass dich wer beschützt, Terrorist, lieber Gott, Mutter, Vater, ganz egal, das ist auf jeden Fall mehr wert, als wenn dich wirklich wer beschützt, aber du glaubst nicht daran.

Schön langsam ist die Ural dahingekrochen. Das hätte sich der junge Brenner auch nie träumen lassen, dass er den Rausch der Geschwindigkeit noch einmal als lahme Vorstufe sehen wird. Weil jetzt hat er es begriffen. Wahrer Rausch vom Langsamfahren. Wahrer Exzess: Auf der Stelle treten. Mit jedem Kilometer hat er es tiefer empfunden. Es dürfte schon auch ein bisschen an der Landschaft gelegen sein, da muss doch etwas drinnen liegen, das wir nicht ganz verstehen. Er ist überhaupt nicht mehr abgestiegen von der Ural. Mit der Zeit ist er sich gar nicht mehr wie ein richtiger Mensch vorgekommen, sondern wie ein Motorradfahrer, der auf einen wunderschönen Frauenarm tätowiert worden ist, quasi höchste Daseinsform.

Oder sagen wir einmal so. Er war vom Fahren halb bewusstlos, wie die Herta ihn in die Arme geschlossen hat. Und im Grunde war es weniger ein Umarmen, mehr eine Verletztenbergung. Mehr ein den mit der Ural fast verwachsenen Brenner vom Motorrad Herunteroperieren.

»Du kommst zu spät«, hat die Herta zur Begrüßung gesagt.

# 29

Nachdem die Herta ihn losgelassen hat, ist der Brenner wie eine Puppe in den Sand gefallen, weil er hat nach der langen Fahrt seine Beine nicht mehr gespürt.

»Was heißt, zu spät?«, hat er vom Boden aus gefragt und wie wild auf seine Beine eingeschlagen, damit sie ein Lebenszeichen geben.

»Dass wir schon gestern mit dir gerechnet haben.«

Die Herta hat mit einer flinken Handbewegung den Beiwagensitz hochgeklappt und sich überzeugt, dass der Geldkoffer voll war.

»Ist aber kein Problem«, hat sie beiläufig gesagt. »Wir machen alles wie geplant.«

Der Brenner hat es geschafft, ein Bein anzuwinkeln und sich an der Ural hochzuziehen. Seine Knie haben furchtbar gezittert. Sein Rücken hat sich angefühlt, als hätte er die Ural von Ulan Bator bis hierher getragen. Und du darfst eines nicht vergessen. Durch das Zittern sind seine Beine in die unkontrollierte Aufwachphase gekommen, Kitzelfolter Hilfsausdruck. Dass er nicht vor Schmerzen gejault hat, ist vor allem an der Herta gelegen. Du musst wissen, er war fasziniert von ihrem Anblick. Er hat es nicht glauben können, zu was für einer imposanten Gangsterbraut sie sich in den Monaten entwickelt hat.

»Du hast dich also in einen Terroristen verliebt«, hat er gesagt, nachdem ein paar Schluck Wasser seine Zunge wieder zum Leben erweckt haben.

»Er ist kein Terrorist.«

Der Brenner hat sich bemüht so dreinzuschauen, als wäre das genau die Entgegnung, um die es ihm gegangen ist.

»Und wie soll ich euch jetzt zurückbringen ohne Auto?«

»Ich bringe euch morgen zu einem Bus. Mit dem kannst du sie zurückfahren.«

Ich. Euch. Sie. Der Brenner hat davor zurückgeschreckt, genauer nachzufragen. Zuerst hat er einmal getan, als wäre alles genau so, wie er es erwartet hat. Aber im Inneren ist es rundgegangen, frage nicht.

»Und du?«

Die Herta hat ihn nur anschauen müssen, und er hat ihre Antwort gekannt.

Er hat gar nicht versucht, sie zu überreden, weil aussichtslos. Sie hat einfach zu gut hierhergepasst. Rein vom Licht her und rein von den Sandfarben war diese Gegend wie gemacht für die Herta. Sogar die dreckige Adidas-Trainingsjacke, die Gummistiefel, das Haartuch, eins a hat die Herta ausgesehen. Er hat sich gefragt, ob das wirklich dieselbe Frau war, die vor einem Jahr frustriert vor einer Schulklasse gestanden ist.

»Eine gute Figur hast du bekommen.«

Die Herta hat nachsichtig gelächelt, nicht direkt herablassend, mehr Mitleid mit dem Brenner und seiner Weltsicht, so hat sie geschaut. Der Wind ist ihr durch die Haare gefahren, die unter ihrem Beduinentuch ein bisschen herausgeblinzelt haben, und dem Brenner ist es selber auch aufgefallen, dass mitten auf dem heiligen Schamanenfeld »gute Figur« ein bisschen blöd klingt.

»Mach dir keine Sorgen«, hat sie gesagt. »Mir ist es noch nie so gut gegangen. Du musst den Österreichern sagen, dass ich freiwillig hierbleibe.«

»Und wo sind deine Kameraden?«

»Die sind nicht da.«

Aber das war ein fürchterliches Missverständnis. Weil der Brenner hat natürlich ihre Wanderkameraden gemeint! Und die Herta redet von den Terroristen! Die sind nicht da, sagt sie. Ihre Kameraden! Die Entführerkameraden! Weil natürlich haben die sich nicht gezeigt, und die Herta seine einzige Kontaktperson.

»Ich hab eigentlich die Wanderkameraden gemeint. Die Kameradinnen.«

»Kameradinnen!«, hat die Herta spöttisch gelacht. »Du mit deinem Weltkriegsvokabular.« Sie hat den Brenner ein bisschen geboxt, wie du nur deinen besten Freund boxt, und gesagt: »Ich bleibe nicht wegen einem Mann hier, sondern wegen dem Land. Ich habe in einem früheren Leben hier gelebt.«

Der Brenner hat so getan, also ob ihm das egal wäre, Land oder Mann oder früheres Leben. »Irgendwann wirst du schon wieder heimkommen.«

Sie hat ihm erklärt, dass sie ihn erst am nächsten Tag zum Hauptlager führt. Jetzt soll er einmal etwas essen und sich ausschlafen, weil morgen wird es anstrengend genug.

»Aber vorher wäschst du dich noch, weil du stinkst fürchterlich.«

Dass er sich wirklich noch gewaschen hat, bevor er eingeschlafen ist, hat der Brenner am nächsten Tag nur aus den fremden Sachen schließen können, die er angehabt hat. Gegessen dürfte er nicht mehr haben, weil er hat beim Aufwachen so einen wahnsinnigen Hunger gehabt, dass die Herta bei der dritten Schüssel gelacht hat. »Du isst ja an einem Morgen mehr als unsere Veganerin in einem halben Jahr!«

Dann ist sie mit dem Brenner zum Lager hinübermarschiert, weil zu unwegsames Gelände für die Ural. Und ob du es glaubst oder nicht, den Geldkoffer hat sie ihn tragen lassen. Auf dem Weg hat sie sich zum ersten Mal nach der Nadeshda erkundigt, und der Brenner hat sich gewundert, dass sie so etwas überhaupt noch interessiert. Vorsichtshalber hat er so getan, als wäre es für ihn auch schon Schnee von gestern, und nur ganz kurz erzählt, dass die Serafima doch ein Fotomodell ist.

»Die Nadeshda wollte nicht allein in Russland bleiben, nachdem ihr die kleine Schwester den Job und den Mann weggeschnappt hat.«

»So ein Luder«, hat die Herta anerkennend gesagt. »Die hat dich ordentlich ausgenutzt.«

»Zu einer Motorradfahrt durch die Mongolei hat sie mich zumindest nicht gezwungen.«

Weil der Brenner hat sich gedacht, ein Wort der Dankbarkeit wäre auch kein Fehler. Aber nichts da, die Herta hat gesagt: »Wenn ich die Geschichte höre, bin ich froh, dass ich keine Schwester hab.«

»Hättest du Angst, dass sie dir den Job als Gangsterbraut wegschnappt?«

»Brenner«, hat die Herta gesagt, quasi Welterklärung mit einem Wort.

Den restlichen Weg sind sie schweigend nebeneinander hergegangen. Erst wie das Lager vor ihnen aufgetaucht ist, hat er sie gefragt, wie sie so leicht hierher gefunden hat. »Da schaut es doch überall gleich aus. Und daheim hast du dich schon vor der eigenen Haustür verirrt.«

»Mein Krafttier leitet mich.«

»Das hab ich mir schon gedacht«, hat er gesagt, sprich: Den Gefallen tu ich dir sicher nicht, dass ich nachfrage, welches Tier.

Und ich muss sagen, da hat er wirklich einen Schutzengel gehabt. Weil ich möchte nicht wissen, was aus dem Brenner geworden wäre, wenn die Herta ihm verraten hätte, dass es ein Ochse war, der in der Unterwelt auf sie gewartet hat.

# 30

Wie lang die Herta in der Mongolei geblieben ist, siehst du schon daran, dass der Brenner und die Nadeshda bei ihrer Rückkehr schon wieder geschieden waren. Aber nicht wegen der Fremdenpolizei. Sondern wegen dem Infra, sprich Liebe unter Handgelenkspatienten.

Der Brenner hat den beiden nichts in den Weg gelegt, weil er hat zugeben müssen, dass sie gut zusammengepasst haben. Und schließlich war er selber schuld, dass er die Nadeshda dem Infra im Krankenhaus vorgestellt hat. Wenigstens hat die neue Liebe die Nadeshda von ihrem Plan abgebracht, ihrer Schwester für den Rest ihres Lebens auf die Nerven zu gehen. Weil du darfst eines nicht vergessen. Was ist schon ein mittelmäßiger Fotograf, den dir die Schwester ausgespannt hat, gegen einen Infra, der zum neuen Laufhauskönig von Wien aufgestiegen ist?

Der Brenner war sogar ein bisschen schadenfroh sich selber gegenüber, weil es ihm mit seiner Russin genauso gegangen ist, wie er es von Anfang an befürchtet hat. Aber da hätte die Herta wahrscheinlich gesagt, das war der Fehler, dass er es herbeigefürchtet hat. Du musst wissen, er hat sich in Gedanken viel mit ihr unterhalten, während er ihre Wohnung gehütet und auf sie gewartet hat. Weil der Brenner nie den Glauben verloren, dass sie eines Tages vor der Tür stehen wird. Aber interessant. Aufgetaucht ist sie natürlich genau in der Woche, wo er das Warten endgültig aufgegeben und seine eigene Wohnung gekündigt gehabt hat.

»Tut mir leid, dass ich dich aufwecke«, hat sie zur Begrüßung gesagt, weil sie ihn um vier Uhr früh herausgeläutet hat. »Darf ich mich ein bisschen zu dir legen?«

»Aber zuerst duschst du dich«, hat der Brenner geantwortet. Nicht dass die Herta in so einem vergammelten Zustand gewesen wäre, aber immerhin hat er lang genug auf eine Gelegenheit gewartet, ihr diese Frechheit zurückzugeben.

Sie hat sich aber einfach in das warme Bett gelegt und ist sofort eingeschlafen. Jetzt hat er sich eben zu ihr gelegt, und obwohl er sicher war, dass er nicht mehr einschlafen kann, ist er bald weg gewesen, weil nichts ist beruhigender als ein schlafender Mensch.

Aber interessant. Am ersten Tag haben sie dann gar nicht viel geredet, weil sie haben nicht recht gewusst, wo sie anfangen sollen. Ich möchte fast sagen, sie haben sich unterhalten, als wäre die Herta nur kurz übers Wochenende weg gewesen. Am meisten hat den Brenner beschäftigt, dass sie sich auf ihre alten Tage das Rauchen angewöhnt hat. Zuerst hat sie es ihm abgewöhnt, und jetzt stinkt sie ihm die Wohnung voll! Die Herta aber nur mit den Achseln gezuckt, quasi nicht der Rede wert. Wenn er doch einmal etwas über die Mongolei wissen wollte, hat sie gesagt, da gäbe es so viel zu erzählen, das tut sie lieber später in aller Ruhe.

»Wenn einmal Zeit ist«, hat sie gesagt, obwohl Zeit gewesen wäre.

»Es war nicht genau das, was du gesucht hast, oder?«

Die Herta hat aber weder darüber gelacht noch etwas dazu

gesagt. Sie hat sich nur eine neue Filterlose aus der Packung geklopft und angezündet.

Umgekehrt hat die Herta schon wissen wollen, wie es ihm gegangen ist. Er hat ihr von der Nadeshda erzählt, von der Prüfung bei der Fremdenpolizei, und dass ihm manchmal noch der Sewotschka einfällt und die Laduschka, weil du verlierst bei einer Scheidung nicht nur die Frau, du verlierst auch den Familienanschluss. Er hat ihr geschildert, wie der Infra zum neuen Rotlichtkönig aufgestiegen ist mit seinen Laufhäusern, weil er in die Lücke hineingestoßen ist, die der Wu Tan Clan hinterlassen hat. »Manchmal hört man, dass die Frauen bei ihm wirklich viel bessere Bedingungen haben und alle freiwillig dort sind. Manchmal hört man aber auch das Gegenteil. Aber die Politik schätzt ihn sehr, weil er die Szene beruhigt hat. Die Kriminalität ist extrem zurückgegangen, seit er mit strenger Hand regiert, der kleine Hammurabi.«

»Aber der Staat hat ihm die Häuser nicht finanziert, oder?«

»Und die Gemeinde auch nicht. Aber angeblich stille Partner, die mit seiner Idee sympathisieren. Da gibt es viele Gerüchte. Weil er ja früher bei den Jesuiten war.«

»Das hast du mir gar nicht erzählt.«

»Ja, wann denn?«

Die Herta wortlos die Asche in den Aschenbecher geklopft, quasi: Reg dich nicht gleich so auf.

»Ob das jetzt alles Idealisten sind, wie der Infra es nach außen darstellt, oder Geschäftspartner, das weiß kein Mensch. Aber der neue Rotlichtphilosoph, der nach dem Gruntner nachgewachsen ist, veröffentlicht jede Woche einen neuen Artikel darüber. Die neuen Kapos, sagt er, verdienen auf ihre diskrete Art mehr Geld als ihre Vorgänger.«

»Hast du noch Kontakt zu ihm?«

»Nein, er lebt vollkommen abgeschirmt. Aber manchmal ist er in der Zeitung, wenn seine bezaubernde Gattin eine Spendengala organisiert. Seit kurzem lassen sich sogar schon Politiker mit ihm fotografieren.«

Die Herta hat genickt und nachgedacht, sprich geraucht.

Der Brenner hat seine Nebelscheinwerfer aufdrehen müssen, um ihr durch den Rauch hindurch in die Augen zu schauen: »Erinnerst du dich, was du früher immer gesagt hast?«

»Etwas Gescheites?«

»Du hast gesagt, meine Hemden riechen so nach Rauch, dass ich die Wohnung schon verstinke, wenn ich bei der Tür hereinkomme.«

Sie hat kurz überlegt und ihm als Antwort den Rauch ins Gesicht geblasen. »Willst du eine?«

Die ersten Tage nach ihrer Rückkehr hat sie ein paar lästige polizeiliche Befragungen hinter sich bringen müssen, weil eine von den Vegetarierinnen hat sie angezeigt. Aber der Rumstettn hat geholfen, und es ist zu keiner Anklage wegen terroristischer Beihilfe gekommen, sondern nur psychologische Betreuung für das Stockholmsyndrom, und da ist die Herta einfach nie hingegangen.

Es ist ihr nicht so leicht gefallen, sich wieder an das normale Leben zu gewöhnen. Oft ist sie die halbe Nacht spazieren gegangen, und am Tag hat sie nicht viel mit sich anzufangen gewusst. Da war sie oft froh, wenn der Brenner sie mit Geschichten über seine Rückfahrt mit den neun Geiseln plus Schweizer Geiselehemann unterhalten hat. Er hat sich selber gewundert, an wie viele Details er sich noch erinnert, und natürlich noch ein bisschen ausgebaut, weil es hat ihm gefallen, wenn die Herta gelacht hat.

Umgekehrt ist ihm das Lachen vergangen, wie er die Herta

einmal versehentlich gefragt hat, was für ein Tier es eigentlich war, das sie in der Unterwelt gefunden hat.

»Mein Krafttier ist ein Ochse«, hat sie mit einer Selbstverständlichkeit gesagt, als ginge es um ihre Blutgruppe oder um ihre Zigarettenmarke.

Aber interessant. Das war der Moment, wo der Brenner schwachgeworden ist. Ohne dass er es richtig bemerkt hat, ist auf einmal eine brennende Zigarette in seinem Mund gesteckt. Das musst du dir einmal vorstellen! Nach drei Jahren, acht Monaten und elf Tagen! Nur damit er nichts sagt. Damit er sich das Maul stopft mit einer Zigarette. Er war sicher, dass er deswegen nicht wieder anfängt, wegen der einen.

»Wie meinst du das?«, hat die Herta ihn interessiert gefragt.

»Wie meine ich was?«

»Was du gerade gesagt hast.«

»Ich hab doch nichts gesagt.«

»Du hast gesagt: Dort treibt er sich also herum.«

Der Brenner hat gelacht. »In letzter Zeit weiß ich manchmal nicht mehr, ob ich etwas nur gedacht oder ausgesprochen habe.«

»Du warst zu viel allein, Brenner.«

»Und du siehst Gespenster«, hat er schon auf der Zunge gehabt, sprich Flucht nach vorn. Aber wenn du als Nikotinsüchtiger die erste Zigarette seit Jahren rauchst, wirst du für ein paar Sekunden ein besserer Mensch. Da trägt dich die eigene Rauchwolke, ja was glaubst du. Und mit diesem seelischen Überschuss hat er ihr jetzt einfach von dem Ochsen erzählt, der von der Brust des Infra verschwunden ist.

Nach den ersten paar Zigaretten geht es aber sofort wieder rasant bergab mit dem Raucher, und das waren dann die nächsten Stunden und Tage, wo er gesagt hat, es war eben ein

Zufall, vielleicht hat die Herta schon früher manchmal von Ochsen geschwärmt, und da hat er sich eben vor lauter Sorgen um sie einen Ochsen eingebildet.

Aber die Herta hat nur gesagt, sie hat garantiert nie ein Wort über einen Ochsen verloren. Jetzt war sie dafür regelrecht besessen von dem Thema. Da hat der Brenner noch so oft sagen können, Zufälle gibt es eben, und er hat auch einmal an einer Kreuzung in Amsterdam auf Grün gewartet, und direkt vor ihm ist ein Polizeischulkollege über den Zebrastreifen gegangen, so etwas kommt schon vor im Leben, und der eine hat eben ein Krafttier, das ausschaut wie ein Ochse, der andere eine Tätowierung, die sich auf Wanderschaft macht.

Genützt hat es nichts, weil die Herta wollte den Infra unbedingt treffen und ihn nach der Tätowierung fragen. Dem Brenner ist vorgekommen, dass sie jetzt erst wieder richtig daheim angekommen ist, weil neue Leidenschaft in der Herta. Er hat versucht, sie mit anderen Themen abzulenken, aber keine Chance. Wenn eine Herta einmal Witterung aufgenommen hat, hilft da gar nichts.

Nicht einmal die Geschichte über die Frau Scherübl hat sie richtig gekratzt. Du musst wissen, die alte Freundin von der Herta hat jetzt Anna Elisabeth Scherübl geheißen, weil einmal im Nachtdienst näher gekommen, und der Doktor Scherübl sofort die Konsequenzen gezogen, das hätte sich die Anna Elisabeth nicht einmal träumen lassen. Aber wie der Brenner ihr das erzählt hat, dass die Anna Elisabeth jetzt eine Scherübl ist, hat sie eine Zeit lang in die Luft geschaut, als müsste sie überlegen, wer das ist. Und dann hat sie gesagt: »Wir könnten sie ja einmal zum Essen einladen.«

Zuerst hat sie noch so getan, als ginge es ihr um die Anna Elisabeth und den Scherübl, aber dann ist sie damit herausgerückt, dass sie den Infra und die Nadeshda dazu einladen möchte.

Der Abend hat dann aber ein bisschen komisch angefangen. Zuerst die Anna Elisabeth in letzter Sekunde abgesagt, weil der Scherübl ist zu einem Notfall im Krankenhaus gerufen worden. Und der Infra ist dann auch noch allein dahergekommen und hat gesagt, dass die Nadeshda sich nicht wohlfühlt.

Es ist aber trotzdem ein ausgesprochen netter Abend geworden, und das sage ich nicht nur, weil am Schluss fünf Rotweinflaschen leer waren, sondern von Anfang an sehr guter Draht zwischen Laufhauskönig und Terroristenbraut. Und die Herta hat sogar zum ersten Mal ein paar Geschichten aus der Mongolei erzählt. Der Brenner war aber fast mehr fasziniert davon, wie tadellos der Infra schon wieder mit Messer und Gabel gegessen hat, und insgesamt hat er dreimal sein Glas erhoben und gesagt: »Jetzt trinken wir noch einmal auf den Doktor Scherübl!«

Gegen Mitternacht hat er schon gehofft, die Herta fängt gar nicht an mit dem Ochsen, aber da hat er sich zu früh gefreut. Weil auf einmal erklärt sie dem Infra ungefragt, dass sie ihr Überleben im Gefangenenlager ihrem schamanischen Krafttier zu verdanken hat.

Der Infra hat genickt, wie man eben nickt, wenn einen etwas absolut nicht interessiert.

»Ein Ochse«, hat die Herta nachgelegt und ihn herausfordernd angeschaut.

Aber der Infra Pokermiene: »Der Ochse ist ein interessantes Tier«, hat er nachdenklich gelächelt. Und dann hat er den Brenner blöd angegrinst und gesagt: »Stimmts, Brenner?«

Und ob du es glaubst oder nicht. In dem Moment, wo der Infra so dreckig grinst, fällt dem Brenner erst wieder ein, dass er versprochen hat, sich einen Ochsen tätowieren zu lassen, falls die Hände vom Infra jemals wieder so gut werden. Der Laufhauskönig aber ganz nobel, weil er hat es neben der Herta nicht erwähnt.

»Ich verstehe das, dass Sie sich ausgerechnet einen Ochsen als Krafttier gesucht haben«, hat er zu ihr gesagt. »Ich war auch eine Zeit lang begeistert von den Ochsen. Darum hab ich einen Ochsen freigelassen.«

»Was heißt freigelassen?«

Wie aus einem Munde die Herta und der Brenner: Was heißt freigelassen?

»Das ist ja hier kein Strandcafé«, hat der Infra entschuldigend gelächelt, »sonst könnte ich es euch zeigen.«

Der Brenner hat gesagt, er soll sich nicht so anstellen, aber dann war es ihm selber am unangenehmsten, wie der Infra sich das T-Shirt hochgeschoben hat, weil es hat ihn daran erinnert, wie der Lupescu ihn gezwungen hat, das bei ihm zu machen.

»Diese Stelle hier«, hat der Infra sich mitten auf die Brust gedeutet, »da direkt unter dem Brustbein, wo einem sofort die Luft wegbleibt, wenn man einen Schlag hineinkriegt.«

»Der Solarplexus«, hat die pensionierte Lehrerin für Latein und Griechisch gesagt.

»Ja genau. Da wollte ich mir nichts hinstechen. Es heißt ja nicht umsonst Sonnengeflecht. Es schützt uns gegen die Dunkelkräfte.«

»Dunkelkräfte«, hat der Brenner abschätzig wiederholt, gerade dass er nicht ausgespuckt hat, aber der Infra hat es überhört.

»Es ist die einzige nackte Stelle auf meinem Oberkörper. Aber ich hab rundherum die Bilder so gemacht, dass man die nackte Stelle als Ochsen sehen kann, wenn man will. Entweder man sieht die Bilder rundherum, oder diese formen nur die Umrisse für den Ochsen. Es ist aber erst ein- oder zweimal wem aufgefallen. Man muss das Aug dafür haben.«

Die Herta natürlich vollkommen fasziniert. »Wie nennt man diese Art von Bildern?«

»Vexierbild, glaub ich«, hat der Infra gesagt. »Oder Kippbild.«

»Weißt du keinen griechischen Ausdruck dafür?«, hat der Brenner geätzt, weil es ist ihm auf die Nerven gegangen, wie die Lehrerin und der Mönch da gescheit geredet haben über eine blöde Tätowierung. »Oder wenigstens einen lateinischen?« Die Herta hat sich derart gut mit dem Infra unterhalten, dass er sich langsam Sorgen gemacht hat, bald die nächste Frau an diesen Oberzuhälter zu verlieren.

»Dir muss es aber aufgefallen sein«, hat der Infra zum Brenner gesagt. »Zumindest unbewusst.«

Aber weil der Brenner so getan hat, als wüsste er nicht, wovon er redet, hat der Infra doch ein bisschen deutlicher werden müssen: »Warum sonst hättest du von mir verlangt, dir ausgerechnet einen Ochsen auf den Schwanz zu tätowieren?«

»Was?«

Das war die Herta. Der reinste Aufschrei! Ihr Gesicht war jetzt ein offenes Buch, sprich: Das gibt's wohl nicht, du willst dir einen Ochsen auf den Schwanz tätowieren lassen! Das würde ja heißen, dass sich ein Ochse einen Ochsen tätowieren lässt, hahaha, das ist alles im offenen Buch der Herta über den Brenner zu lesen gewesen.

»Ich wollte das überhaupt nicht«, hat der Brenner protestiert. »Ich hab gesagt, wenn deine Hand so gut wird, dass du wieder tätowieren kannst, lass ich mir einen Ochsen von dir tätowieren.«

»Sie ist wieder so gut, Brenner. Sehr gut sogar. Dank dem Doktor Scherübl.«

»Und du hast darauf gesagt: Aber auf den Schwanz.«

»Stimmt«, hat der Infra gelächelt. »Ich muss zugeben, ich wollte das immer schon bei wem machen. Mir gefällt einfach die Idee, dass ein Ochse ein kastriertes Tier ist, das immer nur durch die Nichtkastriertheit seines Bildträgers kurz zum Leben erwachen würde. Ein Widerspruch in sich.«

Der Brenner hat sich in eine Rauchschwade eingehüllt, damit er möglichst wenig mitkriegt von dieser Unterhaltung.

»Langsam begreife ich«, hat die Herta gelächelt, »ein Widerspruch in sich.«

»Ja und?«, hat der Brenner sich gewehrt. »Was ist so super an einem Widerspruch in sich?«

»Der Ochse an dieser Stelle wäre ja –«, die Herta hat die halbe Zigarette weggefressen und mit dem langsamen Ausatmen der niemals endenden Rauchschwaden gehaucht: »– ein Oxymoron.«

»Warum wundert mich das jetzt nicht, dass ihr doch noch ein griechisches Wort gefunden habt?«, hat der Brenner gepoltert, weil es war jetzt höchste Zeit, dass die beiden aufhören, sich auf seine Kosten zu amüsieren.

Du siehst schon, ein gelungener Abend, weil es ist immer gut, wenn drei Viertel der Gäste in letzter Sekunde absagen. Der Infra hat ihnen zum Abschied versprochen, dass die Nadeshda sich melden wird, sobald es ihr wieder bessergeht.

Kaum dass die Tür zu war, hat der Brenner gesagt: »Von der hören wir garantiert nichts mehr.«

Aber interessant. Das war wahr und falsch zugleich.

# 31

Das Ganglicht war ausnahmsweise einmal nicht kaputt, wie die Nadeshda ein paar Wochen später unangekündigt an der Wohnungstür geklingelt hat, aber der Brenner hat sie durch den Spion trotzdem fast nicht erkannt. Sie war so blass und schmal, dass er richtig erschrocken ist.

Aber erst, nachdem er die Tür geöffnet und sich kurz gewundert hat, dass auch ihr Deutsch viel schlechter geworden ist, hat er begriffen, dass dieses magere Gespenst gar nicht die Nadeshda war. Ob du es glaubst oder nicht. Das Fotomodell ist bei ihnen in der Tür gestanden, die Serafima, sprich Rebekka Böhm. Sie hat ihm erzählt, dass sie schon seit Monaten keinen Kontakt zu ihrer Schwester mehr bekommt. Davor haben sie sich ein paarmal getroffen, quasi Versöhnung. Aber dann ist der Kontakt immer schwieriger geworden. Ihr Mann will sie nirgends allein hingehen lassen. Er sagt, es ist zu gefährlich für seine Frau. In seiner Position kann man nicht vorsichtig genug sein.

Der Brenner hat die Serafima hereingebeten, aber die Serafima nur einen Schritt in den Vorraum gemacht und sich gleich ihre Sorgen von der Seele geredet. Weil jetzt auch kein telefonischer Kontakt mehr und keine E-Mails.

»Er einsperrt sie«, hat die Serafima behauptet. »Schönes Penthouse über Laufhaus. Aber Gefängnis.«

»Warum wenden Sie sich nicht an die Polizei?«

Das ist vielleicht ein bisschen schroffer herausgekommen, als er es gemeint hat, aber er hat sich gesagt, noch einmal passiert mir das nicht, dass ich zwischen diese zwei Schwestern gerate. Da wollte er gar keinen Zweifel aufkommen lassen, weil da glauben die jungen Frauen, sie müssen nur ein bisschen lieb schauen, und man hüpft schon. Aber interessant. Ihm ist vorgekommen, dass die Serafima sogar eine Spur weniger hübsch war als die Nadeshda. Ein bisschen zu groß und ein bisschen zu dünn und ein bisschen zu blass. Angezogen war sie auch fürchterlich, ihr Jogginganzug hat ihn an die Kluft vom Lupescu erinnert, nur dass bei ihr kein argentinischer Boxweltmeister drauf war, sondern die Lady Gaga.

»Polizei sagt, verheiratet ist verheiratet«, hat die Serafima ihm geantwortet. »Aber ich höre, Sie sind der Richtige.«

»Ich?«

»Für Finden meine Schwester.«

»Da kann ich Ihnen leider auch nicht helfen. Soviel ich weiß, hat Ihre Schwester diesen Mann freiwillig geheiratet.«

»Aber sie ist in Gefahr!«

»Darum beschützt er sie ja. Das haben Sie doch gerade gesagt.«

»Ich habe Angst. Er bringt sie um die Ecke!«

»Wie meinen Sie das?«

»Heißt umbringen. Hab ich von Nadeshda gelernt.«

»Jaja. Aber wie kommen Sie darauf, dass er sie umbringt?«

»Mit seiner Waffe. Schon zwei Mann erschossen.«

»Aber das war nicht er.«

»Meine Schwester weiß.«

Der Brenner hat gewartet, aber dann hat er doch fragen müssen. »Was weiß sie?«

»Die Hand von ihrem Mann. War schon gesund damals. Finger schon gute! Für schießen!«

»Woher will sie das wissen? Da hat sie ihn doch noch gar nicht gekannt.«

»Doch! In Hospital kennenlernen.«

»Ja und? Einmal kurz gesehen vielleicht.«

»Meine Schwester seine Hand gehalten.«

»Wann? Im Hospital schon?«

»Ja! Das Leben ist in Hand erwacht. Bei dieser Sache.«

Der Brenner hat ungläubig gelacht. »Was soll das heißen? Ihre Schwester war damals mit mir verheiratet! Ich hab sie ihm nur einmal kurz vorgestellt, weil sie zugleich mit ihm im Krankenhaus war!«

Die Serafima hat am Brenner vorbei in die Ferne geschaut. Zuerst hat er geglaubt, sie sendet ihm einen überheblichen Blick, quasi: Und du Depp hast es nicht bemerkt, dass meine Schwester es schon im Krankenhaus mit dem Infra getrieben hat. Aber in Wirklichkeit hat ihr Blick sich nur auf die Herta gerichtet, die hinter ihm aus dem Wohnzimmer gekommen ist.

»Du musst ihr helfen«, hat er ihre Stimme hinter sich gehört.

Er hat nicht einmal einen Augenblick überlegt und ein bisschen lauter als unbedingt notwendig gesagt: »Sicher nicht!«

So heftig hat er es aber auch wieder nicht gesagt, dass die Tränen berechtigt gewesen wären, die dem mageren Mädchen in die Augen geschossen sind. Er wollte aber nicht so sein, und zur Wiedergutmachung hat er es noch einmal freundlicher gesagt: »Nichts für ungut, aber das mache ich sicher nicht.«

Und er hätte es auch garantiert nicht getan, wenn ihn in diesem Moment nicht dieser unbeschreiblich gute Geruch eingehüllt hätte, Nirwana nichts dagegen.